艾米粒

——

著

这些年，我们一起追的

♂男人♀

金钱向左，爱情向右。

中国书店

图书在版编目（CIP）数据

这些年，我们一起追的男人 / 艾米粒著 . -- 北京：中国书店，2012.4

ISBN 978-7-5149-0086-6

Ⅰ . ①这… Ⅱ . ①艾… Ⅲ . ①言情小说－中国－当代
Ⅳ . ① I247.5

中国版本图书馆 CIP 数据核字 (2011) 第 112784 号

这些年，我们一起追的男人

作　　者：艾米粒			
责任编辑：梅　雨			
出品策划：胡劲华			
特约编辑：高连兴　陈　平		技术编辑：甘淑萍　陈怡磊	
市场营销：刘　佳　万宝华		媒体运营：毛立斌　杨春秀	
封面设计：徐小柠		装帧排版：邓艳华	

出　　版：中国书店
地　　址：北京市西城区琉璃厂东街115号
邮　　编：100050
发　　行：全国新华书店经销
印　　刷：北京睿特印刷厂大兴一分厂
开　　本：880×1230　1/32
版　　次：2012 年6月第1 版　 2012 年6月第1 次印刷
印　　张：8
字　　数：200 千字
书　　号：ISBN 978-7-5149-0086-6
定　　价：29.90 元

目录

目录

目录

人物图谱

木木 30岁，single，北京金融圈女记者，怀着嫁个金龟婿的愿景，在数字和现实之间挣扎

颖慧 29岁，single，木木闺蜜，北京某高校女博士，经历过一段痛苦的感情生活，对男人越发挑剔不信任

沁如 28岁，single，木木同居室友北大才女，自学命理，算出自己要经历3次婚姻，正在痛苦抉择该不该去承受未来的离婚打击

焦丽 28岁，沁如同事，销售经理，口头禅"男人嘛，'寥'胜于无"。渴望婚姻，又排斥婚姻，亦是剩女军团的一份子

胡薇 30岁，婚龄5年，木木同事兼情感军师，武汉大学高材生，感性，世纪佳缘网恋认识了现任老公路游

洁仪 28岁，在5年婚姻生活中练就一身"驭夫术"，木木同事，一直向木木灌输理性认识婚姻的思想，也是二次投胎的成功样板

沈姗 25岁，single，木木同事兼相亲战友，都奋斗在相亲一线，北大中文系才女，口头禅"enjoy life"，外号"疯丫头"

菲菲 木木大学同学，29岁，放弃北京的高薪工作，嫁人后成了炒房一族，但婚姻让她有丝失落，"为什么你们不早告诉我，婚姻生活这么无聊"

李健 25岁，single，紫金证券股东

张涛 32岁，婚龄6年，木木的男性"闺蜜"，亦师亦友

方坤 29岁，木木前任男友，两人相恋6年

如龙 菲菲老公，30岁，炒房族

晓天 32岁，钻石王老五，金融律师

翔林 木木上司，脾气暴躁，工作狂，要求属下也都是工作狂

闻石 某报社副总编辑，擅长潜规则，遭人唾弃

80后，我们奔三了

岁月是把杀猪刀，青春不再更是恼上加恼。

2010年，80后最"老"的一拨儿率先跨入30的门槛。

而过了30的女人，各种烦恼接踵而至，尤其是还没有结婚的，用当下的话说，剩女。

木木的人生预设中没想到自己竟不知不觉成了剩女，成了一个"社会问题对象"。但人生就是这样，越是没有想过的事，越会发生，越是希望发生的事情，越迟迟不来。就像疯丫头经常说的，找男人就像等公交车，该来的不来，不该来的总是先到。

找个好男人把自己嫁掉，还真是个问题。

妈妈30岁的时候，已经生下了第二个孩子——木木。但木木30岁的时候，她连孩子爹的影儿都没看到。父母急了，同事急了，朋友急了，七大姑八大姨都急了，今儿相亲，明儿相亲，相亲成了生活的主题词。被逼婚也是烦恼之一。即使没人逼你，今天这个打听：结婚了没？明天那个探问：哪年的啊？后天再有人问：孩子几岁了啊？询问的唾沫绝对能淹死你。

在90后年轻人开始出来混的时代，作为80后，被后浪拍到沙滩上的沧桑，让人有风中凌乱之感。

对，岁月是把杀猪刀，青春不再更是恼上加恼。

于是乎，相亲潮风起云涌，商家自然不肯错过这千载良机，把一个个剩女包装打扮成商品，在各大电视台展览出售，《我们约会吧》《为爱向前冲》《非诚勿扰》《百里挑一》……轮番轰炸全民的价值观、人生观、爱情观、婚姻观。如今，按捺不住的剩男剩女，又借助火热的微博渠道，纷纷将求偶照配上"凡客体"的自我介绍，在微博上广为散播，美其名曰"随手街拍大龄男女——求解救"。

在这个全民相亲的时代，明的、暗的、好的、坏的、刺激的、堕落的、被逼的、无奈的、各怀鬼胎的、心急火燎的……神马狗血情节都不缺。缺的就是，属于自己的那个靠谱男人。

"如果你很虔诚地给上帝发一条短信，说想要一个男朋友，他一定会实现你的愿望。"师姐曾把这一密招传授给木木。木木没有给上帝发短信，她还沉浸在一个人的幸福生活里。不理外界的烦扰，她可以自由地游走，没有任何负累与烦忧，幸福，快乐，才是生活的真谛。

因为，谁敢保证结婚了就一定幸福？君不见，多少婚姻禁不住小三的一个媚眼；君不见，多少婚姻没有小三依然鸡零狗碎不得善终；君不见，多少婚姻像闪电，雷声还没响起，火光已消失踪影；君不见，围城已不是那个围城，进进出出的人，早已把城门瓦解。

男人的角色，在木木的世界里，已非不可或缺；婚姻，更非是生活的最终注脚。

"男大当婚，女大当嫁"这一亘古不变的定律，到了木木这群被命名为"80后剩女"的人面前，什么都可以被颠覆，父母那一代的婚姻轨迹，已然找不到复制的环境和条件。

如今的社会环境，已经要求新世纪女性：上得了厅堂，下得了厨房，写得了代码，查得出异常，杀得了木马，翻得了围墙，开得起好车，买得起新房，斗得过二奶，打得过流氓……

上帝认为木木不属于他能赐给男人的权威后，开始嫉妒她的幸福，便让其在困顿的生活中寻爱不得。

木木经历了人生的起起伏伏，在"新世纪女性"的道路上跋涉。不论是职场还是情感，没有人能给你一个最优的答案，任何一条路都要木木自己判断、抉择。

为了接近、搞清楚这个社会最富有的群体，摆脱困顿，木木在坚持了5年时政记者、谈了6年的初恋后，毅然决然地选择了职业和情感的第一次转型——成为一名天天与财神们打交道的财经记者，混迹在中国的华尔街——金融街这块北京的风水宝地。或许有被逼的味道，或许有自动放弃的成分，也或许包含着对未来不确定但充满希望的探寻。

她要搞清楚，为何自己穷酸地徘徊在社会的底层？究竟是什么人在垄断着这个社会的资源？富人凭什么富有？依旧崇尚爱情的木木，还要搞清楚，在孔方兄主导着这个社会价值观的今天，究竟还有没有纯粹的爱情？

都说剩女之所以剩下，是因为拜金，难道真是这样吗？带着财经记者加剩女的双重标签，木木开启了人生的另一段旅程。

就像保尔森形容的，"我在华尔街的多年经验已经让我领悟了一个残酷的现实：当金融机构要死的时候，它们会死得非常快"。

没有永恒的事物和情感，尤其在金钱能够奴役一切的今天，更是如此。人性的贪婪、狡诈、疯狂，在金钱面前，永远都会暴露无遗。

木木庆幸自己的转型，当真正接触玩钱的金融人士后，当真正接触这个潮起潮落的资本市场后，当真正靠一己之力买得起房，开得起好车后，剩女这个标签，不再让自己感到羞愧，相反的是，木木发现了另一个强大的意识在内心觉醒：经济独立的女性，才是婚姻的王者。

引子

第一部分

郁金香之约

刺激，是的，好奇心强的木木，迷上了金融街这块风水宝地，在北京这个藏龙卧虎的城市，很多身家上亿的金主经常在这里出没，刺激的好戏随时上演。今晚，郁金香之约不知又要抖出什么内幕了。

1. 郁金香之约

郁金香之约与浪漫无关，与金钱有关。

过了天安门、西单，沿着长安街一路往西，出租车爬行在首都的主干道上，慢慢靠近金融街。

约好了7点在金融街的小南国吃饭，这个点，只有遭遇"首堵"的待遇。

今天第一次参加"郁金香之约"的聚餐，木木的心情，就像龚琳娜唱的那首《忐忑》，嗯嗯啊啊，找不着调调。

快下班的时候，疯丫头听说木木有饭局，参加郁金香之约，说："木木，今晚一定要钓上条大鱼，我也约会去啦。"没等木木解释，疯丫头就一溜烟不见了影子。这丫头，正积极主动奋斗在相亲一线，每天不等下班，心早就飞跑了。

疯丫头，北大中文系才女沈姗，集才气与灵气于一身，不过最让木木佩服的还是她永不衰竭的活力，就像一个小宇宙，能量无穷。虽说狮子座是最有活力的星座，可像疯丫头这样永动机式的狮子女，还真是木木人生30年来碰到的头一个。同事送其外号"疯丫头"。

哎，郁金香之约，听起来浪漫，实则与浪漫的相亲八竿子打不着，疯丫头还以为是"玫瑰之约"呢。

郁金香之约与浪漫无关，与金钱有关。

从事金融的人，都晓得人类历史上第一次有记载的金融泡沫——"郁金香泡沫"（Tulip Bubble）。就是这种原产自土耳其、如今已是荷兰国花的郁金香，1593年，传入荷兰，后又传入西欧。物以稀为贵的原理，让稀有的郁金香成为当时达官显贵攀比的"奢侈品"，再加上舆论的鼓吹，一时间，一枝郁金香价可倾宅。1637年2月，一株名为"永远的奥古斯都"的郁金香售价高达6700荷兰盾，这笔钱足以买下阿姆斯特丹运河边的一幢豪宅。狂热的投机客，总以为郁金香只涨不跌，有限的产量让买空卖空的投机行为大行其道，但当有人从疯狂中清醒开始抛售时，市场顿时一泻千里，千万投机客破产，财富蒸发。

郁金香，只是人们狂热追求财富的一个替代物，人性的贪婪、狡诈、疯狂，在金钱面前暴露无遗。

郁金香之约，应该就是戳破投机泡沫的组织吧。木木心下揣测。

自从两年前转行做金融记者，金钱以及金钱背后的丝丝缕缕，都是木木每天要直接面对的事情。

"那些牛哄哄的金融人士有啥了不起，又不是三头六臂，凭什么他们一年就能挣千八百万的，劳苦大众流血流汗还不及他们一根毫毛！"木木决心打入金融圈，见识一下金融大佬究竟是怎么折腾的，搞明白金融圈的吸金之道，也就明白人与人之间巨大的财富差距是怎么产生的了。

这一件欲罢不能、惊心动魄的疯狂事情，天天上演，木木自封为双核处理器的大脑，竟也会常常被震得"死机"。一死机，木木就真正陷入了"木木"的状态，其实内心却被撩拨得激荡起伏，每次随着神秘面纱慢慢揭开，真相露头的时候，心情就越无法平静。这是一种容易上瘾的刺激。

刺激，是的，好奇心强的木木，迷上了金融街这块风水宝地，在北京这个藏龙卧虎的城市，很多身家上亿的金主经常在这里出没，刺激的好戏随时上演。今晚，郁金香之约不知又要抖出什么内幕了。

"还没到啊？快点，就等你了。"路峥嵘的电话，把木木从神游的状态激醒，他在电话那头急了，火急火燎地催促木木。今天是路峥嵘把木木拉进这个圈子，他想帮助木木，调查出紫金证券一位神秘股东的身份。

大型券商紫金证券借壳上市前夕，木木奉命去采访。在采访过程中，她几次与一个郁郁寡欢、带有贵族气质的年轻男士在电梯中相遇，木木觉得似曾相识，后来想起，小伙子眉宇之间与紫金实际控制人荣天恒颇像。木木以为他是荣天恒的儿子，没想到后来打听得知，这位年轻人叫李健，并非荣总的公子。奇怪的是，李健以25岁的年龄，竟然位列公司的股东前五名。木木在办公室里，把此事随口告诉同事路峥嵘。两天后，路峥嵘私下来找木木，把她拉进这个代号为"郁金香之约"的小组。路峥嵘告诉木木，该组织包含纸媒记者、中小网站负责人、草根博客主、写手等人员，专门以挖掘上市公司、拟上市IPO公司内幕，在媒体深度报道后，收取巨额封口费，以获得私下灰色收入。

调查上市公司内幕，是自己的份内工作，可这一次调查还不一样，木木已经为这次的调查对象那郁郁寡欢、带有贵族气的气质而着迷。对感情挑剔的木木，早已被归为"必胜客"这一级别的"剩女"行列，如今，好不容易碰上个来电的，却又遇上这茬儿。

晕，上帝为啥总考验我呢？沮丧的木木，晕晕乎乎进了小南国的包间。

2. 神秘股东浮出水面

如果这次调查出李健的身份，自己在郁金香之约的地位便可确立，采访资源无疑可以进一步扩大。同时，能揭露一家上市公司的内幕，恰是金融记者扬名立万的捷径。这年头，出名要趁早。在金融圈，做个无名记者，永远甭想进入圈子核心。

"不好意思，让大家久等了。"木木姗姗来迟。

"啊呀，主角永远最后露真容，著名资深财经记者木木，听闻你的大名很久了，看你写的文章，就像力道雄劲的白酒，读起来过瘾、带劲，一直以为是爷们写的呢，真没想到，竟然是出自江南女子之手，真是巾帼不让须眉啊。"正对门一戴着眼镜的男士，上来就是马尼一顿猛拍。

"呵呵，木木可不是江南人。"路峥嵘耸了耸肩说。

"不可能吧，这标致的身材和水灵的皮肤，一看就是南方女子。"眼镜男继续不着调地猛拍。

木木还没缓过神就被这么一拍，脸腾地烧起来，想逃。

"俺是地道的北方人，外表南方，性格北方。"真是要命，明明纯种北方人，偏偏生就了一副南方女子娇小玲珑的体型，首次见木木的人，总会相当自信地把木木当南方人，所以这样的问题，从上大学开始至今，从没断过，而自己的这个回答也是几百次回答中形成条件反射的标准答案。看来回头得好好查一下家谱，看看自己祖宗十八代跟江南到底有何渊源。

媒体人有个德性，自来熟，跟谁好像都是天生认识似的，挑起话头，就找不到尾巴。

木木定下神，扫了一眼，除了路峥嵘，其他三位男士一概不识，看起来都有三四十岁。一个眼镜男，另外两位看起来比眼镜男含蓄些，但眼神却藏着机警。

"木木是你的笔名吧？"坐在眼镜男旁边，稍微有些谢顶的男子笑眯眯地问道。

木木故意蹲了个万福，说："行不更名坐不改姓，当然是真名啦，今日能与各位大哥相见，小女子这厢有礼了。"木木的一番声情并茂逗得大家开怀大笑。

大家纷纷掏出名片来，一一递过去。

原来眼镜男竟然是某知名财经报纸的胡总编；那位谢顶的大哥是一家私募公司的合伙人，姓刘；而另一位瘦瘦的男士却是位律师，王晓天。

看来郁金香之约参与者的身份很庞杂。

"你为啥叫木木呢？你的文章和你的性别不符，你的名字和你的性格也不符。"刘谢顶还在纠结于木木的名字。

"我说了你们可别笑。"木木不让别人笑，自个却先笑了起来，"其实我原本叫杨林。我哥生下来，爸妈给他起名叫杨森，声明一下，西安杨森制药可不是我家的啊，这个同名，纯属巧合。等我快降生的时候，我爸说，老大叫森，老二叫林，两孩子合起来就是森林。可是我刚上学时，总把林字写得分了家，老师点名每次都叫错，叫我'杨木木'，后来，同学们也不再叫我杨林，都喊木木，木木就是这么来的。"

路峥嵘忍不住哈哈大笑，这个东北汉子，在基金圈人脉甚广，他以为木木这是编笑话逗大家呢，说："木木，你还真搞，以前怎么没听你说起这段子。我记得之前看过'楚中天'这个笑话，话说楚中天这哥们，竖着写自己的名字，结果，分得太开，被人看成'林蛋大'。"说完，还比划着"楚中天"怎么会被看成"林蛋大"。

"你那纯属网友编造的段子，俺这段子可是原创！不过，我今天可是来听一下紫金证券的段子的。"木木看了看刘谢顶和王律师，他们两个定是在座当中最了解紫金内幕的人。

"嗯，大家都对紫金感兴趣，路峥嵘说你怀疑李健是荣天恒的儿子。我们目前了解的情况是，荣天恒有两个女儿，但有传言，他还有个私生子，一直在海外。如果真是这么回事，那么李健可能只是一个傀儡，荣天恒才是紫金的实际控制人，紫金证券隐瞒实际控制人将受罚，另外，他若是实际控制人，那么今后紫金证券和他控股的另一家上市的山河药业之间的关联交易自然也少不了，这可是枚重磅炸弹。"王晓天富有磁性的声音中，总藏着一股令人琢磨不透的气息。

"木木，你要是能拿到这个证据，接下来的事情，就好办了。"胡总编说，"这关系到让投资者了解到一个真实的紫金证券。"

木木没吭声，房间内出现了短暂的沉默。如果真把李健的身份搞清楚，荣天恒隐藏实际控制人的身份，对紫金证券上市来说，无疑是当头一棒，说不准还会成为第二个"德隆系"，荣天恒就有可能成为第二个唐万新，因操纵股票价格非法获利而蹲监收押都是有可能的。

大家都在等着木木表态，如果这次调查出李健的身份，自己在郁金香之约的地位便可确立，采访资源无疑可以进一步扩大。同时，能揭露一家上市公司的内幕，恰是金融记者扬名立万的捷径。

这年头，出名要趁早。在金融圈，做个无名记者，永远甭想进入圈子核心。

"我可以去试一试，但仅凭我一己之力，怕无法完成任务。"

木木话刚一出口，王晓天就从包里拿出一叠资料，说："既然要调查这位神秘股东，肯定要全力而为。我已经查到了李健的一些资料，包括他在国内的活动范围，接下来就看你的了。"

刘谢顶补充道："木木，听我们私募圈的一个朋友说，李健经常在金融街威斯汀一楼的茶座跟人谈事，在那里碰到他的几率会大些。"

计划基本敲定，接下来几个大老爷们就开始推杯换盏，东拉西扯地说个不停。谁说三个女人一台戏，酒桌上的三个男人顶十台戏。

王晓天提供的资料中有李健的相片，木木感觉这个人似曾相识，心里一阵的慌乱。木木看着他们，耳朵已经听不清他们在讨论什么，脑袋里晃动的全是李健的身影：他忧郁的眼神，挺拔的鼻子，乍一看，和男星吴彦祖有些相像，身上透出的一股贵族气，又有种脱俗的气场。

以前，木木总说自己相恋6年的前男友方坤长得像吴彦祖。难道，和方坤相恋6年，已经让自己的审美形成一个惯性，只有对这种气质的男子，才能动心？

李健现在在哪里呢？

3. 金融街"邂逅"

这个男人已经激起木木的斗志。木木心想，看来，要搞清这位神秘股东的身份，应该比想象的难些。显然，这位看起来内向的大男孩、这个富二代不简单，怎样才能拿捏住他呀？

明明是策划好的，却非要搞成一出偶遇吗，木木觉得自己太不地道，可是除了这个办法，似乎又别无他途。

李健啊李健，为什么偏偏是你，你要不是紫金的股东，你要不是我喜欢的菜，事情就不至于让我这么纠结了。

木木此刻觉得自己就像一个爱上了犯人的警察。虽想着以纯粹谈恋爱的目的去接近他，却偏偏不能，接近他的最终目的，还是要调查他的神秘身份，还有他身后错综复杂的交易关系。

这些天，只要没有其他采访安排，木木就抱着那台粉红色的上网本，猫在金融街的威斯汀大酒店蹲点。

苦心人，天不负。一天傍晚时分，李健终于出现。

他找了个安静的角落，点了杯咖啡，打了通电话，就坐在那里开始翻着杂志，好像正在等人。

木木瞅准此刻他一个人的有利时机，把上网本往包里一塞，走向李健，还未开口，心却如初恋般跳得厉害。

李健机敏地意识到有人靠近，忽然抬起头来，两人四目相对。

"你……你是李健吧？"木木一下子结巴了起来，尤其不敢直视他那极具杀伤力的眼神。

这个俊朗的面孔，如今就在自己面前不足一米。木木想起《重庆森林》里的经典台词："我和她最接近的时候，我们之间的距离只有0.01公分，我对她一无所知，六个钟头之后，她喜欢了另一个男人。"木木曾一直幻想能有这么一次一见钟情的体验，哪怕只有一次。"我和他最接近的时候，我们之间的距离只有一米，我对他一无所知，6个小时后，他爱上了我。"身为"外貌部"的木木，幻想着把李健收服。

看着木木花痴表情，李健有点丈二和尚摸不着头脑，问道："你是……咱们认识吗？"

"我当然认识你了！前段时间经常去你们公司采访，在电梯碰到过你好几次，每次你都在和别人说话，我也不便打扰，但心里总有个印象，觉得咱俩彼此认识的了。这是我的名片。"木木赶紧从精致的名片夹中抽出一张递给李健。

"哦，你这么一说，我好像是有点印象，怪不得我也觉得你眼熟呢。"李健接过名片一看："最近有不少报道紫金证券的文章，就是你写的吧？"

李健回递给木木一张自己的名片。木木接过来一看，上面没印手机号。不留手机号已成为重要人物的常用把戏，名片上的办公电话，十有八九没人接。

"你的手机号多少？方便留一个吗？"木木柔情蜜意的眼神，充满期待地看着李健。

李健愣了一下，有点腼腆地说："我给你拨过去。"

他掏出手机，照着木木名片上的手机号拨了起来。他那仿佛钢琴家般的纤长手指，每按一个键，都触动着木木的心弦。

"有个要求，能不采访我么？"李健抬起头来，深黑的眸子，紧紧盯着木木。

"呵呵，如果你比你们公司还有意思的话，我可以放弃采访计划。"木木故弄玄虚，她发觉，李健的眼睛会说话，那淡淡的小忧伤，随时都可能从某个眼神中散发出来。

木木最害怕遇到这样的男人，母性泛滥处女座的木木，遇到忧郁男，总有去保护他的冲动。

"这么说来，你早就盯上我了。"李健半开玩笑，却又以一种不容置疑的语气说了出来。

完了，自己这点小算盘，怎么一上来就被他轻易戳穿了呢，笨啊，现在可不能缴枪投降，说道："那是，我是色女一枚，见了帅哥岂有放过的道理，借采访之名，行一己之欲，不是不可以的吧？"

"那我可怕了你了，你能放过我吗？"李健假装乞求的语气，实际更像是在要求"不要放过我"。

"跟你开玩笑啦，现在非上班时间，我采访你，单位又不给加班费，谁还费那个神。只是看见你一个人在这里，正好可以过来跟你聊聊天。要不一起吃晚饭吧，我请你。"

"今天不凑巧，我约了人了，改天好吗？"李健直接回绝了。

木木立马黯淡下来，李健可能确实安排人了，否则他不会一个人坐在这喝咖啡。但她还是要装出一副无比失望的表情："看来还是我魅力不够啊。"

李健知道木木在上演苦肉计，反问一句："怎么样才能证明你魅力够呢？"

"被帅哥拒绝不说，还被往伤口上撒盐，伤自尊了，回家面壁思过去。"木木装作收拾东西准备走人。

李健看着表演差不多了，就嘿嘿一笑："你倒是个有意思的人，帮个忙，晚上和一哥们吃饭，给介绍个地方呗？"

"帮忙有好处吗？"木木现在是给点阳光就灿烂，逮着机会就不会撒手，不敲定下次见面，这次见面就算白搭了。

可几个回合下来，他已经占据上风，更要命的是，木木本想掌握控制权，却被他抢了先。

哼！不甘心！这个男人已经激起木木的斗志了。木木心想，看来，要搞清这位神秘股东的身份，应该比想象的难些。显然，这位看起来内向的大男孩、这个富二代不简单，怎样才能拿捏住他呀？

木木噼里啪啦地推荐了一堆地儿，谁知道，李健听完，皱着眉头："你说的这些地方，我都没去过，你能带路吗？"

带路？这是什么情况？看来有戏。

怎么说来着？踏破铁鞋无觅处，柳暗花明又一村，木木兴奋得凌乱了，内心冒出的诗句，就像此刻的心情，东拉西扯，兴奋过度，揪扯在了一起。

4. 高手过招

两个人在一起，完全就是一对欢喜冤家，之间的那种默契，浑然天成，又像一对剑客，一招一式有来必有往。

"走走走，现在就出发，我已经饿了。"李健站起身来，就往外走。

木木跟在身后，盘算着，难道要跟他一起见哥们，一起吃饭？这人怎么说风就是雨，行动如此迅速，完全不给人思考的时间，木木有点乱了方寸。

走一步看一步吧，考验应变能力的时刻到了。

木木是个认路高手，只要去过的地方，哪怕只去过一次，就会记住怎么走，甚至第一次走时，木木就有曾经走过的印象，很奇妙。当然，仅限于北京。以前看过一篇文章，说如果上辈子生活过的地方，这辈子再去的话，会特别熟悉。木木看过那篇文章，就认为自己上辈子肯定在北京生活过。

李健在木木这张活地图的指挥下，很快就到了掩藏在高楼大厦间，需要穿过几条小胡同才能找到的一家私房菜馆——粗茶淡饭。这里全部以素食为主，在那里你绝对找不到荤菜，这就是它的独特之处。来的都是熟客，桌桌爆满，生意特别火爆。

李健进了小馆子，环顾四周，点了点头，似乎还算满意。

坐定后，就开始点菜。木木想起来，他不是还约了哥们么，就问他哥们啥时候到，知道怎么走吗？

"你不是我哥们吗？"李健一脸坏笑地说道。

这时，木木才发觉自己上当了，原来李健早就有意一起吃饭，但却耍了个花招：既没有说"那我来请吧"，又把木木当小狗，遛了好几个来回，但又表示自己是他的哥们，距离一下子拉近了。木木真的遇到高手了。

这一顿饭，木木完全放弃了调查他身世的计划，好好享受美食美男才是正题，否则，面对高手，急于求成露出马脚，后果可想而知。

果然不出所料，李健这顿饭吃得心满意足。像他们这些天天山珍海味吃大餐，无肉不欢，应酬繁多的人，偶尔来这种小馆子换换口味吃点粗茶淡饭，会感觉更香。

"你给我介绍这么好的地儿，为了表示感谢，我送你回家。"李健慷慨地表态。

"得了吧，你是怕一个人转悠不出去，好让我给你继续当向导吧？"对于李健这样从小指挥惯别人的人，时不时反击他一下，反倒会让他心情大好，木木心想，如果这种招数不管用，见风使舵，临时改变路线应该也来得及。

"哈哈，笑话，那你只告诉我你住的地方，坐我旁边，监督我不接受外援的情况下，能不能把你安全送到家？"

李健果然中招了。很好，就按照这条路线走下去。

"没问题。"木木正是求之不得呢。

路上，木木才发现，李健的车上有导航仪。原来让自己带路都是借口。

"你车上有导航仪，干嘛还让我带路？"木木好奇，是什么让李健决定和自己吃饭？

"嘿嘿，有立体声的导航仪，干嘛用这个死板的玩意呢？我要不让你带路，你肯答应和我来吃饭吗？我要直接答应和你吃饭，你还会觉得好玩吗？"李健反问木木。

"我甘拜下风，我承认，你太好玩了，已经把我玩得难辨东西南北了。"木木还要继续说下去，"停！"李健打断她，"你刚才承认我好玩了，之前你说过，我要好玩，你就不采访我，那好，君子一言驷马难追。"

"不好意思，我不是君子，你处心积虑了半天，可惜我是君子的前提不成立。"木木耍起流氓手段，不过，即便李健不说，她也不想采访他了，她现在想要的，只是他的身份而已，荣天恒才是市场关注的对象。

"算你狠，唯女子与小人难养也。"李健咬牙切齿，当然，这也是装的。

木木很奇怪，两个人在一起，完全就是一对欢喜冤家，之间的那种默契，浑然天成，又像一对剑客，一招一式有来必有往。

"木木小姐，这是你家吗？"李健的车已经停到了木木租住的、紧挨着金融街的太平桥大街的丰侨公寓门前。

"彻底佩服了，看来你对金融街还是挺熟悉的，小看你了。"木木有点不甘心，怎么老处于下风呢，反抗总达不到目的。

"呵呵，是我小瞧你了，这里的公寓，每平米不低于7万，能住在这，有钱人啊。"连这个地段的楼价，李健都一清二楚。

"哈哈，俺买不起，租还不行么，有句话怎么说来着，拥有不代表幸福，要买了这里的房子，一辈子不用干别的了，下辈子也不用干别的了，世代当房奴吧。"木木发自肺腑地感慨了一番。

以前，木木为了省钱，一直在五环外租房住。转行当金融记者后，每天活动的范围多在金融街，为了摆脱上下班来回路上长达3个多小时又挤地铁又挤公交的折腾，衡量了一下时间成本，发现选择在这个房租贵一些的二环里居住，还是划算些。毕竟省下的那3个多小时，可以用来多睡会儿觉，也可以拿来健身，或者用来看书，总比在拥挤的地铁中有价值。但为了分担一下昂贵的房租，她和之前的同事沁如一起租住了这个公寓。沁如在宣武门上班，每天坐公交车也只需十几分钟就到单位。沁如的想法和木木一致，她也认为"以后买房子，只能买得起五环外的，租房就别跑那么远了，多享受一下二环内的便利。"而二环内的房价，动辄每平米就七八万。作为一个靠码字为生的劳动力，刨除吃喝，一年的净利润还不够买一平米呢，木木从来没做过这样不切实际的梦，自己的梦想是，能在五环买个蜗居，已属不易了。

"那你还是厉害，这里的单身公寓，月租金至少4000以上。"李健今天不震死木木，就不打算收手。

"你在这里住？"木木觉得只有这一个理由，才能解释通他对这个公寓的了如指掌。

"秘密。"李健开始吊木木的胃口了。

木木忍住好奇，哼，偏不问，非得等你主动招供。面对这样强大的对手，步子还是不能迈得太大，否则，会像葛优在《让子弹飞》里说的，路要一步一步走，步子迈大了容易扯着蛋。

5. 意外收获

"那你拿去看看吧。"李健说，"保尔森在里面有这么段话，'我在华尔街的多年经验已经让我领悟了一个残酷的现实：当金融机构要死的时候，它们会死得非常快。'死亡和消失，说来就来。"李健为何独独对这句话记忆深刻？还是，他对未来有某种感应？

正要推车门而出，天空却淅淅沥沥下起了毛毛雨。

"下雨了，再陪我一会儿吧。"李健每提一个要求，木木都无力拒绝。他身上巨大的吸引力，时而神秘，时而欢快，时而调皮，现在又变成了忧郁。

木木轻轻"嗯"了一声，不知道为什么，一看到雨，也会莫名其妙感伤。

李健发动车子，在无人的街道上继续游荡，就像一个不想回家的流浪儿。

"知道么，我特别喜欢北京的夜晚，有时候睡不着觉，出来打辆车，就让司机在这个城市游荡，什么都不想，就是呆呆看着沿路闪过的夜景。白天的自己是那么渺小，茫茫人海中，找不到自己。只有在宁静的夜里，才感觉到自己的存在。"木木看着晕黄的街灯，说起自己的奇特癖好。

李健扭头看了一眼木木，他没想到，两个人怎么会有如此相同的爱好。夜里烦闷的时候，他也会开车出来，转完二环，再转三环，然后上四环，等开完四环，也累得差不多了，然后开车回家，呼呼大睡。

看着木木沉浸在夜景中，李健觉得自己喜欢上她了。眼前这个漂亮女记者，有那么点多愁善感，有那么点倔强好胜加成熟性感，淡淡如菊的气息，让自己有种停留下来的欲望，就这样安安静静地，一起看夜景，一起发呆。

快接近自己的公寓时，李健说自己内急，说马上要到家了。他有个怪癖，上厕所只能到自己家，或者高档酒店，就跟《非诚勿扰》上的一位男嘉宾一样。

李健现在成了小绵羊，特别温柔。木木求之不得，内心窃喜，没有吭声，点点头表示同意。

夜色下的人们，抛掉了白天坚强的面具。就像北京的夜，温柔，内敛，没有喧嚣，没有浮躁。

李健的车子拐进了葵花胡同，转而在一栋高楼前停下。"这是哪里呀？"木木很奇怪，环顾一看公寓名：北京尊府。

"这也是二环啊，旁边是中央音乐学院和奋斗小学，再旁边是军区。"李健说，这个地方很隐蔽，守着学校、军队，绝对的安全，离金融街又近，可不比你那丰侨公寓位置差啊。

总以为二环范围很小，原来临街的高楼大厦，成为天然屏障，将里面曲曲绕绕的巨大空间遮掩起来，还为胡同营造出一份静谧。胡同里粗壮的古树，似乎也在暗示着这是块风水宝地。

一提中央音乐学院，木木想起单位就在闹市口的一男同行，那个单身男光棍，经常在微博上发美女照片，还附带着说："今天又去中央音乐学院食堂吃饭看美女了，哈哈。"引得众男光棍在后面跟帖大骂，羡慕嫉妒恨。其实不用恨，那哥们顶多来过眼瘾，娶是甭指望了，学艺术的女孩子，尤其漂亮女孩子，哪个不是眼光高得要命，挑得很呢。

木木把这哥们看中央音乐学院美女的段子讲给李健听。李健笑了笑，说："美女都住在这个楼里呢，去食堂吃饭的，算是被挑剩下的了吧。北京艺术类高校的美女，不乏开着宝马、保时捷来上课的，这些人怎么会去学校食堂吃饭呢？"

李健说这些的时候，木木很淡定。他真是挑了个好住处，莫不是也相中了这里的美女窝？

李健开了房门，就直接去了卫生间。木木站在客厅里观察起来，他这个单身公寓，并没有想象中的奢华，但那个排满了书的书架却吸引了木木。

木木走过去，想看看李健看书涉猎的范围，从而判断一下他的爱好。就在这时，一个熟悉的面孔一下子出现在眼前——荣天恒，就是他！照片中的他，笑眯眯地站在李健旁边，一只手搭在李健的肩膀上，旁边还有一位非常有气质的女性，不用说，看脸型眉眼就敢断定这是李健他妈，还有一张是李健身着学位服的单人照。

木木抽出一本书来，装作在那里看书，佢心情却紧张了起来，待会儿该不该问呢。

李健出来，见木木站在书架旁看书，便走了过来："我的书很杂。"

木木抬起头，夸赞说："这些书都挺不错，这本《峭壁边缘》是我一直想看的，最近都没顾上去买。"

木木深知，借书可是历来才子佳人谈恋爱的有名桥段，有借必有还，一来一往，故事就有了。但这招却被大学时那个六十多岁的教授嗤之以鼻，老人家上古文课，却大肆讲解泡妞大法，讲到《李娃传》，称荣阳生初见李娃，被其美貌迷住，为了引起美女注意，"乃诈坠鞭于地，候其从者，敕取之。累眄于娃，娃回眸凝睇，情甚相慕。竟不敢措辞而去"。于是乎，老教授告诉男生，以后那些借书的老套路就少用，在校园骑车看到美女，可以"诈坠书包于地"，等美女帮你捡起，用眼神一勾，事就成了。这样一个活学活用的古文老教授，对学生的传道可谓独到幽默。

而今天木木只能用借书的老桥段了。

"那你拿去看看吧。"李健说，"保尔森在里面有这么段话，'我在华尔街的多年经验已经让我领悟了一个残酷的现实：当金融机构要死的时候，它们会死得非常快。'死亡和消失，说来就来。"

李健为何独独对这句话记忆深刻？还是，他对未来有某种感应？虽有不忍，不想在这种情况下，去揭开谜底，但这难得的机会，实在不能错过，所以，她指着照片说，这是荣天恒吗？

李健一下子愣住了，他忘记了照片竟然摆在书架上。因为这个窝是他一个人的独立空间，除了荣天恒和母亲偶尔过来看一下他，其他人都不知道这个隐秘之处，所以，一些不该让别人看到的东西，只有在这个房间里才会出现。

"是。"李健犹豫的眼神黯淡下来。从小到大，他多希望能正大光明地对朋友们说，荣天恒是我爸爸。可是，私生子的身份，剥夺了他这个权利，他就像一个隐身人。"父亲"这两个字，在他心里，是那么遥远，他很少叫荣天恒爸爸，而是更喜欢直接叫他的名字，或者简称"那个人"。

"他是你爸爸？"木木用蚊子般的声音哼出来内心的大问题。

李健没吭声，转身取了两只杯子，倒上红酒，坐到沙发里。空气骤然冷了起来。不用说，一切都是真的了，李健果然是荣天恒的私生子。

李健没有看木木，却拍了拍沙发，说："坐到这边来。"

木木惴惴不安，小心翼翼地挪一点过去，盯着李健多云转阴的脸。

"靠近我，我能吃了你吗？"李健的语气冷得让木木内心直打哆嗦。

半杯红酒，已被他一口气喝完："你接近我，是不是就为了打探我的身世？"

木木没吭声，算是默认。她抿了口酒，叹了口气，说："因为你25岁就能当上紫金的前五大股东，紫金马上就要上市了，你的年龄引起了很多人的注意。就像国内出现的多起娃娃股东案件，虽然你不是娃娃，但你的身份还是会引起猜疑，但没想到，你竟然真是荣天恒的儿子。虽然姓氏不一样，可你们还是挺像的，这是不是你很少露面的原因？少露面是怕被人认出来吗？"

"不是。"李健仰头靠在沙发上，闭着眼睛，缓缓说道，"在我还不到一岁的时候，荣天恒就把我们母子送到了美国，所以，除了家族的人知道我和母亲的存在，别人根本不知道。他每年都会去看我们，等懂事后，我有点恨他，可大人的事，也轮不到我插话，只要他对母亲好，就算了吧。他或许也觉得有愧疚，在金钱上倒是从来没亏待过我们，可这一切又能怎样？我和母亲背井离乡，在国外，没有多少亲戚朋友，而他在国内却和另一个家庭其乐融融。"

"毕业的时候，他找我谈了次话，让我回国内接管他的公司，他说之前让我们留在国外，是为了更好地保护我们。哼，自己做的亏心事，却让我们母子隐身来保全他的声誉。他还可怜兮兮地说，他对所有子女都一样，不会因为我是非婚生子而有任何亏欠，反而会加倍弥补。你们所知道的他那两个公司，将来会传给他的两个女儿，我作为他唯一的儿子，将来要接手紫金证券，现在当股东，用他的话，先熟悉公司。"

难道仅仅是继承这么简单？在上市前夕入股，坐庄意图不言而喻，到时候操纵股价套利，或者今后靠着实际控制人的身份，进行关联交易，荣天恒的如意算盘应该不知道要打到何时。这些股市内幕把戏，在木木头脑中旋转，却没说出口。

两个人就坐在那里，谁都不说话，李健自言自语道："你们记者最是天真，好多的上市公司，实际控制人是某些不良官员，我们只是替某些人赚钱的机器。"

难道荣天恒背后还有其他人？那紫金证券上市后，股价岂不是会疯涨？利益集团借机套现的龌龊一幕又将上演？

6. 千万封口费

> 木木看了一眼眉头紧锁，双眼紧闭的李健，真是"会投资不如会投胎"，这个比自己小五岁，长相俊朗的男孩，身价已是上亿，你有啥好忧郁的？

木木忽然哀伤了起来，为自己，也为广大散户，大家辛苦积攒的血汗钱，就这样被权贵们毫无廉耻地吸走。

记得之前曾参加一个PE（私募股权投资）的内部会议，演讲者赤裸裸地说，中国的散户，永远都是花肥，股市能让你开着宝马进，骑着自行车出来，只有PE，才能实现资产增值。

虽然内幕交易已成为老生常谈的话题，但这颗毒瘤，就像癌细胞，扩散的速度永远比发现的速度要快，更比治疗的速度快。

作为金融记者，木木能做的，就是发现这些层出不穷的癌细胞。

木木看了一眼眉头紧锁，双眼紧闭的李健，真是"会投资不如会投胎"，这个比自己小五岁，长相俊朗的男孩，身价已是上亿，你有啥好忧郁的？

李健似乎听到了木木内心的想法，他一下子睁开眼，用那忧郁的眼神紧盯着木木："钱买不来幸福，木木。"

看着那个眼神，木木的心一下子被揪疼了，每个人都有自己的痛处，李健的痛，或许真不是钱能解决的。

"我的人生没有选择，不像你，可以毫无顾忌地去做想做的事情。我就是荣天恒的影子，他又是别人的影子。我不缺钱，但我憋屈，我没有多少朋友，没人陪我说知心话，特别特别孤单，实在受不了的时候，我就会向孤魂野鬼一样，深夜开着车，满北京转悠。今天你说，你也喜欢晚上出来晃悠，可我们，却一次都没碰到过。和你一起吃饭、晃悠，我竟然能满足得不行，就想一直那样晃悠下去。"

李健的一句"就想一直那样晃悠下去"，让木木的泪如同断了线的珠子，一滴滴无声滑落下来。木木觉得，爱情就是找对人，然后肩并肩一起走下去。而李健的话语正好触碰到了木木内心深处那根柔软的心弦。

李健用手轻轻抚去木木脸上的泪珠，一下子把她紧紧抱在怀里。木木感觉他那有力的臂膀，快把自己揉到他的身体里去了。

"放开我，你抱得我疼。"木木乞求。

"对于喜欢的人，我不会放手。"李健的呼吸带着一股酒气，他刚才喝多了，这会儿借着酒劲，霸道了起来，一下子含住木木的嘴唇，贪婪又柔情。

木木想逃，却又逃不出，仿佛一个宿命，她和李健之间似乎必然会发生点什么，夜游的癖好也罢，彼此读懂内心也罢，孤独也罢，寂寞也罢，该发生的总会发生。

当太阳透过窗帘，将隐隐的光亮洒落到床上，木木醒了。李健像个婴孩那样，蜷曲着身体，一只胳膊绕在木木的胸前。

木木轻轻拿开他的手臂，半坐起来，看着俊朗的脸庞，手指忍不住沿着脸庞的曲线，一点点滑下去，脖子，胳膊，一直到修长的手指。他那紧致的肌肤，泛着一层淡淡的光泽，就像一个健美运动员。

木木想多看看眼前的这个大男孩，这个能让自己暗生情愫的、让自己飞蛾扑火的忧郁王子。

李健也醒了，可他没睁开眼睛，只是笑眯眯地伸手去揽木木入怀。

"你经常健身吗？"数着李健的六块腹肌，木木忍不住问。

"当然啊，你知道吗，在国外，人们经常会说，如果管理不好体重，怎么能管理好自己的人生，又怎么有资格管理别人。所以，管好体重，是有自制力的表现。你看，国外公司的管理层，大多数拥有健美的身材，国内恰恰相反，穷人身材标准，而官员和公司高管，却大腹便便，这也算是中国特色吧。"李健说。

"可惜，我能做的，似乎也只有管理好体重了。我连自己的职业和婚姻都无法做主。"他叹了口气，"下个月我就要订婚了，对方是美国环亚投资银行亚太区总经理的女儿。她也是在美国上的学，下个月回国内，已经被他父母安排进了中钻公司。"木木一听中钻，那不就是环亚参股的国内首批中外合资的投行嘛。这弯弯绕绕背后，原来还是一家人。

当李健说出他要订婚时，木木想哭，却强忍着将泪水流到肚子里。她不会去乞求李健的爱情，在他所处的那个金钱控制的世界里，爱情就是茶余饭后的甜点，却永远不能拿来当正餐。即使不是李健，对于男人们而言，爱情就是生活的调剂，事业才是主菜。只有女人才把爱情当一生的追求。

木木又笑自己的天真和幼稚，怎么会爱上李健这样的男人呢？虽然彼此来电，彼此默契，可终究是两个世界的人。既然如此，怎么又动了真情，一下子就陷落了呢？

"木木，你会相信6个小时内喜欢上一个人吗？"李健的内心活动，似乎总和木木在一个频道。木木想到哪里，他就会说到哪里。

"我相信。"木木本想嘴硬说不相信，但昨天她见李健的时候，就曾幻想让这个男人6个小时内爱上自己。现在她相信李健喜欢自己，美梦实现了，可是随之又破灭了。荣天恒家族不需要爱情，爱情都是扯淡的，财富才是实实在在的。

"和你在一起，我格外放松，有一种想和你一起慢慢到老的感觉。可是，我只是个影子啊。"李健说完，晶莹的泪水，承载着委屈和心酸，滴落到木木的胸口。

灵与肉的结合，可以是爱情的证据，却不能做婚姻的证据。木木明白这些道理，所以她现在没办法去计较最后的结果，内心只好安慰自己，未来的事情谁都把握不了，能把握的，就是当下的感觉。当爱情来了，就要好好享受一生难遇的激情与澎湃，就像海浪，高潮过了就过了。

但木木又有些恨，恨李健明明知道自己不能给木木未来，却还是纵容了这段激情。

木木硬着心肠，把荣天恒和李健的关系，包括荣天恒和紫金上市的承销商中钻之间的关系，以及荣天恒将通过紫金这个平台操纵股价套利等内幕消息，都告诉了"郁金香之约"。

接下来，神秘股东李健的报道，被有计划地从网络、贴吧、博客直到纸媒推出。荣天恒得知李健的身份暴露后，在公司大发雷霆，却不得不按照潜规则，用一千万元付出封口费，否则，根据"郁金香之约"调查出的内幕，荣天恒和某些官员的关系，中钻在上市过程中的财务数据造假行为，等等一系列连锁反应，足可以让一批贪官落马，让紫金证券灭亡，让中钻蒙黑。

李健明白是木木出卖了他。他没有去找木木算账，毕竟，话是从自己口中说出去的；毕竟，紫金就是那么做的；毕竟，自己喜欢木木却不能给她一个未来……

但荣天恒却警告李健，以后不准接触媒体的任何人。

"郁金香之约"分给了木木一百万元的高额提成作为酬劳。木木第一次有了一种劫富济贫的快感。能让一些无辜的散户，逃脱厄运，这就足够了，顺带着，自己能赚上一笔，也算君子爱财，取之有道了。比起那些玩老鼠仓的权贵，揭黑，应该算得上替天行道吧。

初入这一行时，木木对一万元的封口费都会深恶痛绝。封口费是让记者陷落的海洛因。

除了动辄上万的封口费，还有少则几百块钱的车马费，作为财经记者，每天面对着无数金钱诱惑的机会。用行话说，灰色收入很多。

所以，多数人一听木木是财经记者，就投以羡慕的眼光，说："那你一年收入得几十万吧。"

记得初入行，木木对这样的询问总会觉得莫名其妙，自己干了那么多年新闻民工，不吃不喝还攒不到10万。后来才明白，这个圈子的记者，绝非之前自己从事的时政记者那般，主要靠稿费过活。深谙潜规则的财经类记者，一篇负面报道获取的封口费，或许就达十几万，不屑于此道的记者，可以通过获知的内幕消息炒股，所获依然不菲。最落魄的记者，就只能是拿点车马费而已。

木木总觉得靠负面报道私下收封口费，是敲诈勒索；而获知内幕消息，则与那些坐庄的沆瀣一气；拿车马费，更是拿人手短，报道自然少不了多夸几句，成了广告代言。

一开始，木木还拒绝接收车马费，岂知，这样的行为，被视为异类，长此下去或许就没有了进一步接触的机会。机构的朋友告诉木木，你完全没有必要拒绝这笔钱，这点钱，在机构眼里，根本不是钱，你要真觉得这钱不想要，你可以拿来捐款，哪怕给乞丐呢。

渐渐地，木木发现，很多高收入的金融人士，甚至部分官员，最后都是靠内幕消息，靠权力实现财富掠夺的，百姓就是鱼肉，只能任其宰割。

既然如此，财经记者的车马费也好，拿消息炒股也好，也是这个圈子滋生的必然产物，没有人能干净出去。分赃的多与少，无非是五十步笑一百步，没有本质区别。即使真想干净，也没有人会相信你干净。如果真想两袖清风，那就甭干这行了，没人会搭理你这样的弱智。

社会已经这样，逼良为娼。尤其在金钱就是一切的市场经济里，人们的价值观只认钱，甚至"笑贫不笑娼"，没钱就是没能力，有钱就是有本事，不管你的钱是通过何种渠道获得的。

木木想起网络上流传广泛的一句话：生活就像强奸，不能反抗，那就慢慢地享受。

木木曾经那么反抗，但当你必须要面对高昂的生活支出时，当你吃饭、喝水、居住、出行，甚至连玩都要拿钱才能实现时，反抗只会让自己沦为乞丐。

木木只能闭着眼睛享受，但她还是坚持自己的底线，不能为了钱而去敲诈勒索，可以揭黑报道，但必须建立在事实基础之上，必须对大多数人是有价值的。所以，揭露紫金证券实际控制人的报道，至少可以给股民提个醒，让更多的股民免去一次被盘剥的损失，由此获得一百万封口费，算是取之有道，其前提至少不是纯粹为了自我私欲的满足。

只是对李健木木心有愧疚，一个那么相信自己的人，却受到被出卖的伤害。

"对不起，李健。"木木歉意地给他发了条短信。她知道，李健不会回复，因为两人的感情基本没有未来，或许，转机只有期待上帝，再给一次机会。

7. 对赌协议

经历此次患难共事，李健对木木，包括她的职业，有了更多的理解和认可，毕竟，做一个揭露真相的记者，背后承担了太多沉重的东西。

木木用一百万灰色收入，首付了一套单身公寓，再添置了一辆心仪已久的黄色甲壳虫。有了安定的窝，有了代步工具，对目前一个人的生活状态显得满意起来，也觉得结婚似乎更没必要了。

可是作为过来人，胡薇却时刻提醒她，不能满足于眼前这点小安逸，嫁人还须趁早。

胡薇，木木同事兼爱情军师，比木木只小4天，婚龄却有5年了。和木木同为处女座的胡薇，也是感性派，爱情至上。幸运的是，她只谈了一次风花雪月的爱情，就顺利地把自己嫁出去了。

看着木木形单影只，胡薇总觉得不把她嫁出去，就是自己的一块心病，所以，她把自己认识的单身男资源毫无保留地贡献出来，甚至连老公那边的资源都要搜罗殆尽。

与疯丫头善于主动出击截然相反的是，木木更喜欢守株待兔。

说兔子，兔子就来了。

木木通过荣天恒一案，在郁金香小组确立了自己的地位，而上次一起吃饭的律师王晓天对木木展开了攻势。他比木木大两岁，是内蒙古赤峰人。因为具备证券业律师资格，王晓天对公司的上市、资产重组等业务尤其擅长。但木木还是拒绝了，她心里现在只有李健，虽然她知道，和李健已经没有可能在一起了，但爱情对木木就是这样，来得快，却去得慢，尤其是一个真让自己动了心的男人，要忘记，还真需要时间。

如果以为木木完全就是以貌取人的"外貌部"人士，倒也错了，一个男人最能打动女人的，是他的能力和担当，在这个前提下，长得赏心悦目自然就是锦上添花了。

王晓天受命去做一家自来水公司的调查，木木发现王晓天调查的自来水公司与一起重大资产重组相关。真是冤家路窄，其财务顾问竟然是紫金证券，而李健担任此次重组券商的协办人。木木上次获得了一笔不菲的报酬，由于是灰色收入，对她在报社的升职前途并无帮助。她敏锐地感觉到，这次资产重组的报道是个机会。

木木对自来水公司的资料，进行了研究。该自来水公司现在的控股股东是法资企业，如果用来置换到上市公司，将变成外资控股的上市公司。经过进一步深入研究，木木发现国内许多城市的自来水公司已被法资企业控股。木木决定策划一个城市基础建设被外资控股的专题，对与国计民生有关的基础设施进行深度报道。很快，木木的系列报道产生了重大影响。证监会叫停了此项目的借壳上市。紫金证券虽未能做成此单财务顾问，但另辟蹊径，以紫金关联影子公司的名义收购了法资企业的水务公司，从中也获得了不菲的好处。这一次，木木的报道，无意间给紫金证券创造了一次收购的机会，她和李健的误解在慢慢消融。

木木因为对外资控股国计民生行业的深度报道，获得行业内新闻报道奖，在金融圈的人脉资源也开始急剧增多。她经常会收到一些匿名材料，这些材料，往往都是涉及上市公司的关联交易、利益输送等不法勾当。甚至连李健，都加入了爆料人的行列。

因为，这就是一个弱肉强食的圈子，紫金证券牛，那还有比你更有背景的，大家无非是黑吃黑，最后弱势一方，往往会期待通过媒体，夺回一点话语权，或者达到其他交易目的。

李健找到木木，主动爆料，让她参与一件表面上与云南干旱有关，实则与一起对赌协议相关的调查。

2009年四季度以来，云南大旱，这场干旱持续到2010年3月，电视报道说，这是百年一遇的全省性特大旱灾，干旱范围之广、时间之长、程度之深、损失之大，均为云南省历史少有。干旱甚至还波及到贵州西部和广西西北部。

百姓只能体会到干旱影响自己的那一亩三分地，而那些期货公司和券商们，背后却在为上亿的交易而焦头烂额。

作为全国甘蔗、烟草等经济作物大省，干旱导致2010年云南的白糖、烟叶产量受到重创，紫金证券虽然根据信息调整了投资方向，但还是受到了一些损失。

这一年，李健在云南调研干旱时发现，一家香港上市的造纸公司水杉股份，其唯一的生产基地正好设在云南。李健未婚妻曾不经意告诉他，美国环亚投行在水杉股份上市时签有对赌协议。

看着大片速生桉树死亡，李健忽然想起这份对赌协议。他委托自己的未来岳父，身为环亚投行亚太区总经理的庄俊祥，拿到那份对赌协议。原来，水杉股份2007年上市时，美国环亚投资银行认购了30%股份成为第二大股东，同时还签了一份对赌协议：如果水杉股份从2007年到2010年连续三年，年复合增长率没有达到50%以上，那么环亚投行将以当时市价的1/2收购水杉30%的股份，届时，环亚投行持股比例将上升到60%，成为控股股东。如果水杉股份业绩达到目标了，那么，环亚投行就输掉已有的30%股份。

李健搜集资料发现，水杉股份上市前，已在云南耗巨资建起100多万亩的速生桉树林和50万吨的溶解木浆项目，并以此作为上市时向投资者描绘的生产前景。前期投入也促使其上市的融资规模庞大。为了不让上市融资计划破产，便与环亚投行签了对赌协议。

但突如其来的特大干旱，使得速生桉树大量死亡，不仅如此，外资造纸企业在云南、广西等地的速生林生产基地都出现了类似情况，这就意味着水杉股份想从其他企业购买原料的渠道也被堵上，像加拿大等国也在提高纸浆价格，若进口纸浆的话，成本也会大大提升。再加上水杉股份生产的新闻纸主要出口到美国，而美国的印刷业受2008年金融危机影响，不少报业集团已经停止了报纸的印刷，这样，水杉股份的订单从2008年开始就应该出现下滑，而且国内市场的占有率短期内也无法大规模提升。如此一来，产能受重创，生产成本上升，主营业务收入下滑，定使得其2010年的业绩无法续写年复合增长率超50%，届时，水杉股份无疑要面临被环亚投行控股的命运。

看准这个机会，李健希望木木陪同一起去云南，调查事态进展。

两人一起去了云南曲靖，发现干旱情况比电视报道的更加严重，超出人们的想象。木木就此写了份云南干旱的再追踪报道，而李健当初的判断也成为现实，水杉股份的造纸基地果然受到重创，大量林木死亡，但公司对外封锁了消息，拟通过与大股东隐形公司之间关联交易，制造虚假的业绩。李健和水杉股份谈判，要求其与国内一家大型造纸上市公司以换股20%的形式进行资产重组，虽然持股比例会下滑至40%，但控股股东的地位不变，从而逃避与环亚投行的对赌协议。水杉股份并不情愿，他们还是希望能通过制造虚假业绩来逃过这一劫，并企图软禁木木和李健，让那些不利的信息无法传播出去。

木木和李健趁深夜看守人员睡熟之际，连夜逃出云南，随后，木木为了帮助李健实现这次重组业务，报道了水杉股份生产基地大量树木死亡、产能下滑的消息。

水杉股份眼见大势将去，最后只能接受李健的重组方案，其附加条件就是聘请紫金参与资产重组。

经历此次患难共事，李健对木木，包括她的职业，有了更多的理解和认可，毕竟，做一个揭露真相的记者，背后承担了太多沉重的东西。

因为，中国的资本市场，信息高度不对称，就是一个弱势有效市场，股票价格反映的总是过去的价格和交易信息。只有通过权力或者金钱贿赂，提前掌握大量内部消息的投资人才能比别人更准确地识别证券的价值，并在价格与价值有较大偏离的程度下通过买或卖的交易，获取超常利润。

正是信息的不透明和信息披露的不完善机制，才给老鼠仓提供了生长的腐败土壤。

8. 情人节晚上的老鼠仓

木木不明白，金融内幕如此隐秘，她都能挖出个一二三来，为什么单单到了婚姻这块，经历的磨难却格外多些。

木木以前认识的一个操盘手，在情人节的早上给她发来短信。说有内幕消息提供，条件是共度情人节晚餐。木木隐约觉得这背后有什么不可告人的秘密，虽不情愿，出于好奇，还是去赴了操盘手的情人节约会。

操盘手小樊告诉木木，一家兵器为主业的上市公司，会在后天早上停牌半个小时，宣布国家防务资产会注入到上市公司。他告诉木木，明天早上集合竞价后会有一轮跌停，要求木木在此价位买入。

木木陪小樊吃完饭，婉言谢绝了去万达广场看电影的邀请。她一个人落寞地开着甲壳虫，游荡在大街上，整理着自己的思绪。处女座开车，绝对是属于走神一族。

木木现在一听老鼠仓，都特反胃，自己算是既得利益者吗？有时候出去采访，一介绍自己是证券记者，别人的脸立马成为一朵花，"有什么内幕消息告诉一声啊"。当大家都以拿到内幕消息为荣的时候，这个资本市场，还有什么可信性。

木木忽然想起李健来，这个忧郁王子是不是正和那个环亚投行总经理的女儿共进烛光晚餐呢？

心中正犯着自作的酸劲，手机响。

木木平静了一下情绪，接通电话。

"木木，我在三里屯Village的咖啡座等你，有话想和你说。"李健的声音传过来，木木的眼泪刷地就又出来了，不能在一起，偏偏心灵感应总是这么合拍，这算哪门子事啊。

"今天不合适，改天吧。"木木拒绝了。

在这么个特殊的日子，见面自然带有某种暧昧的含义，虽然戒不掉思念，但不能如此暧昧下去。

"反正你不来，我就不走，一直等到你。"李健不等木木说话，就把电话挂了。

木木心想，你还理直气壮了不成，我的委屈还没处诉说呢。

没办法，她还是去了Village。

李健今天没有往日的忧郁了，木木纳闷，不知道他又要搞出什么鬼点子。

"我和她分手了。"李健看着木木，平静地说。

木木盯着他，不知道该如何接话，原本很想跟他在一起，但听到这个消息竟然一点高兴不起来。

处女座有个毛病：纠结。可以为了爱情放弃一切，可真当爱情停留的时候，却又开始逃避。"齐大非偶"，她脑海里现在全是这个词。

"我该选择我自己的生活，选择跟我喜欢的人在一起。"李健继续说道。

李健这算表白吗？木木忽然不踏实起来，她敢接受这份感情吗？一个比自己小5岁的大男孩，一个事业才起步的富二代，年龄相差太大，门不当户不对，谈恋爱还好说，如果要结婚，不用说李健的家族必定重重门槛，自己的父母也未必接受得了。

在经历了那么多情感上的起起伏伏，木木此刻只想拥有一份适合的感情和一桩合适的婚姻。

看着木木心事重重的样子，李健很意外，问道："是不是发生了什么？"

"今天我的头绪很混乱，先不要谈感情的事好吗？"木木在不知道如何更好地处理和李健关系的时候，就先放到一边，等考虑清楚了再做决定也不迟。

木木把小樊说的事，跟李健简略地说了一下。

"这事我也听说了，目前已经有两家券商参与到某军工上市公司坐庄，包括这些券商的亲友也会参与这起老鼠仓。"

第二天，木木关注股市情况，果然在开盘后，股票被砸到跌停。下午后大量资金涌入，主力资金进入明显。第三天，这家兵器公司发出公告，国家部分防务资产会注入上市公司。公司股票经历了七天涨停，而后是五天跌停。

如此老套路的坐庄痕迹，木木都快无语了，既然是国有资产参与注资，背后肯定是利益集团的一次合谋。

木木把这个消息提供给了路峥嵘，希望他通过这篇重量级报道，职位上得到进一步提升，也算是对其上一次帮助自己调查出紫金内幕的感谢。路峥嵘会意，通过多方力量，最后竟然查到了证监会一官员也参与其中，于是将此案以《猫鼠同乐　证监会官员陷落》为题，把券商和证监会某个不良官员沆瀣一气的行为，来了个一锅端，此案引发证监会地震，证监会连夜开会，查处该官员，两家参与的券商也受到了重罚。不论处罚多重，在巨大的利益面前，监者自盗、猫鼠同乐的游戏，永不会停止。

每调查一件案子，揭露真相带来的职业快感之后，绝望与无力的负面情绪也经常会让木木疲惫不堪。

工作毕竟不是生活的全部，家人不希望木木工作有多出色，只希望她能在结婚的年龄结婚，在该生孩子的年龄当上母亲。

路峥嵘打趣木木："你现在就是一个白骨精加三高女，别再修炼了，越优秀匹配的资源越少。网上有句话说得好，男人因为孤单而优秀，女人因为优秀而孤单。"

木木矢口否认："白骨精是白领、骨干加精英，我顶多是个新闻民工，哪是什么白领啊，至于高学历、高收入、高职位的三高女，收入和职位么，还差点。"

路峥嵘批判木木不知足，都到这个份上了，会吓跑不少追求者的。

木木说："大家就是欺负单身女性，我们单身，就叫剩女，那男人单身，就叫钻石王老五，太不公平了。"

路峥嵘马上纠正："那也是有钱的剩男才叫钻石王老五。"

木木不明白，金融内幕如此隐秘，她都能挖出个一二三来，为什么单单到了婚姻这块，经历的磨难却格外多些。

眼下，兴起的微博上，到处有"解救大龄男女青年"的信息，五颜六色的求偶照、五花八门的自我介绍出现在网络上，一会儿凡客体，一会儿咆哮体，各人都叫唤如此优秀，为何无法加入"脱光"（脱离光棍）队伍？

求偶方式和渠道，虽然一会儿兴网络，一会儿兴电视真人秀，一会儿兴微博秀，但渲染的主题只有一个：求解救。

木木每次看到"求解救"的帖子，就特想较真地回复：不要指望他人解救自己，解救自己的，除了自己，还是自己。

但人就是这样的动物，没有经历的事情，总会充满期待和幻想，一旦亲历一切，便能彻底读懂柏拉图的那句话："我以为小鸟飞不过沧海，是因为小鸟没有飞过沧海的勇气，十年以后我才发现，不是小鸟飞不过去，而是沧海的那一头，早已没有了等待。"

经历了6年的初恋，经历了刻骨铭心的分手，经历了一次次没有善终的相亲，她完成了凤凰涅槃，涩女郎蜕变成熟女，穷酸的灰姑娘变成了白骨精。

木木解救了自己，从物质上，她自我奋斗实现了车、房的梦想，不再对另一半有要求和期待，因此就不会为了房子车子而盲目嫁人。物质的自给自足，保障了她在精神上的自由和独立，不依附于他人。

可是，当物质实现了自足后，她又常常回忆以前为了房子而争吵的幸福，那时还有等待，还有幻想。而当等待不再，便也习惯了一个人吃饭，一个人睡觉，一个人逛街，一个人旅游，一个人无牵无挂。

但是，家人朋友不希望一个人的状态持久，剩女军团压境的社会环境，此起彼伏的相亲狂潮，让她无法独善其身。

回想从2010年木木开始正式加入相亲大军起，那过往的一切，如云烟，在眼前久久不散。

第二部分

相亲狂躁症

木木一回忆自己的相亲路，不免吓了一跳，在过去那一两年，不是在相亲会上，就是在相亲的路上。

携手并肩的，还有一堆姐妹，当然，也少不了已婚人士在旁边敲锣打鼓，那个热闹劲，加上层出不穷的"雷人"事件，让木木有每天看免费大戏的快感，有时候，这种快感竟也是一种自娱自乐。

但是每一个剩女的相亲史，又何尝不是一部饱含泪水的成长史。

1. 今天你相亲了吗?

相亲这个词，现在就好像"你吃了吗"一样，到了我们剩女这里，就死
活绕不开!

一次下班后，人走得差不多了，办公室很快空荡荡的更加安静。

木木把整个身子陷到椅子里，舒服地看网上明星的八卦新闻，不用急着
回家。

"单身真好!"木木忍不住又感叹了一下，当初怎么就那么想结婚呢，
每天脑袋里除了柴米油盐，还是柴米油盐，一个字——累。

幸亏分手了，要不然一辈子都不知道一个人的生活原来可以如此美好，
就嫁作人妇，亏死了。

在办公室享受属于一个人的片刻安静，就让木木得到了极大的幸福感。
如果没有经历恋爱、分手、单身的过程，幸福感或许就只能停留在所谓的
"围城"中，不可自拔。

"还加班呢? 别老在办公室，赶紧出去相亲找男人去。"编辑老赵溜达
过来，看木木还盯着电脑，以为她在工作。

老赵其实不老，35岁，孩子才两三个月，但是长期做编辑、久坐缺乏运
动，已经有了大肚腩，加上用脑过度早早开始谢顶，难免有点老像。老婆带
着孩子到娘家休产假，留下他一个人在北京，所以最近下班后，他和木木一
样，宁肯耗在单位上网看电影，聊天，也不回家。

"啊? 嗯。"木木抬头正要搭话，见老赵转身走了。

"难道我不嫁人，就这么碍事么? 我又不是不安定分子，从来不觊觎已
婚男人，这些老男人干嘛也催我出去相亲?"木木噼里啪啦地在MSN上敲
出一堆疑问句，发送给张涛。

张涛是木木研究生毕业后第一份工作的上司，新华社旗下某时政杂志
编辑，年龄只比木木长两岁，却有着与年龄不相符的成熟和稳重，典型的70
后，儒雅绅士。但这只是假象，骨子里还是有点小坏，用张涛自己的话说就

是"建设性外表下是一颗带有破坏性的内心"，用网络流行语言解读就是"闷骚"。而这份破坏性和闷骚劲，似乎谁都没有发觉，当被木木的火眼金睛戳破后，张涛便成了木木的蓝颜知己——一个无话不谈的男性"闺蜜"。

"没有呢，大家这是关心你，证明你人缘好。"张涛说。

"以后我的MSN签名就改成'今天你相亲了吗'，哈哈，有创意吧？"木木小小地自恋了一下，"你发现没有，相亲这个词，现在就好像'你吃了吗'一样，到了我们剩女这里，就死活绕不开！我不是不相亲，是已经疲了。从年初到现在，相了一拨又一拨，完全可以写本相亲剧本了。"木木向张涛抱怨道，对相亲，现在真的没有一点激情。

"先缓缓，调整一下心态。"张涛的安慰，其实没有什么作用，木木已经把相亲当成了生活中的娱乐项目，一个可以让自己接触不同行业、了解不同男人的娱乐项目，至于相亲的结果，反而不重要了。

"多花点时间在恋爱上，工作不重要。如果你不肯在恋爱上下功夫，是嫁不出去的。"老赵又返了回来，一屁股坐到木木旁边的办公桌上。

木木一看这阵势，就知道要开讲了。

"就是啊，女孩子家家，别老在办公室耗着啊！"得，未婚的路峥嵘也跑过来搭腔。准丈母娘家在天子脚下的前门有一个四合院，但这个有志气的男人，愣是不去丈母娘家和相恋5年的女友同居，总是在办公室最后一个走，写最多的稿子，为"明年结婚买房"的计划拼命。

哎，看来下班后，这两个大男人"无家可归"，只好和木木调调小情了。

"我不是不想去相亲啊，问题是我找谁相亲去啊？"木木双手一摊，故作委屈状。

"上相亲网站啊，那个最早的那家叫什么来着？"老赵搔着头皮，一时想不起来网站的名字。

"世纪佳缘。"木木提醒道，"我已经是白金级会员了！可觉得还是不靠谱。"

木木年初时，就被多位朋友怂恿，也加入到网络相亲的庞大队伍中。

"怎么不靠谱呢，据说人家世纪佳缘的创始人小龙女，就是北大的才女，她是通过网络相亲结婚的。她很早就看出很多人到北京都是通过学习从农村、小城镇跳出来的，这些人将来结婚是大问题。以前的那种父母之命、媒妁之言、组织介绍、亲戚朋友帮忙，现在在大都市里都行不通。网络媒体当时也已经越来越普遍，所以她最早在2003年办了国内第一家这样的严肃婚恋网站，最早在上面注册的那些人可都是北京各高校的研究生和白领们。"老赵一本正经地解释。

他说的这些，对于做记者的木木来说，早已经知道，但创始人"小龙女"的成功，不代表每个人都可以网恋成功，就好比网上正在热炒的打工皇帝唐骏。这位昔日被媒体塑造的成功典型，曾出过励志书——《我的成功可以复制》。岂知，其学历造假事件，让网民由此模仿腾讯网的创始人马化腾口吻，戏谑曰："我的复制可以成功。"

木木不敢否认网络相亲的效果，因为现代人每天在网上的时间远比在现实生活中的时间要长。木木甚至觉得，没有老公可以，但没有网络却受不了。老公唯一的价值似乎就只剩下传宗接代了。"哈哈，用更直白的话说，就只剩下陪老婆上床的功能了。"胡薇曾下过如此经典的结论。当一堆充满女权主义思想的高学历女人八卦老公有无必要时，最后的结论往往就是这句。而网络不一样，万能的网络能够给自己带来情感沟通的需要、娱乐的需要、信息更新的需要。网络已经无所不在地融入生活，网恋早不是什么值得大惊小怪的事情了。只是很多网恋的人还是怕被人笑话，被世俗鄙视，即使网恋结婚了也不敢公开认识途径。而另一方面，网络是把双刃剑，网上也不乏色狼、骗子，各种形形色色、心术不正的人，这种寻求网络爱情所承担的风险，木木起初觉得不能接受。

朋友胡薇和其老公路游就是通过世纪佳缘的网恋相亲的成功典范。

胡薇还经常跟木木讲起他们恋爱的"刺激"经历。那时胡薇还在长沙上大学，无聊时就会在网上随便找个帅哥聊天，解闷儿顺便养眼，不过胆子小，只敢找地儿远的人，怕太近了别人真的杀到长沙来——怕什么来什么，路游这个愣头青硬是在大冬天从北京跑了过去，胡薇一感动就缴械投降了。毕业后，毅然放弃家人在深圳帮找的高薪工作，独身一人跑到北京来，在不到半年的时间，就把自己嫁出去了，可算是"把所有的第一次都给了老公"。

拿着自己网恋成功的事迹，胡薇多次怂恿木木："到网上骗帅哥啊，跟网友多聊天啊。"

胡薇觉得木木在把自己嫁出去这件事上，太被动，总是守株待兔："肥兔子早就被我这样的精明女人逮回家了，你再不赶紧动手，更没什么好货留给你了。"

在怂恿者之一——胡薇的反复"洗脑"后，木木抱着试一试的心态，申请成为号称"中国最严肃婚恋网站"——世纪佳缘的第258848名会员。

2. 世纪佳缘，我来了

> 就像在开心网上种菜一样，掐着时间点，满心刺激地去朋友家"偷菜""偷动物"，不论是不是自己的劳动成果，最后都能赚个盆满钵满，"积分"嗖嗖地上升。在世纪佳缘上，也是如此。木木每次登录，首先关注自己的"人气"达到多少，自己的"佳缘积分"涨到多少。

老赵既然提起网络相亲，木木就给他们讲了自己曾经在网络上恋战的故事。

想当初，刚加入世纪佳缘，还存在幻想和希望，每天晚上，总会登陆网站，看看又有谁给自己发邮件情书了，又有哪位男士在QQ上闪烁呼唤了。

就像在开心网上种菜一样，掐着时间点，满心刺激地去朋友家"偷菜""偷动物"，不论是不是自己的劳动成果，最后都能赚个盆满钵满，"积分"嗖嗖地上升。在世纪佳缘上，也是如此。木木每次登录，首先关注自己的"人气"达到多少，自己的"佳缘积分"涨到多少。为了攒积分，头一周，木木登陆频繁。人气和积分上升了，邮件便也多起来了。

"你人气才几百分啊！"有一次，同居室友沁如的同事焦丽来木木这里过周末，用木木的电脑，看到木木的人气分数，很是不屑。

"人家不是才刚刚加入嘛，还是新手呢。"木木解释道。

"你看我的，都好几千了。"焦丽炫耀着，她2008年就加入世纪佳缘了，收到的邮件有好几百封。

"那效果呢？"木木不是有心打击焦丽，因为焦丽至今还单着呢，她只是想从前辈那里汲取点实战经验。

"唉，实质结果极其惨淡啊，见了面的不少，但网恋还真有点见光死的感觉。"焦丽摇头叹息。

"你看看你，照片没有，资料填的也不完整，难怪人气那么低。"焦丽突然发现，木木连照片都不舍得公布，"你这样，谁找你啊，连长相都不知道。"

木木一瞅，呀，焦丽的资料完整度竟然高达99%，甚至把住址、学位证书都填上了，而且还选了一张笑得灿烂无比的照片做头像，强悍！

木木在这一点上，充分体现了处女座的特点，格外谨慎和小心，不愿意在网上"抛头露面"，虽然这关系到终身大事，但还是不想牺牲自己的长相，去博取点击率。

看着网络上形形色色的"剩男剩女"，木木想到了古代的奴隶市场。所不同的是，奴隶市场上正在等待贩卖的奴隶，面对的毕竟是有限买家的随意浏览和挑选；而在网上，其背后却是有全国乃至全世界成千上万的会员在任意浏览和挑选你，这种感觉让木木感觉很不爽。

但是，不爽归不爽，毕竟，网络技术让"挑选效率"达到了最大化。

借助现代先进的网络搜索技术，可以将挑选条件任意组合，坐在家里键盘一敲，一秒钟就可以找到符合条件的"他"。无须像奴隶主那样，为挑选满意的奴隶，要从集市的一头走到另一头，腿都跑断地看遍所有的奴隶之后，才能做出决定。

"知己知彼方能百战不殆，我是不是也要知道与我实力相当的竞争对手有多少？"木木的好奇心来了，在搜索栏中根据自己的条件，在年龄、身高、月收入、学历等栏分别输入27～30岁、160～165厘米、5000～10000、硕士研究生。

鼠标一点，刷——出来了1648个搜索结果。

木木一看，嘟着嘴的，瞪着无辜大眼睛的—— 一看就是90后的风格，走卡哇伊（可爱）路线；而和自己年龄相仿的，也都个顶个的标致。

　　木木忍不住内心狂骂："真他妈的受刺激，个个长得貌美如花，咋就能剩下呢？我真不该投胎当女人，要是男人多好，有这么多美女待字闺中。"木木看着美女，猪八戒的本性就会反射出来——流口水，眼神也开始变得直勾勾了。

　　看着看着，木木就开始气愤，气愤的是怎么就这么多不长眼的男人让这么多漂亮的女孩当"剩女"；更令人气愤的是，这些所谓的剩女，有体面的工作、可观的收入、独立又美貌，怎么就被剩下了呢？

　　看到竞争对手们一个个都如此彪悍，自己到底该不该放照片上去呢？

　　如果把照片放上去，万一被熟人、朋友看到多不好意思；可要是不放的话，又有谁对你有兴趣呢？自己不也是根据男士的长相，决定是否继续阅读他的个人资料吗？

　　将心比心，木木觉得确实应该把照片放到网站上。

　　经过思想斗争，木木采取了个折中策略，挑选了一张蛤蟆镜遮了半个脸的照片当头像。"哈哈，朦胧美，留点想象空间会好些。"木木内心得意，蛤蟆镜仿佛夏娃遮羞的那片叶子，能够带来一丝安全感。

　　寻觅的另一半，又该是什么样子呢？

　　年龄——27～35岁，身高——175～185厘米，月收入——2万元以上，学历——硕士及以上，木木把设想的理想对象的条件输入到电脑上。

　　鼠标一点，心有点凉，符合条件的，还不到1000人，最要命的，多数不公布照片，难道和自己的心理一样？1/3有照片的，排除长相"千奇百怪"的，剩下能吸引木木眼光的，可谓"寥寥无几"。

　　这对以貌取人、被胡薇列为"外貌协会"的木木来说，无疑是当头一棒。

　　用东北话说，"长得磕碜"的比比皆是，再加上照片选得不当，有些人看起来竟然有点狰狞，让人压根没有欲望点击进去。

　　这还没见光呢，就让人有逃避的念头，木木很失望。

"阳光、端正的男人难道就那么少吗？"木木嘀咕，"帅气的男人真的已经被抢光了吗？"

为了不让一条鱼漏网，木木决定广撒网了。

珍爱网、中国首席婚恋服务专家——百合网、京城邂逅高端严肃婚恋交友平台——交友网、甚至是MSN上的交友栏目，但凡网上有的交友网站，木木都在上面登记留下信息。

登记竟然也不是轻松活。在百合网上完成登记之前，还要花一个多小时做心理测试。找工作做心理测试，要测你属于抗压型的，还是创造型的员工；找对象做心理测试，是要给性格特点做定位。

"和找工作有得一拼了。"木木心想。

这年头流行心理测试，好像不测试就不知道自己适合什么样的工作和对象，人活得越来越依赖所谓的量化测试，而不是靠眼睛和心灵去感受、体验。

感叹着做完测试，木木一看结果：作家型。

一开始木木出于新鲜劲，每天上网查看点击率，阅读一封封的邮件情书，回复邮件成了乐此不疲的活动。

岂知，一位异性朋友在和木木的一次偶然交谈中告诉木木："有些已婚的不良男人，也会在这些交友网站上钓美女，寻找婚外恋的刺激，想搞个一夜情，你要当心。"

打那以后，木木告诫自己：网络，是把双刃剑，网络相亲，别太上心了。

3. 重眼缘，也要物质

剩女心，海底针。这就是现在剩女多的原因了，剩女是现代社会泛物质观的一个缩影。

"由信任到怀疑，婚恋网站吹起的迷幻泡泡，只有亲身经历的人才知道。"木木对老赵说。

"结婚就是那么回事，差不多就行了，别挑剔了。"老赵却说。

为了让老赵明白，自己也是经过一番努力的，木木说："那我就给你们讲讲我在世纪佳缘的相亲经历，你们帮我分析分析，究竟是不是我的问题。"

老赵和路峥嵘两人围过来，两眼放光："快说，快说。"貌似很感兴趣的样子。

木木忽然想到了在世纪佳缘上遇到的北京税务男。

"以职业来称呼这位相亲男，就叫他税务男吧。"

木木刚一开口，老赵迫不及待："多好的职业啊。"

"嗯，是不错。他老爸老妈也是税务系统的。"木木继续。

"官二代啊。"路峥嵘张大嘴巴，两眼充满着对官二代的向往和羡慕，"你想啊，咱们在体制外被榨干了血肉，你就应该找个体制内的人，好好享受一下国家福利。"

"删繁就简，总之，本姑娘没看上。"木木一句话带到最后重点，问老赵，"他一直强调自己的车，说他的车有多好，现在在哪里，他的车在哪里关我屁事啊？"

"人家是在用车争取你，显示他的实力。"老赵嘿嘿一笑。

"大概，也许，可能吧。"

见面的时候，少不了介绍家底，当然，木木从来不去主动问。税务男说："父母住在右安门，我自己在附近的另一套房里住，本来手头有200来万，最近炒期货赔掉了。"木木曾在右安门附近租住过半年，那里紧靠二环，出行极为方便，那一带的两套房子价值至少在300万以上。

税务男讲述这些的时候，木木只是礼貌地微笑，不予置评，但心中却想，"你不就是想表达一种你很有钱暂时没钱的状态吗？"其中，难免还暗含着另一层深意，"我有家底，但你不能坐享其成，先跟我过一段没钱的日子"。

其实木木并非不在意另一半的财富实力，尤其在北京这样一个"穷人的地狱，富人的天堂"的高消费城市，没有钱意味着日子会过得很没有尊严。但是税务男与人谈话时的羞涩表情，眼神的游移和不安，再加上瘦弱的身材，展示出来的一切讯息，丝毫调动不起木木身上荷尔蒙的冲动，更让木木看不到他的能力和潜力。在这种时候，房子也好，车子也罢，都成了一堆没有意义的物质而已，而不是让人眼前一亮的附加值。

说再见的时候，税务男柔柔地说了一句："要不要看下我的车，我的车在那里。"同时使以眼神暗示木木去看他的座驾，而木木只是淡淡地"喔"了一声，然后说了声"再见"，就头也不回地走了。留下税务男在原地石化了，那幽怨的眼神让木木感觉到自己好像太绝情了。

"那这个男的哪个地方让你接受不了？"老赵不解，他觉得税务男是个不错的结婚对象。

"看着不顺眼，没有感觉。"木木说。

就像世纪佳缘网上流行的说法：要求对方合自己的"眼缘"。眼缘究竟是什么东西？用一个俗烂的词解释，应该就是"一见钟情"吧。而要实现一见钟情，彼此有感觉，又是那么虚无缥缈。因为感觉是一种无法数量化，无法具体化，弥漫在两人之间却又无法用肉眼看到的化学气息，歌德把这种气息命名为"亲和力"，这种力量会让两个即使是各有家庭的人，也会走到一起。而木木喜欢给这种奇怪的力量，安上"感觉"这个名称。她认为感觉这东西，实质就是荷尔蒙冲动。没有感觉，就是没有荷尔蒙冲动。

"也许待久了，了解深入些会更有感觉，不一定一见面就得来电。"路峥嵘也是同一个腔调。

"那如果有感觉，没有钱，行吗？"老赵问木木。

"这个……也不行。"迟疑了几秒钟，木木说。

因为曾经百合网上遇到的"低碳哥"，就是这样一位。

低碳哥是一家电器的北方区首席代理，典型的北漂，刚来北京没两年，而且未来还不知道能不能在北京扎下根。无房无车，但对木木很有好感。与木木首次见面时，便展开了猛烈攻势。

"做我女朋友吧。"低碳哥直截了当。

"还是算了吧，你给不了我安定感。"木木也很直接。

"你给我时间，未来两年内应该能买上房子，以后的车子也不是问题。"低碳哥为自己争取时间。

"这不是时间的问题。如果我等了你两年，结果还是给不了我安定的家，谁负责？"木木表示怀疑。

口头承诺的东西，永远不要相信。也许木木的绝情，会被骂"太现实"；而木木的"现实"，又何尝不是被生活逼出来的呢？就在这个承诺过去一年后，依旧没有买房子的低碳哥还在继续争取木木给他机会。看在低碳哥如此执著的份上，木木答应尝试着给他一年时间。可2011年刚过完春节，北京就出台了史上最严厉的购房政策：外地人在北京上税不满5年，不能购房，不能购车。低碳哥再次被政策挡在了北京城外。这是后话暂且不表。

木木这个年龄上的剩女，识别真假潜力股的眼力已八九不离十，不再是在校园那个几句甜言蜜语和承诺就能打动芳心的青涩女孩了。

"剩女心，海底针。这就是现在剩女多的原因了，剩女是现代社会泛物质观的一个缩影。"老赵摇着脑袋和路峥嵘议论着女人的"物质化"，回到各自的电脑前。

胡薇也曾训责木木："你呀，就是太挑剔，有钱的你嫌没感觉，没钱的你又嫌给不了个安定的窝，真难伺候！"

其实木木内心觉得自己不算挑的，她要求的是非常现实的基本条件而已。如果不挑剔，难道就容易嫁出去吗？木木对此也表示怀疑。

4. 相亲梯队的量化管理

> 恋爱就像等公交车，该来的不来，不该来的总是先到。

起初，木木对相亲还是热情饱满，但经历过几次实地约会后，激情日渐褪去，感觉日渐麻木。

相比之下，木木越发佩服同事沈姗。

"要把相亲数量化，今年要相亲300个男人！"激情永在的疯丫头沈姗，与木木的状态恰恰相反，随着相亲梯队日益庞大芜杂，她的斗志却日益高昂。不知道她从哪里发展了如此多的相亲对象，至于采访对象，只要是没结婚的男人她都抱着不放过的态度。

按说，和采访对象发展关系，也没什么不妥，毕竟这个行业，注定了有着天天与人交流沟通的机会。所以，木木那些非记者的朋友，都纳闷地问："你自己是记者，接触那么多人，怎么可能找不到合适的人呢？"

这个问题，木木也很奇怪，合适的人都藏到哪里去了？偶尔碰到让自己无法自持的魅力男人，但大多数的无名指上已经戴上了闪闪的婚戒，刺眼的光芒仿佛一道利剑，在单身的木木面前，划开了一道无法逾越的界限，令人懊恼。

疯丫头也有同样感慨："木木，优质的剩男会越来越少了，靠谱的大多结婚了。"

疯丫头经常仰头长叹："恋爱就像等公交车，该来的不来，不该来的总是先到。"

为了尽早找到属于自己的白马王子，疯丫头的相亲斗志比木木旺盛十倍，只要是单身男人，管他什么身份，都会抱着一线希望去了解和接触。

疯丫头的理论一套一套的，基本上每周末都会安排约会，或者是采访对象，或者是朋友介绍的相亲对象，或者是同学，或者陌生人，一有朋友聚会，更是风雨不误，必到无疑。

木木一直不明白，疯丫头为何对嫁人如此有动力？

疯丫头相亲梯队的量化管理，除了保证数量上的最大化，人种的丰富化也是必不可少的。

一天，快下班时，疯丫头用英语叽里咕噜地小声讲着电话。

木木以为她在采访，便没有打扰。当她放下电话时，木木终于忍不住猛夸："没想到你英语这么强悍！沟通无障碍啊，发音还那么标准，以后有需要英语采访的时候，得给姐妹效点力啊。"

"嘻嘻，不是采访啦，只是和我的老帅哥邻居商量晚上去哪家地道的西餐厅享用晚餐。"疯丫头喜不自禁，小眼睛又眯成了一条线。

"俺们对你越来越刮目相看了，连邻居都不放过，难道你邻居还是个外国人？"木木问。

"嗯，他是飞行员，刚从英国飞回来。"疯丫头说。

"不过，找我用英语采访没问题，雅思能考7分以上的人，听说读写可不是吹的。"疯丫头开始炫耀，"俺们也是字幕级的水准呐。"

木木知道，所谓字幕级，就是看英文电影能达到翻译的水平。"考这么高的分数，干嘛不出国？"木木奇怪。

"还不是俺老娘，死活不让我出去，说就这么一个闺女，出去了不回来怎么办，她老人家巴不得我回桂林老家工作呢。当年我考上北大，她嫌我跑那么远，现在留在北京工作，还时不时碎碎念呢。"

"那你要真找个老外当男友，你老娘不会疯了吧？"

"这倒没考虑，先谈着吧，成不成还远着呢。就是不成，我这不也顺便练练口语了么，要不时间久了，我这纯正的英伦口音，就该变味了。"疯丫头说。

"可是，据我所知，你的外籍男性朋友，可不止这一位，不怕你的口音最后全串了？"

"哈哈，这都被你发现了。"

"我发现的还不止这一点呢。上次去天津出差，你在会场上勾引的那个帅小伙，说自己和英国前首相布莱尔的儿子是邻居的那位，现在怎样了？"

"啊，那个啊，我们现在还联系着呢。但是他年龄太小了，还不成熟。不过，他是律师，倒是能帮我解答不少问题。"

"你真行，给每一个备胎都能找到确切定位，没有一个是浪费的。"

"那是。"

"拜托你，能不能不要这么敬业，照你这样下去，一年相亲300个男人，肯定没问题，只是最后全成了工作伙伴了，成你的业务资源了。"

"嘻嘻，这不是薅草捎带着打兔子么。单纯为了相亲的话，最后成不了，连朋友也做不成了。我可不能这么低效，要不你说留在北京的意义是什么，到哪里不一样是结婚生子？留在这里呀，就是要把这里的资源利用最大化。"

原来木木小看了这个疯丫头，所有事情都在算计内，看那架势像是将来要成就一番大事业似的。也许，这就是她每天进行相亲斗争、精力却日益旺盛的原因吧。

木木越发觉得疯丫头不可小觑。

就像今天晚上，疯丫头没有安排相亲，可也没闲着，木木一看她的安排，就知道了，她贼心不死。

"木木，今晚和我们一起到东直门吃日本圆石料理吧，很地道的噢。"下班前，疯丫头把圆石料理的团购优惠网址发给了木木。

点开一看，人均消费500左右的套餐，直接打2.5折。

"很实惠的，今晚咱们4个去吃，吃完后去附近的三里屯酒吧跳钢管舞放松一下怎么样？"疯丫头似乎不想让夜晚安静下来。

"你疯了？累不累啊！"木木模仿胡薇经常说自己的口吻，戏谑调侃着疯丫头，现在看来，自己比起疯丫头，真是小巫见大巫，还差得远呢。

"Enjoy Life！（享受生活！）"这是她一贯的生活理念，"姐姐，我们要创造一切条件，享受生活。我要在结婚之前，把该玩的都玩了，这样结婚后，出轨的几率就小了。否则的话，结婚后，面对外面的诱惑，心里时不时会痒痒，多痛苦！"

"哦，原来如此。"木木这才明白，原来这位比自己小3岁、看起来无忧无虑的80后女孩是这样想的。

晚上木木没去，只想回家呼呼大睡。每周工作五天后，木木浑身的力气仿佛都被抽干了一样，没有多余的力气去狂欢了。享受安静的夜晚，才是最好的补养方式。

5．爱无能

木木也深深体悟到"能量消于无形"的可怕感受了。每天工作严重超过8小时，被强度巨大的工作榨干了精气神，哪还有更多的耐心和机会，去相亲，去经营生活？

需要休养？不爱闹腾？难道这正是衰老的表现吗？

木木想到了比自己大6岁的同事——怡姐，木木2008年7月研究生毕业后，进入新华社旗下的一家杂志时，同时入职的怡姐最常和木木说的一个词就是"抽干"。

怡姐经常说，来到北京后，感觉自己被一点点抽干，特别无力。

怡姐原本在陕西一个小县城生活得优哉游哉，后来因为老公调入国有大企业华能集团，并能给她和儿子解决令人羡慕的北京户口，一家三口才迁入北京。早在2006年，全家借贷100万买了西三环三室两厅130多平米的大房子，不用像多数同事那样，过着蜗居的日子。现在，她的房子价值已经翻了一倍，但是毕竟不炒房也不套现，涨起来似乎对她没有什么意义。反而，还得还房贷，还得为儿子托关系找学校，自己还面临二次就业的压力。

怡姐说，在北京这样一个巨无霸的大城市，自己的能量总是被消散于无形，打出去的拳头，没有回应。原先在小地方上班，她每个月工资虽只有2000多块，但房子是单位的，再加上党报的福利好，单位基本解决一半日常生活开销，所以工资属于"干挣"，生活没有压力，倒也悠闲自在。到了北京后，怡姐每个月工资3000多，但3000块钱在北京，还不够一家人一个月的生活开支。

怡姐焦虑生活开支，焦虑儿子能否适应新环境，焦虑自己的工作任务能否完成。

"像咱们当记者的，虽然不用坐班，看似自由。可是你想想，为了完成一篇稿子，要花时间去找选题，找到选题要去查阅资料，还要联系采访对象，采访完了还要整理出稿子，连晚上做梦，都在构思稿子。"怡姐抱怨说，从早上一睁眼，就开始趴在电脑上，为打磨一篇稿子花掉整整一天的时间。

"儿子来了北京，我还没为他做过一顿早饭，老公原本也以为我来后，能让他们吃到家常菜，找到家的感觉。我每次总抱歉地对儿子说，再等等，等妈妈熬过试用期，适应了新环境，一定会照顾好你。"怡姐和木木说这些的时候，眼睛里已经噙满泪花。

"晚上躺在床上，浑身散架了般，没有想到，来北京二次就业，让自己这么难过，不熟悉环境，没有采访资源，一切从头开始。每次和老公说，坚持不下去了，真的想放弃了，老公就劝我，不能任性，不能遇到困难就退缩，毕竟还要给孩子做个正面榜样，孩子也在和我们一起适应这个环境嘛。"怡姐说，"要不冲着孩子，真的坚持不下去了。"

木木没有怡姐那么大的生活压力，但工作压力还是一样的。因为是周刊记者，按说每周只要出一篇深度稿子就可完成任务，但为了一篇深度稿子，要花大量时间去找资料，找采访对象，被拒访的话，还要重新采访。为了增加稿子的深度和客观性，单位还明文规定，一篇稿子至少要有6个采访对象，稿子写完，并非百分之百采用。不采用的话，就意味着没有稿费，所有的工作都是白搭。刚入职时，木木不习惯这种压力，竟得了乳腺增生，去医院，医生说是工作压力太大导致。

焦虑选题，焦虑采访，焦虑上稿率，每周都活在焦虑中，周周如此。

难道这就是留在这个所谓机会遍地的大都市的代价？

"感觉每天都在忙碌，但却看不到忙碌的成果。这个城市把我们身上的能量都吸干了！"怡姐一再感叹。

但这对于木木来说，还没有那么深的体会。一人吃饱，全家不饿，是她的真实写照。木木也只有在这时候，才能稍稍炫耀一下单身的幸福。

工作中，木木也深深体悟到"能量消于无形"的可怕感受了。每天工作严重超过8小时，被强度巨大的工作榨干了精气神，哪还有更多的耐心和机会，去相亲，去经营生活？

那些相亲的男男女女们，有多少人是被工作榨干了精力的，一旦工作结束，剩下的只是疲惫的身躯和寂寞的灵魂，哪还有精力和心情去谈个风花雪月的恋爱。风花雪月的恋爱，要么存在于无忧无虑的象牙塔之中，要么存在于琼瑶不食人间烟火的小说中。

婚姻只不过是交易，只有交易能满足双方的需求时，交易才有可能成功。否则，在一开始，交易双方处于不对等地位的话，交易的成功机率为零。

可悲的是，还得承受社会"剩男剩女泛滥"的谴责。

木木奇怪，为什么从来没有人反思，其背后不正是整个剥削体制的合谋吗？怡姐所说的消失的能量，还不都是被老板、被高管们以无价的形式，收入囊中。

一个研究生师兄曾说过："'记者'听着光鲜，实际上就是一个新闻民工，有时候甚至都挣不过民工。"他比木木早毕业一年，在北京一都市报工作，每个月工资和稿费加起来有七八千，让木木颇为羡慕。他似乎对这个圈子暗含的规则早已看得透彻。

媒体也是分体制内和体制外的，两者的差距可谓天壤之别。体制内的，能拿到北京户口，挣着高工资，享受着高福利，没有工作任务，没有考核压力，轻松自在；体制外的，市场化竞争，不解决户口，工资和稿件数量挂钩，为了拿到可观收入，只能拼命写。可是就是写死了，把所有的时间都搭进去，把健康搭进去，换来的还只是可怜的收入，除去人情往来，日常开销，所剩无几，让人活得绝望，缺乏尊严。

"听起来很多，刨除一千八的房租、两千多的吃饭花销、一千的交通通讯费用，再偶尔朋友唱个KTV、聚个餐什么的，你算算还能剩下什么？"师兄说。

"像你是男生，应该容易进体制内的媒体吧？"木木问师兄，毕业时，木木也曾经在新华社、人民日报这样的体制内媒体招聘时投过简历，全班要毕业的七八个女同学，没有一个获得考试机会，大家都说，这些体制内的媒体不喜欢招女生。

"你以为仅仅是性别那么简单啊，进这种单位的，没点背景哪那么容易。像咱们这种没有背景的大众化人物，注定了只能在体制外媒体混，那些招聘考试，都是幌子，人都是内定的。"师兄当时一番愤慨，让木木觉得他有点愤青。

"一看你就是刚毕业，对这个社会认识不深刻，还存在着幻想，难道你没听过网友演绎的四大名著的现代涵义吗？"师兄说。

木木摇了摇头。

"那我来告诉你网友解释的四大名著的现代意义：

《西游记》：出身不好，想成佛是有难度的；

《红楼梦》：出身不好，想嫁人是有难度的；

《水浒传》：出身不好，想当官是有难度的；

《三国演义》：出身不好，想创业也是有难度的。"

等到木木工作两年后，她才终于渐渐体会师兄所说的"体制外的媒体养着体制内的媒体"这句话，创造财富的人不一定享有财富，社会的财富就是靠权力发生转移制造了不公平。某权威报社旗下的那些体制外媒体，每年还不是把创收都要按比例上交，养着那些不需要"绩效考核"的体制内员工。

同时也深刻明白了网友眼中的现代版四大名著，而自己一个人就浓缩了四大名著的全部涵义，成佛、嫁人、当官、创业——难，难，难，难。

这个世界，从来都不是"公平"的。剩男剩女，正是当下财富分配体制不公造成的时代产物，被生活压制到没有多余力气去经营生活的人们，要么随意结婚，要么主动或被动剩下，真正成了一群"爱无能"的人。

6. 不还房贷就分手

在这里，拥有私家飞机、邮轮、庄园的富豪，和欧美富豪的奢华水准无二致；在这里，也有过着和非洲难民一样食不果腹、衣不蔽体的穷人；而还有中间大部分人，却在为一套房子搭进几代人的积蓄。

"木木，快来看我的写真。"疯丫头周——到单位，就大声嚷嚷。

"你过生日？"木木问。去年，木木为了抓住青春的尾巴，耗资2000大洋特意拍了一套写真，拿出来当头像时，也是引来不少朋友的赞美，女的会羡慕地问在哪拍的，男的则会夸"性感"、"漂亮"。

"不是，拿来当MSN头像的。"疯丫头做了个鬼脸。

"你又疯了吧？"木木觉得疯丫头真的疯了，花上千块钱拍写真，只是为了在MSN上秀一秀。

"呵呵，好玩嘛，我还从来没拍过写真呢，这次正好有位摄影师朋友，给我个友情价，我就答应了，也算是留住了青春痕迹。而且是在家里拍的呢。"疯丫头的眼光一直没离开电脑上的照片。

木木一直想去参观疯丫头的"豪宅"，却总因为周末懒得折腾到北四环而未成行。这下好了，看疯丫头的写真，顺便欣赏一下传说中的豪宅。

"果然不错嘛。"木木看着照片忍不住赞叹，"2万多一平米的精装房，看来品位就是有保障啊。"

"那是，现在可是涨到5万多一平米了。"疯丫头现在还为舅舅当初的英明决定而庆幸。

疯丫头第一次和木木提起房子的事，木木简直不敢相信自己的耳朵，世界上还有这样的舅舅。

当时疯丫头刚入职，和木木一起共进午餐，边嚼着饭边抱怨道："每天要求9点前打卡，好麻烦啊，早晨7点就得出门，踩20分钟的单车，再坐半个小时的10号线，然后换2号线，坐15分钟，折腾到单位至少要花1个小时，一天耗在路上就2个小时……"疯丫头话未落音，却已是哈欠连天。

"你可以在单位附近租房子住啊，干嘛跑北四环那么远租房子，多累！"木木想当然地以为，这个毕业才两年的小丫头，肯定也是租房住，就建议她和自己一样，在二环租房，省去交通折腾。

"嗯……附近租个小点的2000多可以了吧，我那房子租出去每月能有7000左右，这样我还可以赚5000……"疯丫头盘算起来。

"啊，你自己的房子啊？"木木的下巴快掉下来了，就差说出："怎么可能，一个小丫头？毕业刚两年就有自己的住房？北四环的房子能租到7000的价位，那该是多高档的新房子啊？得多大的房子？"木木知道，2006年北四环三居室的房子，房租也就5000左右。

"是啊，远洋万和城精装修的两居，所以不舍得租出去，我妈偶尔还来看我，就这么住着吧。你知道那个楼盘吗？"

"远洋万和城？就在联合大学东边一点吧。"木木说，"我知道那个楼盘，2万多一平。"

木木岂止知道，当初也是打过这个楼盘主意的。2009年有一段时间，木木到顺义郊区的学校当兼职老师，早上的班车总会从远洋万和城巨大的广告牌前经过。木木当时还想，如果10000左右的话，可以考虑买个小点的房子。结果上网一查，立马傻眼了，25000元一平米。当时心里还暗骂，都出了四环还卖这么高的价位，就是靠远洋的牌子，也不能如此嚣张要价吧？！炒作概念，什么世界级生活示范区啊，什么鸟巢就在家门口啊，什么欧洲古典主义啊，什么台地叠景绿化啊——貌似那不是钢筋混凝土，而是黄金屋。

更让木木气愤难平的，竟然没有小户型，全是两居室以上的，总价算下来没有低于200万的。这让木木一直认为房地产开发商简直就是抢劫，再经过巨大的广告牌时，都要抛出白眼，外加内心诅咒一番。

没想到，这个世界上总是不缺愿意被打劫的人，眼前就活生生地坐着一位。

"2009年舅舅来北京，他觉得是时机出手了，就给我买了，首付了100万，每个月月供15000元。"疯丫头说这些的时候，一脸轻松。

木木真怀疑："这是舅舅吗？该不会是……"可是怎么看，疯丫头都不是二奶的样啊。照疯丫头的收入，每个月不吃不喝还5000块钱的月供就不错了。

"15000，你的工资还不够零头呢！"木木的狐疑全挂到了脸上，住豪宅的人，来媒体体验生活了？

"别提了，我本来让男友还，他不还，我们就分啰，后来舅舅就继续给我还月供啦。"疯丫头竟然为了一套房子，逼走了男友。

这个世界，房子是政府眼中的GDP，适婚女青年眼中的必备件。

"你也不至于吧？他在哪里工作呢？"木木还是不太相信，疯丫头因为男友不还房贷就分手。

"外交部。"

"不错的单位啊，好歹也是公务员呢。"

"公务员也不行啊，月收入还不到1万，要让他还15000元的月供，做梦吧！"疯丫头说，"公务员也是分三六九等的，像某些管着资源审批的权力部门，一部分人灰色收入多了去了。而像外交部这样的单位，可真是服务部门，灰色收入少不说，还要经常派到国外，一待就是两三年，回国住两三年，再派出去两三年，我才不想跟着他过这么折腾的生活，年年倒时差。而且他也刚毕业没多久，工资待遇还是最低档的，跟着他，至少还要过五六年的清苦日子。"

"那你们两个人一起不就可以了吗？"木木不理解为什么偏偏需要男朋友一个人还。

"两个人加起来不吃不喝也不够呢！最关键的是，他不肯承担还房贷的责任，你想，我都是有男朋友的人了，还跟舅舅要钱，还需要家人继续资助，那岂不是太丢人了？！所以干脆分了，舅舅看我一个人，就继续帮我还贷啦。"疯丫头耸耸肩，一脸轻松。

"你舅舅也太好了吧，我给你舅舅当干女儿好了，也送我一套豪宅吧。"木木打趣疯丫头，"你舅舅是亿万富豪？"

"他以前在我们老家搞房地产，现在买农场，当农场主了。他对大家庭里的每个孩子都很好。"疯丫头说这些的时候，永远那么风轻云淡，感情舅舅送的只是一件稀松平常的礼物。

"没想到，你竟然是富豪出身啊。"木木已经品味不出嘴巴里饭菜的味道了，只是瞪着大眼睛，打量眼前的疯丫头。

"你舅舅是不是没有孩子，所以会给你买房？"木木还是不肯轻易相信有舅舅会送豪宅的，不是说富豪都特抠门？怎么会有送豪宅这么轻松的舅舅呢？

"哈哈，我舅舅自己五个孩子呢。"

"五个？"木木眼睛已经快掉到地上了。

"嘻嘻，四个舅妈生的，现在的舅妈年龄应该跟你差不多。"疯丫头狡黠地吐了一下舌头。

难道这就是富人的生活？富人买房子跟买玩具一样轻松？生孩子跟过家家一样随意？这几十年来，原本大家生活水平相差不多，但现在贫富悬殊很大。在这里，拥有私家飞机、邮轮、庄园的富豪，和欧美富豪的奢华水准无二致；在这里，也有过着和非洲难民一样食不果腹、衣不蔽体的穷人；而还有中间大部分人，却在为一套房子搭进几代人的积蓄。

"你看，这几张放博客上怎样？"疯丫头挑出一张站在落地窗前凝思的照片，还有一张在小区那所谓的欧洲古典主义的台地叠景绿地上撒欢的照片。

"看着照片，我都出现幻觉了。"木木觉得疯丫头活在另一个世界，仿佛美剧中的中产阶级，生活在绿树环绕、鸟语依依的别墅群中。

"哈哈，我的家还不错吧。"疯丫头开始臭美起来。

看来疯丫头也沉醉在影像所营造的幻觉中了。

"你看这张，拿来做电脑桌面好不？这张脸部特写的，拿了做MSN头像。"疯丫头挑了两张特梦幻加纯情的。

"明显给你用了柔光处理嘛。"木木拽了一个专业词汇出来，"但是柔光用得太多，脸部线条都有点模糊了。"

"有吗？不过还好了，我都挺喜欢的。"疯丫头依旧在目不转睛地看着那些照片。

虽然知道，化妆和各种后期PS处理，让原本的相貌幻化出明星般的气质，但刚拍完写真的女人都这样，这种沉迷期至少要保持半个月，才会慢慢凉下来。

"快来看我的写真。"疯丫头又召集了一拨女同事，聚到她电脑前。

"好漂亮啊！""这是你家吗？太豪华了！""哇，真唯美啊。"此起彼伏的夸奖在电脑前响起。

"哈哈哈。"疯丫头笑过头的时候，尾音就变成"咯咯"的声音。

女人拍写真的两大乐趣，一是实现自己也是明星脸的梦想，一是可以收集到此起彼伏的夸奖。

一整天，疯丫头都在不停地偷笑。典型的写真后遗症。

在接下来的一周里，疯丫头天天哼着小曲来单位，下午不到下班时间，屁股已经坐不住了，扑扑粉，描描眉，一到6点，白色的双肩小背包往肩上一斜搭，低头在木木耳边小声说道："木木，我先闪了，今晚又有帅哥请吃饭。哈哈。"疯丫头冲木木扮个鬼脸，然后扭着大屁股就开闪了。

"你最近不错嘛，夜夜笙歌的。"木木回敬她一个鬼脸。

木木实在想不明白，眼前这个眼睛小得跟林忆莲有得一拼的疯丫头，靠什么迷来这么多男人，每天约会不断？

"哈哈，木木，晚上跟我一起去见帅哥吧。"隔日中午，疯丫头笑得花枝乱颤地问木木。

"你最近桃花运怎么这么这么旺盛啊？"木木把困惑多日的疑问终于说出来。

"告诉你吧，就是那个MSN头像，很管用的，我现在的点击率可高了。"疯丫头的小眼睛放着光芒。

"你知道吗，最近好多人冒出来和我说话，说我好漂亮，然后就约我吃饭啦。看来拍写真是一个无比英明的决定。"疯丫头把旺盛的桃花运归结到写真的功劳上。

"木木，要不我推荐一下我的摄影师朋友给你，你也去拍一下，然后拿来当头像，有投入绝对有回报的。"疯丫头想拉木木下水。

"嘿嘿，我嫁人的心情还不是那么迫切，再说了，要是一见本人，发现和照片不一样，岂不是结局很悲情？"木木对疯丫头的建议，一点热情没有，自己已经过了写真狂热期了。

没过两周，疯丫头也蔫了下来，"好像没有前两周那么火爆了，除非新添加的好友，才会中招。"

"有人中招就好，'蓼'胜于无。"木木只能安慰疯丫头，"生命之火不息，咱们相亲就要不止啊，可不能这么快就败下阵来呢。"

疯丫头没作声，趴在电脑上噼里啪啦地敲着键盘。木木侧头一看，好像在发邮件。这个狮子座的疯丫头，每天有发挥不完的精力，想必又在酝酿着什么大计划吧。

7. 第一次集体相亲

还未到相亲地点，木木似乎嗅到了一点硝烟的味道。疯丫头之前说，组织方说约有六七十人规模，可从路人打听地点的情形看，大有剩女军团压境的气势。

"周末有时间吗？"快下班时，疯丫头冲木木抛了个媚眼。

木木对疯丫头表情背后的内心活动，在经历数周的磨合后，已经了然于胸。不需要多余的语言，就已经知道，疯丫头周末又想拉着自己去见男人。

"说吧，这次是个什么情况？"木木问。

"周六下午2点30分，到民建中央的会议室，集体相亲，都是高学历高素质科班出身的，怎么样？"疯丫头机关枪似的，突突突播报一番。

"集体相亲？"木木还从来没有参加过这种形式的相亲活动，不免有些好奇，心里正在揣测着该不该去凑凑热闹，见识一下集体相亲呢。

疯丫头似乎已经读出了木木的内心活动，说："别犹豫了，和我一起去吧，我也从来没参加过集体相亲呢，就这么说好了，我回复邮件报名去了。"疯丫头做事永远那么干净利落，从不拖泥带水，每次在木木思考的时候，她都会替木木做出决定。

发完邮件，疯丫头才侧过身子，告诉木木：这次集体相亲，是复旦大学、浙江大学、天津大学、中国科技大学在北京的校友会联合组织的，校友会的会长是民建中央的退休领导，他争取了相亲的场地，这样省了大笔的场地费，可见相亲人士都有着优良基因。

周六，木木睡到自然醒。经过长长一觉，一星期以来的疲倦终于消失了大半，只是经常熬夜写稿的后遗症——眼袋和黑眼圈还残存着。

看着镜子中的自己，木木细细数着眼角的小皱纹有没有增加，心想着，要是睡出个容光焕发，保不准今天还真能成就一场艳遇，这么多人，总得开朵桃花吧，集体相亲，图的不就是大概率么，嘿嘿。

"睡眠是最好的化妆品，睡个懒觉就能减掉不少细纹。"想着昨晚睡前，大大的眼袋下，是五六道褶子，木木就叹气，幸亏年轻，还能靠睡觉这样的偷懒方式恢复。

洗完澡，看起来更加精神些。木木挑了件浅绿色深V上衣，配上白色长裙，搭配出一点少女的气息，倏忽间，"嫩柜"竟然靠谱了。

木木和疯丫头在朝阳门地铁口碰了头。

"没想到你还会玩这一套，穿这么性感，把你那丰满的身材全显现出来了。"疯丫头一见木木，就开始愤愤。

"哎呀，你想想，姐姐一把年纪了，年龄上拼不过你们了，还不许爆点料出来。"木木也跟她耍起了贫嘴。

"平时上班，还真没发现你身材这么棒，C还是D？"疯丫头色迷迷的小眼睛，盯着木木的深V领口往里瞄。

"滚一边去，色女。"木木推了一下疯丫头，内心还是美滋滋的，大学时同宿舍的同学就夸木木如此丰满真该拍胸衣广告。但木木平时还是喜欢穿宽松的衣服，害怕大家的目光聚到胸部，这会让她不自在。不过今天的情况就不一样了，自己的优势还是要适当展示的。

"木木，我等你的时候，发现不少人打听民建中央该怎么走，看来今天会有不少人啊。"疯丫头忙说，并指着前面并排走的两位女孩子说，那两位就是。

还未到相亲地点，木木似乎嗅到了一点硝烟的味道。疯丫头之前说，组织方说约有六七十人规模，可从路人打听地点的情形看，大有剩女军团压境的气势。

"刚才问路的这几个女孩子，都很漂亮。"疯丫头的话，又让硝烟的味道更重了些。

"而且，我要提前给你打个预防针，或许男的成色会让咱俩失望，因为刚才问路的男士，都很矬。"疯丫头的补充，让刚才还兴致勃勃的木木，忽然感觉眼前一黑，这不是会导致剩女们为了仅有的优质男人而展开一场厮杀么。

"我就说嘛，不该继续抱有什么幻想的。那咱们到底还去不去啊？"木木轻快的脚步，已经沉重起来，动力似被女巫施展了的魔法吸跑了。

"去吧，反正都已经快到门口了。对了，我上午在家准备了首诗歌，到时候朗诵诗歌好了。"疯丫头冷不丁，又扔出颗炸弹。

"啊，你昨天怎么没跟我说要准备什么诗歌？我可是毫无准备就来了。"木木立定了，不肯再往前走了。

"坏了，我昨天忘了告诉你，有才艺展示环节。不过，没事啦，你即兴发挥好了。"疯丫头吐了吐舌头。

"你又害我，早知道还有什么才艺展示这样的鬼环节，我就不来了，还搞得跟星光大道似的，这又不是选明星。"木木发起小孩子脾气来。

虽然从小就是个人来疯，在众人面前表演从来不怵，但那都是小孩子不知羞时代的事情了。打从高中开始，木木就忽然变了个人，极少在众人面前展示什么东西，加上自己喜欢的，都是安静地写写毛笔字，画画国画，这都不是在热闹场合拿来应景的才艺。

"相亲展示什么才艺啊，过日子又不是天天吹拉弹唱，我看最应该展示的是厨艺。"木木噘着嘴巴，杵在那不想动，心想自己该不该撤退，然后还不忘责怪疯丫头，"我后悔来了，我要回去。"

"那你走啊，反正现在还没进去，来得及。"疯丫头坏笑着说，她知道木木都走到门口了，应该不会回去的，所以就故意激她。

"你这个坏家伙。"木木捶了她两拳。

"哈哈，没事，我会向别人推销你的厨艺的，快走啦。"疯丫头拉着木木，七拐八绕，找到目的地。

会场外，一溜桌子摆开，让每个人登记信息，姓名、单位、毕业学校、邮箱、手机号码等，然后按照登记的序号给相应的号码贴。

木木作为疯丫头邀请的友情人员，自然不在早就定好的名册之内，负责登记的工作人员说："啊，又是一个空降兵，欢迎欢迎。"

空降兵？

"对啊，今天来的空降兵比提前注册的多出一倍，你看，原本注册了80人，现在都快200人了。"坐在那里招呼填表的姑娘说。

"快点，还要多加椅子，对了，你赶紧再去多搬几箱矿泉水。"组织方已经忙作一团。

木木脑海中出现毕业生招聘会场面：人被挤成相片，简历堆成山。

8. 现身说法

> 当木木问北极熊为什么选择婚姻时，他的回答是："为了不让父母操心，为了下一代，为了不让同事说三道四，为了解决性需求……"

200多号人按照12星座，分成了12桌。

疯丫头坐到狮子座那桌，木木坐到处女座这一桌。

坐定后，木木放眼搜索，男性真成了绿叶，夹在占绝大数的女同胞间。

"我这桌有位大学老师，应该很适合你，就坐在我旁边，你看看，有感觉的话我帮你拿下。"疯丫头的短信传过来。

木木望过去，疯丫头赶紧冲木木递了个眼色，看着木木有何反应。

木木摇摇头，给疯丫头回了信息："我看了半天，对这种有点木讷型的似乎不感冒。"

"他是大学老师，挺能说的，木讷是假象。"疯丫头赶紧辩解。

活动开始了，一男一女手持话筒走上台子。而靠近台子，坐了一桌满头银发的老年人，还有几位中年大叔大婶。

"疯丫头，你注意到没有，还有一桌中老年人，我是不是该坐到那一桌去啊。"从未觉得自己年龄大的木木，在这些刚大学毕业两三年还处于二十四五岁青葱岁月的85年左右的小屁孩间，顿感悲凉。

如果谁想体验一下"剩"的感觉，此时此刻就是最好的时机。

木木听到内心建立起来的强大堡垒发出断裂的声音。

"就当来体验生活了。"木木真觉得今天来这里相亲是自取其辱。为了让屈辱感降低，目光自觉不自觉地开始搜索场地里那些看起来比自己还"熟"甚至熟过头的大龄人，每搜寻到一个垫底的，内心就窃喜一下。

自娱自乐的木木正沉醉在自己的阿Q世界里，耳边忽然响起亢奋的女中音："女孩子们啊，你们放低身段吧，眼光不要太高，我女儿和你们一样大，看着你们挑来挑去，都这么大了还不肯结婚，我们当父母的急啊，尤其那些快30岁的女孩子们，别挑了，赶紧嫁人吧。你们看看现场就知道了，现在可是剩女比剩男多啊。"原来是一位中年阿姨，拿着话筒做起了慷慨激昂的演讲。

"你想想我们那会儿谈恋爱，什么都不讲，在一起开心就行了。我结婚后第一个月给双方父母寄养老费，才知道老公学历没自己高，工资没自己高。但等我们都退休的时候，老伴已经是副局长了，职位和工资都比我高了。所以眼光要放长远，现在别考虑那么多，好好谈恋爱，在该结婚的年龄赶紧结婚，别再让我们这些当父母的操心了。"中年阿姨的忆苦思甜逗得木木心里狂笑。

原来中老年人的那一桌，不是准备来梅开二度，而是舍生取义、现身说法来了。

什么叫尤其那些快30岁的女孩子？30岁怎么了？30岁以后就表示没人疼没人爱了吗？30岁以后就没有选择爱的权利，只有被选择的份了吗？

有时候木木在想，"剩男剩女"的标签，完全就是社会制造的"恐怖气氛"。国家不是倡导"晚婚晚育"么，那剩男剩女就是最彻底的实践者。中国人口这么庞大，剩男剩女让下一代人口推迟10年到来，或者独身拒绝生育，岂不是对减少人口贡献更大，如此舍我其谁的气概，国家应给剩男剩女发"英雄勋章"才对，岂能用剩男剩女来一以概之，仿佛不结婚，就是菜市场上被挑剩下的烂白菜似的。

木木还想起曾经看过的一份资料：据食品学家粗略统计，一个正常人要是活到80岁的话，一生中要消耗水65吨、碳水化合物17.5吨、蛋白质2.5吨、脂肪1.3吨，就是说一个人的饮食总量将超过自身体重的1400多倍。国家不是倡导节能减排吗，不结婚不生孩子不就是最大的节能减排吗？

人们的生活充满悖论。放到人口与环境和谐发展这个大概念中，人口需要减少。但宏观上的发展之论，到了每个人这里，又都希望别人去承担这个社会责任，自己要体验一下传宗接代的完整人生。

就像台上的中年阿姨，仍在用激动的语气劝着台下淡定的男孩女孩："你们不能那么自私，想想我们当家人的，心里该有多着急啊。"

问题就出在这个地方，人人都追求完整的人生，要体验为人儿女，为人夫妇，为人父母，为人祖父母的角色，既然当了父母，就希望还要当祖父母，不想缺失祖父母的体验，而儿女不想受婚姻之累希望活得自我些。这就需要双方必有一方妥协，最后妥协的往往都是子女，就是不想看到父母到了这个岁数唉声叹气。

婚姻背负了太多的责任和道义，仿佛成了一个宿命，但追求自我的木木，不想盲目去选择婚姻。她想起北极熊之前选择婚姻的N种理由。

北极熊是木木的朋友，他分手的时间和木木差不多，2009年夏，他博士毕业，女友兼师妹研究生毕业，北极熊选择去一个压力不大又提供稳定工作的二线城市工作，女友选择留在上海，谁都不肯为对方妥协，然后就分手了。半年后，北极熊就和新女友领了结婚证。木木几乎不相信痴情的北极熊也能做出如此冷血的事情，当初跟前任女友如胶似漆秀恩爱，结果说分手就分手了，现在和新欢说结婚就结婚，速度之快令人咋舌。

当木木问北极熊为什么选择婚姻时，他的回答是："为了不让父母操心，为了下一代，为了不让同事说三道四，为了解决性需求……"N种理由只有最后一条是为了自己，正如教科书上说的，人是社会动物，要考虑到社会舆论，要考虑到社会角色。北极熊说："结婚是必须的，结婚的人，不一定是最爱的人，但一定是最适合结婚过日子的人。"就这么简单，男人总是很现实地幻想着爱情和婚姻。

嗯，男女思维果然有异。

9. 徒劳无"货"

> 星座的东西，和命理一样，没有什么一是一、二是二的科学逻辑在里头，但是木木用自身的经验主义去验证，却又还真是那么回事。

集体相亲还在继续，木木却心不在焉，任何一句能触动自己的话，都会把思想带远。

组织方害怕这些"矜持"的孩子们因害羞错过姻缘，便不停号召大家互相传纸条，纸上传情。

木木看着抱着纸条箱的女孩背影，总觉得像之前的同事。

等女孩再走近自己身边，木木小声地喊了声"婧"，长发披肩的女孩转头来，木木说："还真是你啊。"

婧也张大嘴巴："太巧了，你怎么也来了？我记得名单上没有你啊？"

"我是空降兵，被同事疯丫头拉来的，对了，你不认识她，我马上喊她过来大家认识一下，你怎么在这当起了红娘？"

"你忘了，我是浙大的啊，这次活动就是我们校友会发起组织的，为了组织这次相亲，我们准备了一个多月呢，都是利用周末和下班后的时间，给大家发邮件，收集信息，制作PPT。"婧指着台上正在播放着的注册会员资料PPT画面说。

"你先等等，我换个方式让你认识我同事疯丫头。"木木忽然想起一个坏主意，她拿来桌子上的便签纸，模仿男人刚劲的字迹写到："沈姗你好，从一进来我就注意到你了，我想和你交朋友，你愿意吗？如果心有灵犀，你一定会发现我的。"

木木折叠好纸条，丢进婧手上捧的纸条箱，说："待会儿你就知道是哪个姑娘了。"

婧继续在场地里来回转悠，收集大家的纸条，主持人从箱子中抽出纸条，喊着收纸条的人名。

"沈姗坐在哪里？站起来示意一下，有你'爱的纸条'，别急着坐下，再来摆个pose，所有收到纸条的人，都要让我们的摄影师拍一张照片。"主持人递给疯丫头纸条。

疯丫头脸一红，冲摄影师摆了个胜利的手势，然后慌忙坐下。木木和婧互换了一下眼色，看着疯丫头看完纸条的表现。果然，她看完后，四处张望，寻找"心有灵犀"的那位帅哥呢。

木木和婧诡异地笑。

相亲继续。组织方为了让大家最充分地交流，让同一象系的星座男生座位互换。木木这桌的处女座男生就被换到了摩羯座那桌，金牛座的坐到木木这桌，摩羯座跑到金牛座。

沁如曾经给木木补充过星座常识，别看星座是西方人的发明创造，竟然也和中国的金木水火土有些类似，西方先哲按照构成自然界的物体及衍生万物的物质水、火、地、风四大元素，把12星座分为水象星座、火象星座、土象星座、风象星座。

同一象的星座性格相近，也最容易彼此产生好感，合得来。重情感的水象星座——巨蟹座、天蝎座、双鱼座；重行为的火象星座——白羊座、狮子座、射手座；爱表现的风象星座——天秤座、水瓶座、双子座；再者就是重务实的土象星座——摩羯座、金牛座、处女座。

除了同一象的星座，水象的和土象的也较容易来电，火和风则易擦出激情。

星座的东西，和命理一样，没有什么一是一、二是二的科学逻辑在里头，但是木木用自身的经验主义去验证，却又还真是那么回事：第一任男友摩羯座；自己暗恋10年的好友天蝎座，同屋的闺蜜沁如天蝎座，天蝎座身上的那种执著和神秘气息，最容易让处女座深陷其中。

"木木坐在哪里？有爱的纸条来了。"主持人的话传来。

木木的心"咚"地跳了起来，自以为已经到了不再会为小纸条、小情书之类而紧张心跳的年龄，可"爱"的讯息一旦来袭，还是会紧张一下。

接过纸条的刹那，脸也烫起来。刚才还看疯丫头的笑话呢，现在自己也好不到哪里去。

"你今天真的好漂亮，美女。"纸条上没有留姓名、电话。

木木猜想，肯定是刚才坐在一桌的男生写的。作为空降兵，没有领到贴在胸前或胳膊上的姓名贴纸，别人因此不会知道自己的名字，除非同一桌的。难道是疯丫头？她在回敬我？

"疯丫头，你过来，竟敢调戏姐姐我。"木木发短信呼叫疯丫头。

疯丫头颠颠地跑过来："咋啦？"

"刚才是你递的纸条吧？"

"切，怎么可能，这么多帅哥还不够我写的呢，我给你传哪门子纸条！

八卦一下，纸条上说啥啊，有戏？"疯丫头的小眼睛放着贼光。

"屁啊，名字、电话都没有，有啥戏！你呢，嘿嘿，刚才纸条上说啥啊？"木木故作不知状。

"没啥啦。"疯丫头已经恢复到常态。

木木又开始打起坏主意，心想，反正今天来的基本上都是比自己小好几岁的菜，怎忍下口，还不如帮疯丫头选郎君呢。

木木扫射全场，看见和疯丫头般配度较高的男生，就绞尽脑汁以疯丫头的名义发出爱的小纸条。

正当脑中的甜言蜜语快用光的时候，婧跑了过来。

"看你在不停地写纸条，是不是有看上的？有看上的，我给你把把关，我这可有他们的资料。"

"别泄密，我正在帮疯丫头写呢，今天来的在我眼里都是小屁孩，我可不想姐弟恋。"木木趴在婧耳边耳语。

"有一个比你大两岁的帅哥，是我老乡的高中同学，人不错，也是空降兵，我把他叫过来，你们认识一下。"婧说。

"疯丫头，有个靠谱的帅哥，过来一下。"木木告知疯丫头。

婧带着一个高高大大、白白净净、天庭饱满、鼻梁高挺的帅哥走来，疯丫头说："符合审美要求。"

看着疯丫头兴奋得两眼放光，木木心想：得，成人之美好了，归疯丫头了。

当相亲会结束时，婧好心地问木木："怎样，有相中的吗？"

木木摇摇头。

"别急，回头我把这些人的资料都发给你，你回家慢慢看，有相中的，就直接给他们打电话，或者给我打电话，我帮你们撮合。"婧的一腔热情，让木木真想送她一个大大的拥抱，多好的同志啊。

可是自己期待的爱情，不是这种像人力资源猎头那样从一堆简历中发现婚姻的对象，这不是选夫婿，是在选员工。

"你也别觉得有什么不妥，你好歹是主动式地参加集体相亲，有多少人是'被相亲'呢。"婧说，"和我合租的同屋女孩，比你还小一两岁呢，她妈妈退休后没事干，最近跑来北京，拿着女儿的照片和简历，天天跑公园，北京几个有名的相亲公园，什么中山公园啊，朝阳公园啊，多了去了，你要是那女孩，你咋想？所以在父母出手之前，你自己先下手。"

"还有这等事，也太夸张了吧。"木木不太相信。

"看来你对相亲市场还是不了解。你周末有时间去逛逛北京的各大公园，就知道形势有多严峻了。"婧说，"我可一点没添油加醋，就拿咱们这次办的集体相亲来说，原本报名的就百十号人，最后多出来一倍。你要下手慢了，可就空手而归了。就像网友说的，男人就像大食堂的菜，虽不好吃，但去晚了，竟然还没了。"

木木说，即使徒劳无"货"，也要耐心等到真爱。不想为了结婚而结婚。

"当然啊，婚姻的前提肯定是得有感情基础，但现在，你想想，出了校园后，再去谈纯粹的恋爱，现实么？大家忙于工作，谈恋爱只能靠朋友介绍、网络相亲、集体相亲甚至电视相亲等方式了。"婧说，"我现在组织了几场集体相亲活动后，越来越能体会出校园后在北京谈恋爱的不易了。你想，有的虽然在相亲会上觉得彼此有感觉，或许多处一处也就成了，但城市这么大，不在一个单位的话，见一次面那么不容易，都赶上异地恋了，最后也就不了了之了。"

"我们这代人怎么这么悲催啊，上大学赶上扩招，取消公费，毕业后又赶上就业难，工作后要嫁人，又遭遇了史无前例、数量巨大的剩女军团，干什么都要去争、去抢，连恋爱、结婚这等美好的事，竟也需要处心积虑地去谋划。"木木道。

"谁让咱们赶上了呢，可是我发现你一点都不着急。"婧说。

"这事是急不来的，如果一着急而失去判断力，岂不是为未来婚姻不幸埋下伏笔。"木木说，"人们往往是因为缺乏判断力而结婚，缺乏耐力而离婚，缺乏记忆力而再婚。就像钱钟书在《围城》里讲到的，城外的人想进城，城内的人想出城。经历过进城的人，下一次再进城的时候，自然会多了份小心，少了些焦躁。"

"你呀，是看得太明白了，所以才有这番淡然，其实，婚姻就是人生的一个程序，到了该执行这个程序的时候，就该执行，没有完美的程序，只有适合不适合。有时候我也会觉得现在的男朋友这不好，那不好，但一看到还有那么多没找到另一半的姐妹们，还是觉得忍一忍吧，谁说下一个就一定没有问题呢？"婧说。看来剩女存在的价值，还会让那些已经安定下来的女性，增添了忍耐力。

10．妈妈团来袭

木木苦笑了一下，看看自己的妈妈，嘴上虽然从来不催，但眼里也全是期待木木赶紧嫁人的神情。

看着木木对当"剩女"没有丝毫畏惧的状态，婧就开始提醒她："你也别太不上心了，在变被动相亲前，最好先主动点，省得到时候被妈妈们揣着相片，到北京各大公园去展览。"

婧说的这些，木木倒不是完全不信，自己小区楼下的公园，也有相亲角。随着年龄渐长，妈妈的急切心情，当儿女的岂能体察不到，可这不是买衣服，不适合可以退货，嫁人后再离婚，对家人和自己都是负累。

"那也得有爱才行啊，要是怕妈妈团的压力，仓促结婚也是对自己的不负责任啊。"木木说。

木木和婧正在就相亲争得不可开交，疯丫头忙凑上来："你俩在聊什么呢，这么火热？"

"哈哈，婧让我在妈妈团出动前，先自己赶紧搞定。"木木忙把公园相亲的事复述给疯丫头。

"切，你说的都是小儿科，我老妈那才叫厉害呢。我现在一接她老人家的电话，就冷汗直流，她每天的电话主题只有一个，赶紧嫁人。"疯丫头用三根手指，模仿着网络上流汗的表情，从脸上自上而下划过。

木木被她的表情逗得哈哈大笑。

"你还笑得出来,下周国庆,我老妈要杀过来,到时候你就知道我生活在水深火热中了。"疯丫头说,我老妈现在的爱好就是看热播的电视相亲节目《非诚勿扰》,还越俎代庖,主动去和那些男嘉宾联系,要不就遥控北京的亲朋好友,给我不断安排相亲。

听着疯丫头在那里痛说"家暴",木木和婧就在那笑,骂她不知足,好歹自己还没沦落到被拿到公园和电视上展览的地步。

国庆假一到,疯丫头的妈妈坐飞机杀了过来,木木的妈妈也驾到了。

妈妈团来袭,木木和疯丫头私下商量好,态度一定要端正,虚心接受妈妈团的教导。

饭桌上,木木和疯丫头点了满满一桌子菜,好堵住妈妈们的口。妈妈们不吃这一套,菜还没消灭一半,就开始切入"正题"了。

疯丫头的妈妈先开腔了,"木木啊,沈姗这丫头小,还不懂事,你当姐姐的多照顾一些。"

"阿姨,她比我懂事,我倒是受她照顾呢。不过,我们在北京,有啥事都互相商量,你别担心。"木木忙说。

"你们这样最好了,等我退休了,就过来帮你们俩看孩子。"疯丫头的妈妈直接蹦到孩子那一代了。

疯丫头的妈妈虽说还有六七年就到退休年龄了,保养得好,看起来竟比实际年龄年轻十来岁。

"阿姨,你看起来这么年轻,一点不像快要当外婆的年龄。我正发愁以后孩子谁照看呢,我妈妈身体不好,有你搭把手,我可得赶紧加油了。"木木心想,不能等你们提出结婚的事来,我们得赶紧表决心。

这招很奏效,疯丫头的妈妈听了很高兴,"就是啊,结婚后,就有人照顾了,我们当父母的,也就放心了。"

"妈妈,你们的前提为什么老建立在我们嫁人才有人照顾,我们不缺人照顾;再说了,嫁人了,照顾人的是我们好不好!洗衣做饭,还要负责生孩子,还要工作养家,你是过来人,肯定知道男人和女人谁对家庭的牺牲大。"疯丫头开始反驳。

木木万分赞同疯丫头的话，但可不能这样对妈妈们说，会让妈妈生气的，于是赶紧出来灭火："阿姨，我和沈姗的想法一样，实际上，嫁人后，大家是互相照顾，头疼脑热的时候，身边有人肯定比没人要好，有压力也能一起分担。你们把女儿培养这么大也不容易，我们可不能随意为了找人照顾就这么嫁了，到时候过得不幸福，你们又要跟着操心上火。为了给你们挑个知冷知热又懂事的好女婿，我俩可是连周末都在一起相亲，你们别急，找到合格的女婿，第一个就要带给你们看。"

"哈哈，沈姗，你看姐姐就是比你懂事，不像你，光和我作对，就爱顶嘴。"疯丫头的妈妈终于露出笑脸。

疯丫头听完就在那做鬼脸，又伸出手指做出汗流而下的表情。木木给她递了个眼色，让她收敛点，好好表现，才是堵住妈妈口的最好办法。

接下来，妈妈们怎么说，疯丫头和木木就点头，"是，是"，还时不时主动交代，互相给彼此介绍相亲对象，诸如此类。

听着木木和疯丫头不断承诺找到合适的立马嫁人，妈妈们长长地舒了口气，不再追问和催促。

看着妈妈们心满意足了，木木和疯丫头紧绷的弦稍稍放松下来，疯丫头悄悄地拉了拉木木的衣角："领教了吧，我老妈那可是天天电话遥控的，每天电话的第一句话就是今天相亲了没，有合适的没？你以为我天天相亲为啥啊，还不是被催的啊。"

木木苦笑了下，看看自己的妈妈，嘴上虽然从来不催，但眼里也全是期待木木赶紧嫁人的神情，估计内心早已经翻江倒海着急开了。

原谅女儿的不孝吧，如果能为了婚姻妥协，就不会拖到现在，既然已经坚持了这么多年，不能就此因为着急而酝酿一个不美满的婚姻。

不论木木，还是疯丫头，但凡周围的剩女，个个优质，大家不是嫁不出而被剩下，而是都在耐心等待着属于自己的王子出现。

"木木，上帝肯定忘了发我老公那张牌了，否则我早就嫁出去了哈。"疯丫头把责任推到上帝那里。

"等我找到了他，我一定会揪着他的衣领大声问，亲爱的，你死哪去了，让我等这么久。"木木忽然想起大学闺蜜颖慧为未来的那个他准备已久的台词。

下一个他正在做着什么呢？

11. 二次投胎的成功样板

貌美而追求者云集的洁仪一直认为：婚姻是女人的二次投胎，谈恋爱的时候可以找个浪漫帅哥；但结婚可不是，得找个踏实、沉稳的钻石王老五，有能力为整个家庭提供高品质的生活。

"听说你周末去参加集体相亲了？有收获吗？"周一刚到单位，另一爱八卦的铁杆女同事洁仪就从MSN上冒出来。

"你消息真灵通，中午吃饭的时候再跟你说，这会儿正着急赶个稿子。"木木有两个稿子要今天交给编辑，没功夫把相亲的趣事在这里娓娓道来。

剩女有一好处，就是可以给单位同事增加饭后八卦的内容，另外就是让那些热心肠的人有活干——说媒。

洁仪属于典型的智慧型女人，年龄虽然比木木小，但婚龄和胡薇一样，都有5年了。与胡薇这种为爱奋不顾身的感性型不同的是，洁仪却是个十足的理性派。

貌美而追求者云集的洁仪一直认为：婚姻是女人的二次投胎，谈恋爱的时候可以找个浪漫帅哥；但结婚可不是，得找个踏实、沉稳的钻石王老五，有能力为整个家庭提供高品质的生活。

抱着"二次投胎"的清醒认识，她在女人最娇艳动人的年龄，通过朋友介绍的传统相亲方式，选了个长相一般、比自己年长5岁的财务总监，谈了半年恋爱就结婚了。

"当初选他，大家都觉得他不配我，自己心里也不是很喜欢他，可是结婚后才发现，感情真的可以慢慢培养。当他让我住上豪宅，每个月舍得让我买上千块钱的衣服、上千块钱的化妆品，还时常带我出去旅游，衣食无忧时，我感觉这就足够了。"

5年的婚姻生活中，洁仪练就了一身"御夫术"，藏在黑色镜框后面的那双大眼睛，总是闪烁着幸福的光芒和智慧，她喜欢用马尔克斯的小说《霍乱时期的爱情》中的名言定义婚姻与生活："社会生活的症结在于学会控制胆怯，夫妻生活的症结在于学会控制反感。"洁仪说所有的感情艺术在于，控制住反感后，用沟通、尊重、人性、宽容和智慧去增加彼此的好感。

洁仪说这些的时候，木木从来没有深切感受。自己和胡薇一样，感性压倒理性。

但有那么一刻，木木确实被洁仪的理论给说服了，那就是她第一次光临洁仪的豪宅。

洁仪老公出差，她一个人在那么多房间的家里害怕，就喊木木去做伴。蜗居的木木，第一次踏进洁仪的住宅小区，就知道洁仪所谓的生活品质了。

这是位于北四环的一个连栋别墅区。

洁仪的家在小区中央，24小时保安，进大门刷卡，到自家门口还要刷卡。

"小区安保这么好，连个苍蝇都飞不进来，你还怕毛贼。"木木一进洁仪家，就叫道。

"哈哈，我一个人在家闷啦。"洁仪害羞地笑了起来。

木木换上鞋，就迫不及待要先参观。"美式风格啊！"只一眼，木木就知道了这个家的装修基调。

一进门往右手边一拐，是一间餐厅，暗红色的椭圆形实木餐桌，桌子上摆着巨大的烛台，上面三支手腕粗的米色蜡烛，让木木一下子就喜欢上了，"你俩还玩浪漫的烛光晚餐呢。"

餐厅墙上，挂了两幅婚纱照片，照片中的洁仪慵懒地躺在树荫下的藤椅上，而她的老公则笑眯眯盯着镜头，两个人享受的表情让餐厅里显得很浪漫温馨。

"你老公面相挺年轻，看不出比你大5岁，看起来脾气很好的样子，就是好像有点谢顶的迹象了。"木木瞅着相片，研究起洁仪的老公来。

"干他们这行压力大呗，对我脾气好，但要真发起脾气来，可凶了！还好，他从来不对我发脾气。第一次和他见面的时候，我也觉得他丑，后来两个人待久了，看习惯了，也就顺眼了。你觉得我老公丑吗？"洁仪不安地问。

"只要你看着顺眼就行，我要是觉得他不丑，你也不会让给我啊，哈哈。"木木打趣她，然后一本正经地说，"选老公，又不是选男模，找个长得帅的还不放心呢。像你老公这样的，虽然不帅，但也不难看，身上还有一种儒雅的气质，一看就能靠得住，多好。"

"那是，我也是这么觉得。我以前的几任男朋友，哪个都比他帅，但还不是都不靠谱。男人长得帅的不如有能力的，现在想想，也就是年轻时不懂事，才会看重外表。我现在就觉得，老公最帅。"洁仪为现在的老公自豪了起来。

看着洁仪陶醉的样子，木木心想，男人要征服女人，还真得靠实力，而不是甜言蜜语耍花腔。

连着餐厅的就是一间十几平的厨房，纯白色的美式实木整体橱柜，镶嵌着金色的雕花金属拉手，花岗岩台面，透露着浑然天成的大自然气息，再配上一应俱全的微波炉、洗碗机、消毒柜，既大气又实用的宽敞厨房，让喜欢厨艺的木木，又不可遏抑地迷上了。

"洁仪，我一进你的厨房，就有露两手的冲动。"木木说，"我梦想中就是要拥有这样的厨房，可以每天做出不同的美味来，你也是吧？"

"看来这厨房放在我家是浪费了，我和老公基本都是叫外卖，去餐馆，很少做饭，偶尔做一次，老公就叫唤，'老婆你别做了，太辛苦了！'"洁仪模仿着她老公嗲嗲地说。

"至于么，你们都老夫老妻了，还上演热恋情人呢？"

"哈哈，也许他自己不想洗碗，因为我做饭的话，他要负责洗碗的。不过，木木，我倒是觉得，爱下厨房也不是好事，你看我们叫个外卖，两个人吃完省出收拾厨房的时间，喝着咖啡，聊着天，看着电影，多甜蜜。要真是做饭了，收拾完厨房，哪还有力气和心情去调情，说不定还为家务事谁做得多、谁做得少或者做得好坏吵架伤感情呢，那多划不来。

我跟你说啊，家务事越少，吵架的机会越少，别把自己整成老妈子，男人不会领情的。男人要的是陪他吃饭，吃完饭一起谈情说爱的老婆。在这种情况下，偶尔下一次厨，当成调情还行，就是不要为家务事去和男人吵架，也不要为男人去做一堆家务事。我每周都会叫阿姨来打扫，既然他有钱，我干嘛还亲自上阵，我的任务就是哄他开心，强过我做完一切家务累个半死、满身油烟味汗臭味还讨不到他一个笑脸。"

洁仪端着酒杯，边说边进到厨房，问木木："能喝红酒吧？前几天朋友送来一瓶从澳大利亚带回来的干红，口感不错，今晚你也尝尝。"

"当然能喝，今天我就在豪宅里喝着红酒，体验一下富太太的生活。"木木回答说。

木木赞成洁仪说的，不要为家务所累把自己整成了黄脸婆，男人不会领情的。以前自己就是心疼男人，亲力亲为下厨整一堆美食，男人说，我不需要你做这些，饿了可以去饭店。当时木木还想，好心下厨，既让你吃到干净可口的饭菜，又省了大笔开销，现在到哪里还能找到下得厨房的女人啊，男人究竟想要什么啊，吃苦耐劳又为老公省钱的老婆反而不得男人欢心。所以自从和那个不在乎的男人分手后，木木告诫自己，传统的贤妻良母型观点也得改改了，尤其是老妈子型的老婆当不得，费力不讨好。

今天洁仪也是如此观点，看来80后的夫妻生活，已经和父母那一代发生了巨大变化，母亲言传身教的那套衣食住行伺候好老公的观念已经过时了，现在的小夫妻更在意的是花前月下的浓情蜜意。

"加冰块不？"洁仪又问。

"放点吧，你还真会讲情调，冰块都随时供应。"

"那是，对了，我向你强烈推荐我家这个冰箱，带制冰机，只要把凉白开倒进去，一个小时后方方正正的小冰块就出来了，很方便。"

木木看着那款对门双开的外国品牌冰箱问："是不错，价格也不菲吧？"

"打折下来好像一万多吧，具体价格不记得了，但真的很好用，夏天在家里，喝酒的时候加上冰块，多惬意！"

"那么贵的冰箱当然不错了。"木木说，"一般老百姓家，买个几千块钱的冰箱用着就行了，只有你这种住豪宅喝洋酒的人，才用得起这上万的冰箱。"

"也不至于吧，上万的冰箱不能算奢侈吧，有钱人多了，我这算啥？"洁仪端着高脚杯，递给木木。

晃动着高脚杯，透明的冰块发出哗啦啦的撞击声。"先碰一个，祝你二次投胎成功，赶明儿也帮姐姐我二次投胎，找个大款嫁了。"木木呷了一口，略带酸涩的冰爽红酒直沁脾胃。

带壁炉的大客厅，象牙白的吊灯，简单却透着贵族范儿。木木的赞叹一直没停过。

"你想，我跑房地产口，北京豪华样板间看了那么多，也培养了些灵感了。现在都快成了半个装修专家了，以后你有房子，我给你当装修顾问。"

"呀，外面还带个花园？"木木通过落地窗，看到了外面的大花园。

"嗯，那个花园一直没怎么打理，春天刚栽了一圈的玫瑰，前两天下雨，花都谢了。"洁仪说。

"我要是有花园，就种上瓜果蔬菜。"木木浑身的乡土气时不时就要冒出来，她一见土，就会有种地的冲动，看来真是打小在农村长大，改不了农民对土地的那个情结。

"你还别说，好几家把花园里都种上了蔬菜，从花园的内容，就能判断出主人的国籍来：国内的，多喜欢把花园当菜园子，国外的，花园就是种着花花草草名副其实的花园。"

洁仪翘着二郎腿，坐在沙发上，手拿遥控器，打开家庭影院，说："我这好多碟，咱俩看个电影吧？"

"你自己先看会儿电视，我参观完了再看。"

客厅旁边就是客房。"我今晚睡这里？"木木指着客房问，"旁边还有一个带浴缸的卫生间，我可以在这享受泡泡浴了。"

"不行，今晚你要陪我睡，楼上也可以洗泡泡浴。"洁仪抗议。

"啊，那你老公同意么？"

"我跟他说了，一开始他不同意，觉得怪怪的，最后还是同意了，嘿嘿。"

"那可别怪我使坏了。"木木一脸鬼笑。

"你怎么使坏啊？"

"我呀，把我头发剪成小段，放你老公枕头上。"

"这是啥意思？"

"让你老公误以为是男人的头发啊。"

"啊，你果然是个坏家伙，我要告诉我老公。"洁仪说着，就给老公拨电话甜言蜜语去了。

木木跑到二楼，上面一个书房，两个客卧，一个主卧。书房的书柜也是暗哑色的实木家具，洁仪并排摆了两个电脑桌，想必，这是她和老公一起看书、写东西的专座。

一进主卧，木木惊呆了，偌大的立柱木床，挂着精致洁白的帷幔，床右侧放着一张贵妃躺椅，但却不见洁仪的梳妆台。

"你的梳妆台在哪里？"木木好奇地问。

"主卫旁边的房间就是。"洁仪从一楼上来，推开床左侧靠近窗户的白色百叶门。

"哇，里面竟然还有两个房间，你一个卧室抵得上我住的一室一厅了。"木木看到水晶灯下象牙白的梳妆台，上面摆放着SK-II、雅诗兰黛，还有一堆木木也不知道品牌的化妆品，整个阵势像化妆师的化妆台。

木木认识的化妆品品牌，绝不超过5个，木木能记住20多个字母的英语单词，却总记不住女孩子嘴里这个保湿好那个遮瑕好的化妆品名字。所以面对这样占了有半桌子的瓶瓶罐罐，木木单就数量和国外品牌这两样，就可认定此化妆台必定是所有美女们的梦想。

都说美女是化妆品的奴隶，看来此言不虚。就像洁仪说的，有几个真正的美女，不是靠化妆打扮出来的？打扮也是门学问，需要有兴趣，需要时间和精力，也需要有真金白银去换来这些瓶瓶罐罐。

"这两边的百叶门后面是什么呢？"木木看着梳妆台侧面和后面的百叶门，不知还有什么暗室存在。

"哗——"洁仪一下子拉开。

天啊，百叶门后是一个超大的奢华衣帽间！衣服按季节、颜色、质地和特别场合分门别类，排列得比专卖店还整齐！春夏秋冬，华丽如画。木木真没想到洁仪家会有如此大而奢华的衣帽间。

穿过衣帽间，才是主卫。主卫干湿两分，洗手池的台子上，又是堆满了各式化妆品。"你把商场的化妆品都搬回家啦！你老公没抗议你买这么多化妆品吗？"身为女人，木木也很难理解一张脸为什么需要这么多的东西来打理？

"他不但不说，还紧张得要命。每次我化妆的时候，他就问，老婆你这么漂亮，会不会不要我了呀。"洁仪又模仿着老公"娇滴滴"的声音。

"哈哈……"木木笑得肚子都疼了，趴在化妆台上直不起腰来。

"跟你讲，女人把自己打扮漂亮了，自己金贵自己，男人才会紧张，才会在屁股后面追。同样一件衣服，摆在动批（动物园批发市场，简称动批）就是几十块钱的地摊价，摆在新光天地之类的商场里，价格上涨10倍都有可能，买的人为这件衣服付了高价才会倍加珍惜，而地摊货或许穿两次就扔了。"洁仪又抛出"衣服地段理论"。

"真没想到，你购物还琢磨出这么多人生经验来，不过，听着确实蛮有道理的。"木木只有点头称是的份儿，洁仪的话，正好戳中了她感情上不会选择的弱点。

"是啊，我以前还相信金子在哪里都发光，狗屎铁镶着金边也是狗屎铁。现在啥金子不金子的，这年头不会包装自己，金子也会被狗屎铁遮住光芒。"木木连同金子发光论，一起落后时代了。

"所以啊，你要嫁出去，首先得对自己好，别整天想着攒钱买房，把自己打扮漂亮了，嫁个有钱人，房子那还不是小事。男人是视觉动物，连我们不也是整天标榜'外貌部'么，帅哥美女，赏心悦目，人见人爱。还是那句话，现实中有多少真正的帅哥美女？还不都是打扮出来的，你又不是底子不好，就是不舍得投资自己，这样的话别人怎么可能舍得投资你？"洁仪的投资理论又出来了，"从明天开始，我陪你逛街，把你攒下的那些准备挥霍的钱，拿出来买衣服和化妆品，该买的都买了，从上到下变个新样子。"洁仪打量着木木的身材，点了点头，似乎对"改造工程"很有信心。

12. 养在深闺人未识，只缘投资未到位

> "曲线进京"是多数人来北京上研或读博的心态。对于任何一个中国人，
> 北京仿佛唐僧眼中的西天，一生即使要遭遇八十一难，也一定要去那里取得真
> 经。木木眼中的北京，就是人生能够取得真经的地方，或许也是人生历练的一
> 个光环，只要谁能把这个光环扣到头上，就是一种能力和荣耀，一种实现自我
> 价值的标榜。

木木的豪宅之行，打开了重新定位自我的历史新篇章。

对自己好，舍得投资自我是对的。但投资自我既有内在投资，也有外在
投资。对于内在投资，木木从来都舍得花钱花时间；但是对于外在投资，木
木的观点却恰好相反。

木木第一次对自己的投资，是2005年。那一年把自己两年的工作积蓄都
搭上了，才来了北京。

2003年，本科毕业木木留在上学的T城工作。两年后，木木觉得工作已
经没有挑战了，不安分的内心，又开始琢磨着来北京这样的大城市闯荡一
番。北京的吸引力，就是心头那块永远按不下去的欲望，只要一有空闲，这
个欲望就冒出来，刺激着她的神经。

但是小城市两年的工作经验，并非是来京工作的首选优势，思量再三，
唯一的跳板还是考研，借考研入京，恰也弥补了当初本科第一志愿报考北京
未实现的遗憾。

"曲线进京"是多数人来北京上研或读博的心态。对于任何一个中国
人，北京仿佛唐僧眼中的西天，一生即使要遭遇八十一难，也一定要去那里
取得真经。木木眼中的北京，就是人生能够取得真经的地方，或许也是人生
历练的一个光环，只要谁能把这个光环扣到头上，就是一种能力和荣耀，一
种实现自我价值的标榜。

1999年高考，正是全国大幅度扩招第一年。后来据《1999年全国教育事
业发展统计公报》的数字显示，1999年全国普通本专科招生159.68万人，比
1998年增加51.32万人，增长47.4%。木木正赶上了扩招的第一拨，她填了北

大新闻系，当时觉得要进北京，就要上北大、清华。年少轻狂，付出的代价就是第一志愿落空，后来被调剂到T城大学。一入学木木就发誓要雪耻未上北大的遗憾，四年后要考上北大的研究生。头三年，木木还能憋着劲，每天除了上课，就是上自习。

木木一回想那段岁月，留在脑海中的，就是偌大的自习室，自己坐在教室的最后一排，一坐就是一晚上，甚至连周六日也在自习室中度过。累了，抬起头来，看看零星的那几个人，有一半还是在谈恋爱，之所以选择自习室，因为这里安静，也可以避开熟人耳目。尤其周末的时候，自习室更是空荡，每当这种时候，木木就佩服自己，北京的诱惑力已经远远大于逛街、看电影、上网的诱惑力，顽固的意志力支持自己躲在小楼里享受安静的读书时光。

为了自习而自习，如果一天不去自习，罪恶感顿生。

有时候，木木抵抗住同学拉自己去看电影的诱惑夹着书跑到教室，自己都被自己感动得一塌糊涂。坐在教室，先是自夸一番，然后再埋头苦读，任凭身边发生一切，都不予理睬，直到打扫卫生的老大爷和他的老伴出现，吆喝一声，该走啦，10点啦，这时，木木才会依依不舍地离开。

其实，木木有时候也在发呆，或者看小说，但是就因为这一切，都发生在自习室，木木就把它们都归类为自己在学习。

这种风雨无阻的行为，在大多数人眼里，自然怪异。有同样怪异行为的，就是后来成为闺蜜的颖慧，两人除了有共同的上自习爱好，另外一个主要原因，就是因为都没有谈恋爱，不谈恋爱自然就有大把的时间耗在教室。

颖慧和木木还有一个共同点，就是在为去北京上研究生而奋斗，她也是高考入京愿望未遂的。

当时校园里对女学生有一种流行的说法：一年级骄，二年级挑，三年级着急，四年级没人要。

木木憋到大三学期末，方坤就出现在了自习室，木木终于憋不住了，还是沦陷在感情中。最终木木因3分之差无缘北大研究生。

所以当木木第三次向北京冲刺时，正在中国传媒大学读研的颖慧，一听木木这次也选择了自己的学校，就更是兴奋得不得了，作为闺蜜，总是想扒一扒当年的旧事："你呀，当初要是和我都一样选择传媒大学的话，毕业那年肯定就考上了，非得考什么北大，你想想，北大又能怎样？还不是照样有出来卖猪肉的，不过，你现在终于肯再考一次，我敢保证，你准考得上。"

但此时已经离开校园两年的木木，已经找不到当年唐僧西天取经的那股专注的劲头了。工作两年后，木木知道在学校时面对的诱惑都是小儿科。见过外面的花花世界了，心还能再沉下来么？

"颖慧，我都快两年没碰书本了，恐怕心已经浮躁得静不下来了，而且，考研又不能让单位领导知道，只能偷偷摸摸的，每天看书的时间也有限，还剩下两个月，心里觉得挺没谱的。"木木当时觉得自己在冒险，可是不冒这个险的话，总觉得心有不甘。

"没问题的，你一定行，书和资料我都帮你买好了，你把题库钻研透了，一定能考上。"颖慧最擅长给木木打气了。

颖慧花高价买了一堆复习资料，嘱咐木木这些都是考试宝典，一定钻研透，考试题都会从中选题目。木木白天上班，晚上回到学校上自习，后来干脆搬到学校附近住，重新加入到了考研大军中，这时，木木才知道当年自己太轻视考研了，自认为边谈着恋爱，顺带着就能把研究生考上，看来真是大意过头了。

周末为了抢上自习室，都要早早爬起来，云教室外排队。教室门一开，等候的人群如同泄闸洪水，片刻工夫就可淹没教室的每个座位。木木不知道两年时间一过，考研的队伍忽然壮大到这种程度。

一开始还隔三差五去单位露个脸，一周交一两篇稿子应付一下。面对疯狂的考研大军，木木恐惧感倍增，尤其是临近考试时，只能找外出采访、开会之类的理由去应付。那时候的木木，涉世不深，还没有足够的能力去应付那么多的挫折和困难，为了不让生活断了收入来源，为了万一考试失败，还可以给自己留条后路继续工作，木木不想辞职，想边工作边考研。这么点小小私心，在现实生活中，还是会有不怀好意的同事扒拉出来，给报社主编打小报告，说木木在考研，不上班。

主编也正好奇，以往的写稿大户怎么安静下来了，就在编辑会上当着报社所有中层领导的面儿直接质问木木的直接领导："你部门的木木最近哪去了？听说在考研啊？"

"年轻人追求上进，我们该支持。"主任仅一句话，把主编正准备借题发挥的一肚子话全部打了回去。编辑会陷入一片安静。被噎着的主编，过了半晌，说："继续开会。"此后，谁也不敢再打木木考研的小报告。

不怀好意的同事又把这件事传到木木耳朵里。"开弓没有回头箭。"木木暗暗赌气，这次考研，只能成功，不许失败，否则，支持自己的领导，颜面该往哪里放？

木木当时深深体会出"人怕出名猪怕壮"这句话了，入社第一个月就拿到了省、市好新闻奖，这件事一下子就在报社炸开了锅，所有人都在打听木木是哪一位？成为报社的"名人"后，自然就被同事给盯上了，现在考个研，都有人打小报告，害得部门主任当面和主编顶撞。木木嘴笨，想打电话，跟部门主任说声谢谢，话到嘴边，还是不知道该怎么去表达，心想只好用录取通知书来证明一切。

4个月后的一天，当录取通知书送到报社的时候，一切都变了，原来的窃窃私语，忽然都变成了大嗓门："木木，你真厉害啊，咱们单位多少年没有出研究生了，你竟然还考上北京的研究生了，真是不简单啊。"

"啊，还是传媒大学的，那不是培养名人的地方么？木木，毕业后还要回来啊。"

……

木木笑笑不语。

木木只想感谢一个人，就是部门主任，没有他当时的那句支持的话，木木轻则被扣工资，重则直接被劝退。

"主任，我要请你吃大餐，通知书有你一半的功劳。"木木第一次表达出对主任的感激。

"我来请，给你庆祝。"主任拉着木木到当地最豪华的酒店，开了小型的庆功宴。

酒酣之际，年过半百的主任忽然眼睛红了，他仰起头停了会儿，没让眼泪流出来，然后特别轻声地说："木木，你终于考上了，我这心里的大石头啊，终于落地了，这几个月，我承受的压力不比你小。知道我为什么顶着那么大的压力支持你吗？因为你的决定是对的，北京是一个值得年轻人拼搏的地方，你如果待在这里，现在就能看到自己20年后的样子，这样的话你会慢慢没有了理想和追求。我年龄已经大了，也马上快退休了，就在这里熬到退休吧，你不一样，你才刚毕业，年轻的时候应该去实现自己的梦想。

大家都知道我生活很富足，但大家不知道的是，别看我从小在这个城市长大，但我对北京比对现在这个生活了一辈子的城市还要熟悉。北京四环以内，没有我没去过的地儿，那边的朋友也很多，甚至还有不少名人朋友，说出来都会吓你一跳。"主任兴奋地聊起北京来。

"我的事业重心基本上都放在北京那边，那边有我的商铺和房产，等孩子毕业后，他就会去北京打理这一切，而我就会在这边安度晚年了。"他说，"这一切，单位的同事没有人知道，如果知道了，肯定也少不了闲言碎语。在这种闲散的单位，同事之间就喜欢嚼舌根，而不是花精力去创造更好的生活，只知道羡慕嫉妒转而生恨。"

木木终于懂了什么叫"深藏不露"，以前大家都开主任玩笑，说他小资，买件衬衫，都要跑到北京最贵的商场去买外国品牌，全报社，也就他一个人从上到下全身名牌，而且全是从北京买的名牌。木木是在广告部美女对主任的羡慕嫉妒声中，第一次知道品牌的力量，品牌背后，就是资金实力和生活品位的另一种表达方式。但因为木木对衣服不讲究，自然就不知道那些牌子到底值多少钱，总觉得主任穿着低调却又有品位，主编在他跟前都会黯然失色，原来，他打着去北京买品牌的旗号去北京忙事业呢。

主任所有的东西，在木木眼里，都是奢侈品。一起打乒乓球，他有用了10年的专业球拍，同事说，那是他自己从日本买的木板和胶皮，然后自己贴出来的；集体旅游，他的相机又和大家的不一样，同事说，那是从香港买的单反相机，光镜头就3万多。

不同于那些标榜名牌以此炫富的人，主任从来不评说自己的东西，都是老同事充当喇叭，而他自己，似乎更享受这些有来头的物件，让自己的"球技"全报社无人能敌，让拍摄出来的照片更像那么回事。

木木一直很奇怪主任哪里来的这么多钱，原来奢侈背后，是靠着在北京的打拼，支撑着这一切。

"去北京吧，去那里好好学习，以后就留在那边发展吧。你的学费是多少？"主任一下子提到了上学的花销。

"学费一年1万。"木木收到的录取通知书，上面有两项费用需要在开学前把钱打进去，一笔就是第一年的学费1万，另外一笔就是第一年的住宿费1500。

"北京的消费比咱们这边高，你一年的生活费也得1万，3年下来至少需要花费6万块钱，你才工作两年，工资也不高，这笔花销对你来说不是小数目，缺多少钱告诉我，我先资助你上完学。"主任一席话，暖得木木眼泪又开始在眼里打转。

拿到录取通知书的时候，既喜又悲，喜的是愿望实现，悲的是高昂的学费该如何支付。既然已经工作了，就不能再向家人开口，只能靠自己解决。但是工作两年时间，积蓄仅够一年的学费。

"没事，第一年的学费靠我的积蓄，平时帮朋友写文案，也攒了点外快，够一年的生活费，剩下两年的花销，等到了北京后再想办法。上大学我都是边打工边读书，研究生一样可以采用这种办法，应该没有多大问题，如果真缺钱，我会跟你说的。"木木知道主任是真心想帮自己，但她相信靠自己的努力是可以完成学业的。

教育投资，最后算计下来，那一纸毕业证书，竟也需要耗费6万块钱。

"看来，研究生硕士学位证，是我自己投资的第一件奢侈品了。"木木换了个角度想。

6万块钱到底是什么概念？木木没想过，另外一位正在准备买房结婚的同事一换算，让木木觉得自己的投资确实非同小可。

"木木，你真舍得，上3年研究生花销6万块钱，你再添点凑个10万可以在报社旁边买半套房子了。"同事说。

2005年，在T城这样的城市，绝大多数人的月工资都在2000左右，记者算高收入人群，也就3000出头，那会儿房价也便宜，非市中心地段，也就每平米两三千块钱，买个两居的小户型，也就不到30万。

"真的啊，让你这么一说，我觉得有点亏了，房子买了好歹是固定资产，但花6万块钱和3年的时间成本，获得张文凭，照今年全国考研报名人数超170万计算，等3年以后，那研究生还不像现在的本科生一样，1块钱买11个大学生——一毛不值？"木木产生了另一种担忧。

2008年木木研究生毕业，对学历贬值的担忧果然成了现实。而更给木木人生第一笔投资添上愁云的是，国际金融危机发生了。

聊以自慰的是，就在毕业前的一个月，木木终于找到了工作，实现了留在北京的梦想，只是这个梦想的代价有些大。

3年时间付出6万块钱获得的一纸文凭，已经贬值到和本科学历证书一样的地步，研究生就业难度如同当年本科就业难度一样，或者更甚。找不到工作的，被逼着继续考博，就业危机人为拖后3年。

当年自己是期待着研究生改变人生际遇，岂料，国家从1999年开始执行大学生扩招的后遗症就逐年显现了。连年扩招，大学生毕业数量日益猛增，价值则越来越小，不少大学生连个有技术的蓝领师傅都比不上。所以"读书改变命运"这句话遭受到了越来越多人的怀疑。因为如今的大学生不是精英教育时代的产物，而是大众教育的产物，我们很不幸地就处在了大众教育时代，这个社会趋势决定了我们靠不断求学挣扎都是徒劳无力的反抗，只是让痛苦推迟发生，而不能从根本上阻止痛苦的发生。

经历考研投资失败的教训，木木不敢再考博了。这年头，学历和房价这两样东西最让人纠结了，考试拿文凭的步子永远超不过学历贬值的速度，工资上涨的幅度永远赶不上房价上涨的幅度。等你辛辛苦苦学3年出来，博士已经是遍地开花不存在稀有价值了，等你工资翻一番的时候，房价已经翻数番了。中国贬值最快的投资，莫过于读研读博了。

当下最值钱的，就是时间。能管控好时间成本，才是投资的最佳策略。如果随波逐流，不计成本地去做一件事，要么是真的超脱，要么就是脑残。

13. 女人是靠脸蛋投资的动物

> 木木开始权衡，到底是该无忧无虑的吃喝玩乐，还是当个"败家娘们"，把钱都花在脸蛋上。

网上有一句流行名言，套在木木身上最合适："我用一麻袋的钱上大学，换了一麻袋书；毕业了，用这些书换钱，却买不起一个麻袋！"

所以当洁仪让木木舍得在外在方面投资自己时，木木开始权衡，到底是该无忧无虑的吃喝玩乐，还是当个"败家娘们"，把钱都花在脸蛋上。

木木似乎更倾向于逍遥自在，毕竟一个人快乐远比恋爱两个人痛苦强得多。

洁仪对木木的改造工程，就这样被日思夜想无忧无虑过单身生活的木木给拖着迟迟没见动静。

周五中午，木木、洁仪和胡薇三个人例行聚餐。

开餐前，胡薇拿着筷子在桌上先敲了两下，说："同志，提醒你一下，现在已经是8月份啦，还有3个月啦。"

年初的时候，胡薇和洁仪不断催促木木赶紧嫁人，木木一激动，就说："我今年一定搞定，证明给你们看。"胡薇这家伙就记住了这句话，天天给木木数着日子。每次聚餐前，总要通报一下日子，快赶上2008年北京奥运会前夕天安门广场上的倒计时牌了。

"我肚子里的果果都5个月了，还指望着你今年搞定，明年兔年的时候也要个兔宝宝，果果就有伴了。"胡薇说。

"哎呀，不是还有洁仪吗，她也怀上吧，你们两家生儿子，以后我生闺女，有两个哥哥疼，多好。"木木赶紧把话题引到洁仪身上。

"嗯，我下个月开始造人。"洁仪抿了口咖啡。

"你要造人，还不赶紧戒咖啡。"木木和胡薇骂洁仪这个咖啡狂，她每天至少要喝一杯浓咖啡。

洁仪立马把咖啡杯推到一边，说："我啥时候喝上的，都不知道。靠，以后我再喝咖啡，不是人，我鄙视我自己。"洁仪又开始信誓旦旦了。

"你都不是人几次了啊？"木木抢白她。

"哎，其实我最近一个月都没怎么喝了，快戒掉了。可是一碰上棘手的稿子，我就不知不觉冲上咖啡了。上周写稿子写到半夜，就又开始喝了。今天也是无意识状态下喝的。你们监督我啊，我要再喝咖啡，真的不是人。"洁仪又抛出狠狠的话。

"对了，刚才明明在说木木的事，怎么矛头又转向我了？"洁仪又把话题引到木木身上，"上次去我家，对你掏心掏肺教育了一晚上，怎么不见效果啊，你到底想清楚没有？婚姻就是超级现实地过日子，不要天天想着要有心动的人才结婚，都这个年龄了，心哪还会说动就动啊，再者说了，就是当时心动了，结婚后还不是一样？你问问胡薇，她当年是为爱结婚的，婚后还有心动吗？还不是发现老公一大堆缺点，不也得认了么。谈恋爱是要找心动的人，可结婚是两码事，适合谈恋爱的人不见得适合结婚。"洁仪不惜牺牲姐妹和自身的婚姻生活隐私，"威逼利诱"木木嫁人要趁早。

"你再拖，拖到人老珠黄，可就是更没有看点没有资本找心动的人了。"胡薇也凑过来帮腔。

人老珠黄，这个词，不到一个星期就真应验了。

周一，木木去国贸大饭店参加了一个投资论坛。会议间隙，碰到木木研究生毕业后第一份工作的同事凯。

"嗨，你也来了，好久不见。"面对面，木木冲凯打了声招呼。

只见凯表情迷茫，眉头紧锁，眼神迷离，似乎在苦苦思索什么问题。

木木心想："他估计是在琢磨什么采访问题，没注意到眼前站着一个大活人吧。"

正当木木要转身离开，不打扰这位仁兄想问题时，忽然传来一声尖叫："原来是你啊，木木。"

呼啦啦，周围人侧目而视。

木木顿时脸红了。"嘘——别这么大呼小叫，大家都在看呢，还以为我是怪物呢。"木木小声骂凯。

没想到，接下来凯的话让木木更是想钻到地缝里消失了。

"半年不见你怎么都老成这样了？半年前还是青春逼人的小姑娘啊，做日报记者真有那么摧残人吗？"凯还是用他那高分贝的"喇叭筒"，抛出一连串的疑问句。

木木真想把他的嘴巴缝上。

自打那次经历后，木木原本自信满满的年轻资本，受到了严重打击。

"做记者就是摧残人，刚毕业时脸蛋还像个中学生，现在看起来像大妈。"

木木心里很不平衡，回到家翻出大学、研究生、工作后的照片，放在一起一比较，还真看到了脸上留下的岁月痕迹：大学时，脸蛋像水蜜桃一样，吹弹可破，用句电视剧里的台词："嫩得呀，能掐出水来。"研究生时，脸蛋却像苹果，滋润度虽比不上水蜜桃，却也依然光彩照人；可工作后，老化的速度噌噌加快：黑眼圈、大眼袋，嘴边的法令纹也冒出来了，脸上因熬夜内分泌失调，在下巴、额头上跑出来层出不穷的痘子，惨不忍睹！怪不得凯都认不出自己来，要不是看看照片，还真不知道以前自己也是个水灵灵的姑娘。

木木感觉自己一张脸就这么糟蹋了。

"我咋这么倒霉呢，上研究生的时候逛街还经常被当做高中生，还觉得毕业后就会比别人年轻，等30岁了看起来还像20岁，多赚。可还没得意起来，现在还不到30岁呢就被90后喊阿姨了。"木木向沁如抱怨。

"从20岁直接蹦到了30岁，没有一点过渡期，期间10年的容颜，被记者这个工作全部偷走了，悲剧啊。"木木一点都没夸张。当记者的都有个毛病，不到晚上就进入不到写稿的状态，熬夜过多，内分泌失调体内排毒不畅脸蛋上就冒痘子；加上天天盯电脑，皮肤受辐射变得黯淡粗糙；再加上天天伏案写东西，颈椎也容易出毛病，颈椎不好又压迫神经出现偏头痛，浑身上下似乎全不正常。

"沁如，你看现在的报道都在说从事媒体职业的人，97%的人是亚健康，你说像我们这样，再过几年身体还不报废了？"

同屋的沁如听着，赶紧安慰木木，赶紧补救啊，以后一定要少熬夜，女人是要睡子午觉的。

"啥叫子午觉？"木木好奇地问沁如。

"就是子时大睡，午时小憩。我床头那些养生的书你都不看，看来还得给你普及知识。"沁如抽出床头的《黄帝内经》说道，"我来给你讲讲为啥人要睡子午觉吧。"

"阳气尽则卧，阴气尽则寐。"沁如拿着书念到。

"你别给我念文言文，一听头就大，你就用最直白的话诉我，该怎么做？"

"人体要阴阳平衡这你明白吧？《黄帝内经》告诉我们，晚上11点到凌晨1点的子时，阴气盛而阳气衰，这种时候就应该卧倒睡觉。而中午11点到下午1点的午时，阳气盛而阴气衰，这种时候就应该稍微休息一下，睡个小午觉。子午觉就是这么来的。子午觉保证了体内阴阳平衡，才不会出毛病。"

"你知道为啥熬夜就会出现皮肤粗糙的现象吗？因为子觉是肝胆休息的时间，你熬夜过了一两点，肝脏没有休息好，不能排毒，脸上自然会出现皮肤粗糙长斑起痘的症状啦。"

"原来是这个道理，那我以后就早点休息，至少保证晚上这个美容觉。"木木恍然大悟。

但最会保养的洁仪却说，女人过了25岁，即使保证美容觉，还是远远不够的。她说休息是人体恢复精力的一个过程，要让皱纹晚点出现，必须要在脸蛋上下血本。

不仅如此，洁仪不愧是木木的好姐妹，美容方面的经验从来都是乐于共享，直接给木木推荐有效果的，省得花冤枉钱。她信誓旦旦地保证，一定能从头到脚地改变木木。

纵然木木起初有些无所谓，甚至嗤之以鼻。但经历凯的打击，她终于开始觉悟，很虔诚地听着洁仪的"教导"。还有一个因素让木木狠下心决定要在脸蛋上好好投资一把的，这个因素就是2010年北京的房价已经飞涨到让人绝望的地步。

14. 房子比男人升值快

> 木木跟方坤相恋6年后，不是走入婚姻殿堂，而是以分手终结一切时，木木才真正明白一个道理，在这个物欲横流的时代，男人不如房子靠谱，女人如果单纯指望男人提供生活保障，那就等于把自己置于随时都可能一穷二白的境地。

像洁仪这样顺利嫁给钻石王老五的人，根本就不明白木木为什么非要自己拼命赚钱，她们总认为，女人嫁个有钱的人就可以了，干嘛辛苦自己。

"干嘛辛苦自己！"曾经，这也是木木的口头禅。那时她还沉浸在热恋中。女人热恋的时候，往往想当然地以为，眼前的这个男人就是今后要携手走入婚姻殿堂、终身依靠的另一半了。

感情和婚姻都是一种投资，世界上不是所有的投资都会成功。对于投资成功的人，自然就会以为女人只要投资婚姻成功，一切就有了保障。但是如果不成功呢？对生活要寄予美好的希望，但却要做最坏的打算。

懂得如何独立，如何做最坏的打算，并非是所有女人都精通的。木木的独立性，也是在分手后才真正感同身受。两年的时间，木木从一个以往推崇三从四德、以男人为中心的小女人，一下子转变为事事主张独立自由的大女人。

木木跟方坤相恋6年后，不是走入婚姻殿堂，而是以分手终结一切时，木木才真正明白一个道理，在这个物欲横流的时代，男人不如房子靠谱，女人如果单纯指望男人提供生活保障，那就等于把自己置于随时都可能一穷二白的境地。

一提房子，木木不用说肠子都悔青了，至少，想一次，痛一次，痛恨自己意志不坚定，总被男人的话牵着走，所以一旦经历过痛彻心扉的打击之后，才会有刻骨铭心的反思。

2006年，木木还在读研究生，大学闺蜜菲菲在搜罗了北京各大楼盘后，和男友如龙决定出手买房。如龙是木木和菲菲的师兄，大男子主义比较严重；不会主动表白，当初他俩能走到一起，还是木木一帮姐妹费尽九牛二虎之力撮合的，菲菲就在一盒"喜之郎水晶之恋"的甜蜜攻击下投降了。

"一起买吧，在一个小区，以后有了孩子还能一起玩。"菲菲和木木打招呼。

想想也是，在北京这么大的城市，邻里都不认识，如果和闺蜜当邻居，大家生活上就可以相互照顾了。

"好啊，关键不知道价格怎样。"木木问。

"价格就别担心了，经过我和跑房地产的同事综合研究后，我们一致觉得这个楼盘性价比最高，房子精装修，每平米6800，十一期间优惠，还能打九五折。我和我家那口子看好了复式户型，100多平，最后总价算下来不到70万。"菲菲说，"你就买和我家一样的户型吧。"

"买房是大事，我得和方坤商量一下。"木木说。她想：有了房子，接下来结婚的事就可以提上日程了。

"不买，我现在没有那么多钱付首付。"方坤一下子就拒绝了木木买房的提议。

"我们可以先让双方父母凑一点，过个两三年就能够还给他们了。像咱们这个年龄的，现在都需要父母资助，因为，房价上涨的速度，已经超过工资上涨的速度了，等咱们攒够了首付，房价早不是现在这个价格了，到那时候，父母的积蓄，自己的积蓄都搭进去，或许也买不起房子。

咱们不是吃过这方面的亏吗？2004年的时候，你要是答应父母，在老家海边买上房子，现在价格不也翻了三倍么？涨上去的这个价格，咱俩工作10年才能攒那么多。"木木说。

"谁说房价一定会继续上涨呢，从2004年涨到现在，价格已经那么高了，再说，我是不会让家里出钱的，我一定要自己买房。"方坤还是执拗于依靠自己的实力去买房。

"你怎么那么不开窍呢？！2008年北京就要开奥运会了，房价还会继续上涨！"木木急了，搬出了宏观政策。

"菲菲和老公现在能在北京买房，不就是如龙当年毕业时，家里给他买了一套15万的房子，两年后，房子涨到50万，他卖了房子给了家里20万然后拿出30万才买了北京这套房子吗？如果他和你也是一样的观点，自己攒钱，毕业两年，他现在工资才2000，两年攒不上5万，能在北京买房吗？还能再多给父母5万块钱吗？

"大家毕业时，起点一样，家庭背景一样，都有实力买房子，如果利用好这笔钱，短短两年内，就可以成为中产；如果没有好好地利用这笔钱，而只是凭自己的意气做事，会让以后的生活陷入被动。

"其实你换个角度去想，现在家里的钱是搁置不动的，不会升值的，但投资到房子上，是会翻倍的，到时候，父母这笔钱，就增值了。如果房子是自住，不能变现，但帮你省去了好几年的积累不也相当于另外一种收益么，那你可以把省下来的收益回报给父母，是一样的道理啊。但是错过机会，即使付出的代价更大更多了，市场不领你这个情，到时候一样买不起房子，父母更是会跟着着急上火。我们不啃老，别人就要啃我们。"木木苦口婆心地劝。

"说不买就不买。"方坤拗起来的时候，啥话也听不进去。在他看来受过高等教育的人，还用父母的钱啃老买房，很没面子，他坚决不能给自己贴上"啃老族"的标签。

在分歧无法消除的时候，谈判是进行不下去的。木木安慰自己，算了，不买就不买吧，对于固执的人，现实是最好的说教老师。但内心又着急无比，她自己心里清楚，两年前，原本和如龙家境一样的方坤，在错过一次机会后，家庭财富还停留在20万以内原地不动，而如龙已经是他的数倍，等再错过这个机会，两年后，如龙的资产或许是他的10倍，差距就这样产生了。

2009年，木木和方坤的感情画上了句号，而此时，菲菲当初买的房子果然翻了一倍，涨到了150多万，一个百万富翁诞生了！而方坤呢，工资涨了不到20%，家里的财富依旧停留在20万。

你不理财，财不理你，真是活生生的教材。

不过话说回来，即使当初方坤不赞成买房，自己也可以买一套30万以内的一居，到现在至少也涨到近70万，赚出的那部分钱，已经相当于工作10年的积蓄了。也就是说，投资一套房子，两年时间，就为自己赚出至少10年的资本积累。

但是，人生没有后悔药。等木木明白房子比男人升值快的现实道理后，房价还在高昂着头，一个劲儿往上冲，幸好现在木木已经首付了一套单身公寓。

15. 逃离北上广

人的一生好像乘坐北京地铁一号线：途经国贸，羡慕繁华；途经天安门，幻想权力；途经金融街，梦想发财；经过公主坟，遥想华丽家族；经过玉泉路，依然雄心勃勃……这时，有个声音飘然入耳：乘客你好，八宝山快到了！顿时醒悟：人生苦短，何不淡然！

就在房价往上冲的时候，2009年夏，菲菲突然做出了一个天大的决定——卖房，逃离北上广。

"啊，你真的决定离开北京了？"木木震惊于菲菲的决定。

菲菲的老公如龙，是木木和菲菲高一个年级的师兄。当初，菲菲和如龙彼此产生好感，又较着劲，谁都不肯说出来。

菲菲呢，作为女孩子，总觉得男生应该主动些。如龙呢，大男子主义比较严重，让他说句"我爱你"之类的话，比登天还难。

看着两个人胶着在那里停滞不前的状态，木木就特着急，心想，都21世纪了，这两人竟然连表达感情的勇气都没有，这哪成，万一，有哪个帅哥或美女抢先一步了，原本美好的一对或许就成两对了。

木木就不停地在如龙面前刺激他，说班里有个男孩子对菲菲展开了猛烈攻势，天天电话不断；体育系的一个高大帅气的男孩子，也在对菲菲大献殷勤，不知道葫芦里卖的啥药。这些事情确实有，只是被木木稍微添油加醋了一点。

像如龙那种智商的人，肯定明白木木说这些意味着什么。木木边眉飞色舞讲着菲菲的故事，边偷偷观察如龙的表情变化。如龙比较鬼，表面上和木木嘻嘻哈哈说笑，似乎没怎么把菲菲的事放在心上，但内心却在开始想着如何出击了。

没过两天，菲菲满脸红云抱着一盒心型的喜之郎水晶之恋跑回宿舍。那会儿水晶之恋是大学生情侣间最畅销的礼物。

"呀，水晶之恋，一生不变。谁送的啊？"大家起哄。

"如龙。"菲菲啃着手指头，声音跟蚊子似的，说完脸又染上红晕。

"他终于说啦？怎么个情况？"木木赶忙问，看来煽风点火发挥作用了。

"今天他让我陪着去买书，后来不知道从哪就掏出来了，说女孩子都喜欢吃果冻。"菲菲说，"但他还是没有说让我做他的女朋友，或者喜欢我之类的话，所以这应该不算吧。"菲菲瞪着乌溜溜的大眼睛，一脸困惑。

"他不是用'水晶之恋——一生不变'来代替自己说了么，像他这样大男子主义的人，能想到通过水晶之恋表达感情，也实在是不小的进步了。"木木心想，这个如龙，看来也是懂得浪漫之道的，就是嘴巴硬了些，不过，越是这样，说不定菲菲更着道呢。

菲菲果然着道了，而且真应验了如龙送给她的第一份礼物的广告词"一生不变"。

但菲菲和如龙接下来的恋情发展，谈得有点辛苦。

大学毕业后，菲菲来到北京工作，而如龙则选择留在了T城，作为T城人，他更喜欢在自己家门口上班，更为重要的一个原因是，早毕业一年的他，经过辛苦打拼，已经成为公司的销售经理，若抛弃这份工作，就意味着要抛弃积累下来的客户资源，来北京重新开始。未来的不确定性，让他没有冲动地做出一起来北京的决定，而是选择继续在T城发展自己的事业。

而菲菲呢，为了实践自己的新闻理想，满怀激情地到了北京一家媒体工作。

"女人当男人使，男人当牲口使"，菲菲经常在电话里这样形容她的工作状态。生性好动又争强好胜的菲菲，就在"女人当男人使"的媒体环境下，生存了下来。"住过死老鼠遍地的地下室，睡过睡袋，搬过好几次家"，像所有北漂人一样，菲菲来北京的头一年，吃了不少苦，工资少得可怜，只能租最便宜的郊区房子，偶尔还会因为付不起房租，去同事家挤一挤，怎一个"漂"字了得。

　　菲菲的这些苦，从来没和如龙说，因为告诉他的话，早就把她拉回去了。菲菲认为年轻的时候，就应该在北京这样的大城市闯荡一下、历练一下。这份历练，在她每次回T城后，一点点显现出来。

　　如龙逐渐发现了菲菲的变化，批评道："你看你，回趟T城都要坐飞机。一回来就拉着我到处吃好吃的，吃完还要召集朋友唱KTV。动不动还提议要去哪个地方旅游，飞机票都买好了！和我谈的，不是这明星，就是那高官，好好一娃，咋就变成这样了呢。"

　　菲菲的消费观念和关注的信息已经越来越有着大都市的气息，但如龙却经常给她泼冷水："你现在是经常接触名人了，但咱们还是老百姓，和那些人不在一个世界里，不要以为你采访了几个名人，就能怎样怎样，他们离我们的生活太远，安心挣点钱，好好过日子才是真的。

　　常言说得好，在香港知道自己的钱少，在北京知道自己的官小。非富即贵，这才是北京的核心圈子，你自己就是一个小虾米，在食物链条的最底端，每天被层层剥削，你说你还有自己的生活空间吗，你每天除了写那些与你生活毫无相干的报道换回一份工资外，你还获得了什么？你的阅历、你的见识、你的眼界，这些是比小城市的人高，但是，你仔细想想，这些见识也好、眼界也罢，能改变你的人生轨迹吗？你该打工还是打工，该被剥削还是被剥削；现在年轻还有被剥削的资本，等过两年，你再看看，你拿的这份工资，还够被这个城市的高生活成本剥削的吗？但是，你如果回到T城，拿出同样的付出，或许依然是个打工者，但你的生活质量至少要提高一大截，不会为这个城市的交通成本、物资成本付出与工资不相等的代价。"

　　菲菲也知道那群人离自己很远，但她觉得能有机会去观察，就是一种收获。或者利用工作外出采访的机会，或者利用休假的机会，她把国内游历了大半，临近中国的东南亚、日本等，她也都去转了一圈。每次回来，给木木带一堆小礼品，奇闻轶事也会八卦个不停。

　　木木欣赏菲菲这种状态，拼命工作，然后四处游历，亲自去感触这个世界。但她也认可如龙的观点，就是在北京生活，一定要衡量生活成本。

　　后来，如龙在T城升职为销售总监，可以有更多的时间去看菲菲了。但当他发现菲菲的工作状态比他想象的还要糟糕，经常熬夜写稿、生活很不规律，他发火了："辞掉工作，跟我回T城，随便找份工作，我不想让你过媒体人这么大压力的生活。"

当4年的压力已经成为生活的一部分后，菲菲似乎已经习惯了，觉得在北京生活的媒体人，都是这种生活状态，说不上健康，但也没办法改变。而且，她更习惯了北京的光怪陆离和高速紧张的生活节奏，她的生活已经变得需要高收入和高消费、高信息量来冲击，如果一旦回到那个生活节奏缓慢的T城，她反而难以适应。

她给老公列举北京的种种好处，就像后来电视剧《蜗居》里的海萍拼命要做上海人一样，她对如龙说："T城有国家大剧院吗？T城有PRADA这些时装大牌吗？T城有国际机场吗？T城有北大清华吗？"

"你清醒点，你一年去几次大剧院？你一年买几个品牌？你一年出几次国？孩子将来上不上北大清华那是20年后的事情，我承认北京购物、教育资源丰富，但你没看到北京已经不适宜居住了吗？我哪次开车来不得堵半天，堵在路上的时间干什么不好，留在这个巨无霸城市，时间不是花在享受生活上，而是花在没有意义的堵车上。同样一件事情，在T城可能一上午就办完了，而在北京，光耗费在路上折腾都得一上午。我一来北京就心烦意乱，到哪里都人挤人，我不想生活过成这样子，跟猪狗一样。"很少发脾气的如龙，彻底愤怒了。

这是两种生活习惯的博弈。虽然他们谈了5年恋爱，但4年都是异地恋爱，基本靠电话和一年一两次的相聚保持这段恋情，而异地的这段时间，两个人的生活习惯因为城市节奏的迥异和价值观念的迥异，产生了难以调和的分歧。

"你们要结婚的话，不能再继续这种异地生活了，你还是应该回到T城。"木木也劝过菲菲，毕竟如龙的事业比起菲菲的媒体工作来，更稳定。"媒体是吃青春饭，你现在年轻，还能跑得动，等你生孩子后，这个职业会让你压力更大，难以兼顾家庭。"

木木说的这些道理，菲菲心知肚明，但真要她舍弃4年来的工作，包括这里的同事朋友，包括她喜欢逛街购物的商场，她还是下不了决心。从菲菲来北京工作那一天起，她和如龙就是否留在北京生活这个问题的拉锯战从来没停过。2006年的时候，菲菲曾劝说如龙把T城的房子卖掉，凑足首付在北京买了一套新的期房，为结婚和日后可能在北京生活准备用，也可以作投资用，反正北京的房子用途多多。2008年元月，他们拿到了房子的钥匙，然后忙着添置家具，打造属于他们的新房。

菲菲原本以为只要在北京买了房，如龙最终妥协跟她一起留在北京发展就差不多了。但没想到世事变化无常，计划赶不上变化，最终妥协的却是菲菲自己。金融危机一来，北京不少媒体面临节约开支裁员的境地，而菲菲的报社，虽没有直接提出裁员的要求，但提出了一些很难完成的工作考核任务，要求每个记者每个月至少3篇独家新闻稿件，总量不得少于25条新闻，还必须有自拍的新闻图片不少于3张。上述要求有一条完不成，就要扣底薪，扣除数额没有上限。

"你知道吗，我上个月没完成任务，竟然被扣到拿负工资，还倒欠报社1000多块钱。"菲菲打电话向木木诉说报社令人发指的暴行。

抱怨归抱怨，菲菲还在坚持着，她认为报社创业的前4年，她都坚持下来了，现在应该也可以。可是事与愿违，接下来两个月，她还是负工资。此时，一起和她入社的老员工，剩下的还不到10%，大家已经被这种变态的考核体制变相地逼走了。

看着离开的老员工脸上的失望和愤懑，看着新入职拿着微薄底薪的年轻面孔，菲菲意识到，是该停下奔波的脚步，思考一下工作的意义在哪里，未来的出路在哪里了。

思量再三，她终于向如龙妥协，认为在北京这样的大城市，确实是"大到不宜居"。这里有着太多充满梦想的年轻人，激情和理想成为留下来打拼的动力。而自己无论多努力，似乎都是被现实玩弄于股掌之中的玩偶，可以随意被取代，可以随意被改变。用最流行的话来理解：人不是在生活，而是在被生活所强奸。

就像一场华丽的舞台戏剧，观众看到的永远只是台子上的美丽和喧嚣，而幕布后面的辛酸和苦楚，只有演员自己才知道是什么滋味。最后能站到舞台上的，更是芸芸众生中的寥寥数人，这寥寥数人，背后却又是庞大到凡人看不到的关系网。

菲菲在离开北京回T城时，木木给她发了一条保存在手机上的短信：

> 人的一生好像乘坐北京地铁一号线：
>
> 途经国贸，美慕繁华；
>
> 途经天安门，幻想权力；
>
> 途经金融街，梦想发财；
>
> 经过公主坟，遥想华丽家族；
>
> 经过玉泉路，依然雄心勃勃……
>
> 这时，有个声音飘然入耳：乘客你好，八宝山快到了！
>
> 顿时醒悟：人生苦短，何不淡然！

菲菲回复了两个字："哈哈。"可是，木木感觉到手机那头的菲菲，不是笑脸，而是噙满泪水的双眼，木木忽然感伤起来，双眼不由得模糊了。

菲菲在如龙的影响下，最终还是选择了淡然。带着这个城市留给她和如龙一笔不菲的财富——一套70万买来的房子，转手一卖，赚得了60多万。这笔钱，够他们在T城过上衣食无忧的生活了。

但是，木木后来才知道，暂时的淡然，或许是另外一次疯狂历程的起步。经历了T城、北京两地倒卖房子，尝到了人生第一次来自房子的甜头，如龙认准了投资房子的生财之道，把卖北京房子赚得的60多万，在不到两年的时间里，拿来在广西、海南两地买了4套楼房，这其中还包括别墅。传说中的炒房族，竟然就存在于身边的好友中。

16. 恋爱的风险管理学

> 6年，木木说，我把如花的岁月给了你。
>
> 6年，方坤说，那也是我如花的岁月啊。

菲菲离开北京时，木木和方坤正好分手。一个是和朝夕相处的城市分离，一个是和朝夕相处了6年的男友分离。

6年，木木说，我把如花的岁月给了你。

6年，方坤说，那也是我如花的岁月啊。

得，感情好时，什么都可以不计较，一拍两散时，连岁月都得算个一清二楚。多么伤感情的一件事啊。

再为这种没有意义的事情浪费唾沫，简直是自损身价。倘若彼此还念着往日之情，分手时来点煽情的感慨与不舍，或许也能让内心好受一些。但没想到的是，方坤如此斤斤计较的回答，还有那不依不饶的语气，给木木美丽的幻想判了死刑，让木木残存的好感一下子消失掉。真没想到，6年的感情竟然说消失就能真的消失，而且是那么快。

过往曾有过的几番分分合合，仿佛都是试镜与预演，然而一旦真的发生，不需要任何彩排，"咔嚓"一声，干脆利落。

在一部分人眼里，木木和方坤是要结婚的，要不干嘛处那么久。

在木木心里，也是要和方坤结婚的。

但在另一部分人眼里，相处6年了还不结婚，则面临着极大的问题，分手是八九不离十的。

颖慧就是其中之一。她的论调是"相处三年不结婚必分手"。这是她用亲身经验得出的惨痛结论。当年，她和男友也是浓情蜜意，羡煞姐妹。岂知，忙于攻读博士学位的她，万万没料到，曾信誓旦旦非颖慧不娶的男友，竟没耐得住诱惑，在单位的年终Party上，和同事发生了一夜情，从此心就被勾走了。等颖慧发现这一切，男友以"感情走到尽头"为由，和颖慧Say bye-bye了。

"男人都是自制力差的动物，没有结婚证书的法律约束，他们喜新厌旧的本性会暴露无疑。"颖慧为这段感情伤心过，毕竟也是初恋啊，彼此也都见了双方父母，家人一致认可了这门亲事，似乎是板上钉钉的婚事，竟然会被"一夜情"给瓦解。

受了打击的颖慧开始攻读心理学，她要好好研究研究，人心究竟是什么结构。"木木，推荐你看个美剧 *LIE TO ME*（《别对我撒谎》），特好看，我现在的功力突飞猛进，有人要是在我面前撒谎，我都能看出来，而且能判断下一句话会说啥。"

"啊，你别走火入魔啊，那我在你面前，岂不都成透明人了？"木木盯着颖慧的眼睛，也想临时抱佛脚，看看自己有没有本事读透人的内心。

"我还不至于拿你当实验品，再者说了，你也不会对我撒谎，我就是要看看男人是如何撒谎骗女人的。"颖慧似乎还没有从感情阴影中走出来，一段失败的情感经历，让她对男人越发挑剔和不信任。

但她所说的"三年不结婚必分手"的论调，确是英雄所见略同。持有同样论调的，不仅是颖慧，多位朋友都提出过同样的警告。有的是感同身受相处3年后分手的，有的则是拿身边好友的案例加以总结得出的。

记得以前，好事的朋友询问："你俩处了几年啦？"

"3年。"

"那得赶紧结婚了，再不结婚，就很难结婚了。"

"为什么？"

"经验。"

木木从来没探究为什么朋友们会有这样的经验之说，她觉得自己和方坤是经历了相对纯真的校园恋情，然后踏入社会的，具有稳固的情感基础，不结婚只是因为条件不成熟，等条件成熟后，结婚是顺理成章的。

但有时候被朋友提醒多了，心里不免也嘀咕，因此偶尔也会催方坤赶紧结婚吧。但方坤确实不着急。

男人都有恐婚症，不喜欢早早进入婚姻中。"我觉得自己还没长大呢，30岁再结婚吧。"方坤说。

30岁，对于男人来说，正是花朵欲开放、芳香欲吐露的年龄，心智开始趋向成熟，少了份稚嫩，多了份稳重；少了份轻狂，多了份自信。这时候的男人，正是很多女性追求的理想结婚对象。因此，即使重新谈恋爱，依然会被社会看作理所当然、顺理成章，择偶的区间更是得到放大，小至人数不断增长的刚迈入成年的少女，大至同龄或稍长几岁的女性。

30岁，对于女性来说，却是个残酷的年龄，虽多了份熟女的魅力，却不再青春无敌；虽多了份从容，却面临着结婚生子的人生拐点。这种时候的女人，倘若未婚，重新谈恋爱，则会被社会冠上名副其实的"剩女"标签，当她们张望是否能找到匹配的"剩男"时，"剩男"已经去找刚毕业的女大学生了。女人超过30岁，择偶的区间就会越来越小，"岁月无情"，对于30岁的女人来说，再是应景不过了。

如果催着方坤结婚，难免有逼婚之嫌，对于自尊心强的木木来说，实在不是上策，因为不想被方坤看扁，更不想给人一种嫁不出去的廉价感。

如果由着方坤这样拖下去的话，本来年龄就比方坤大，等方坤到了30岁，自己也过了30岁，到时候结不了婚，重新谈婚论嫁的时间成本和代价，就要比方坤大出更多，结果对自己更为不利。

如何拿捏好表达结婚意愿的尺度，让方坤意识到结婚的紧迫性和必要性，难坏了木木。

一方面，不结婚意味着未来分手的风险随着时间的拖延在增大；另一方面，不结婚也意味着未来分手后承担的机会成本也将更大，因为和方坤相处的同时，木木就排除了接触其他异性的机会。

内心百爪挠心，面子上木木却一副无所谓的状态。当时，有位姐妹告诫木木，到了适婚年龄，还不结婚，就是剩女，现在网上都把剩女分为4个等级了——圣斗士、必胜客、斗战胜佛、齐天大圣。按年龄，木木已经是必胜客了。所谓圣斗士，又被称为初级剩女，是指那些年龄在25至27岁、正在为寻找伴侣而奋斗的剩女，所以叫"剩斗士"，起个漂亮点的名字就是圣斗士。

接下来，木木要进入的级别是"必胜客"，属于中级剩女，指那些因为事业而无暇寻找伴侣的，年龄在28至31岁的剩女们，由于机会比起圣斗士还要少，所以被称为必剩客。

高于必胜客的，就是"斗战胜佛"了，属于高级剩女，指年龄在32至36岁间的，在残酷的职场斗争中存活下来却依然单身的剩女们，所以称"斗战剩佛"。

到了36岁往上，那就是特级剩女，被尊称为"齐天大剩"了，好听点的名字就是孙悟空的别名"齐天大圣"，意思是女人到了这个年龄，也没有什么可畏惧的了。

木木是有主了，可时间却毫不留情地开始把她推向第三个阶段，中了那个"3年不结婚必分手"的魔咒。

因为有了之前分手魔咒的说法，木木对于这个结果，有点冥冥之中的意味，但却于情感上接受不了，6年，说散就散了。

木木沉默，平静地分手，不哭也不闹，就好像是一个老朋友忽然远去，没有伤感，没有不舍。但后来才知道，此刻所有的淡然和平静，原来都是一种刻意的麻痹，就好比手术后麻药的后劲还在，感觉不到疼，而药力一旦散尽，才会真切感受到那种疼痛，直刺心窝，让泪水决堤。

菲菲对木木发了这么一条安慰短信说："这个年代，男人会背叛自己，但工作不会，你对工作付出多少，工作就对你回报多少。"

这句话，对木木从坏情绪中摆脱，曾起到不小的作用。

那段时间，木木果然用了从来没有的专注劲来对待工作。是啊，辛苦工作能换来养活自己的工资，但辛苦对待男人，或许会换来对方的回报，但也许会被当做理所当然，最不幸的是，甚至最后可能连朋友都做不成。

其实，菲菲教木木使用的只是情感转移法，就是，当一个人全神贯注或全副精力专注于一件事或一个人上，就会对正在纠结的事情放开。但任何人都一样，不论对哪件事或哪个人专注，都希望能得到积极的响应，或者希望能从投入中收获应有的回报。

而实际上，并非所有投入必定有产出。

在短暂的情感转移过程中，专注工作是一个化解悲愤的不错方法，但如果把所有的精力都投入到工作后，工作又能否满足木木所有的需求呢？

这与理财名言"不要把鸡蛋放到同一个篮子里"道理一样，就是当你把所有资产都投资到一件事情上的时候，就意味着把所有的风险也都压在一件事情上，一旦投资失败，就会损失惨重。

用在情感上，就是告诫热恋中的男女，不要把所有的精力和情感都放在恋爱上，除了恋爱，还有工作要关注，还有父母要关心，还有朋友要往来。如果把所有的精力和焦点都集中到一个人身上，一旦分手，失落的打击，往往就会升级到痛不欲生。那些因为分手而自杀、自残或一蹶不振的家伙们，多数都是在恋爱中丢失了自己，把所有的情感都投放到一件事上，忽略了自己还有更多的事要做。

就像新浪微博经典语录中总结的："男人爱女人的过程是：爱——怕——烦——离开，女人爱男人的步骤是：无所谓——喜欢——爱——真情难收。男人的爱是把天鹅逐渐变成癞蛤蟆的过程；女人的爱是把青蛙逐渐变成王子的过程。和男人在一起时，你是他的全部；和男人分开时，你什么都不是。和女人在一起时，你是她的全部；和女人分开时，你还是她的全部。"

木木就是在6年的恋爱中，由无所谓，到妥协，到渐渐喜欢，到全心付出，直至把他当做全部，最终丢失了自我，失去了所有。

第三部分

遭遇离心力

离心力(Centrifugal force)是一种假想力,即惯性力。百度上的解释是:当物体作圆周运动时,向心加速度会在物体的坐标系产生如同力一般的效果,类似于有一股力作用在离心方向。向心力产生,离心力就产生;向心力消失,离心力也消失。

就像感情,如果没有离心力,吵架再凶,也不会终结;而一旦两人之间有了离心力,即便不吵架,分手也成必然了。

"离心力"这三个词,在木木头脑中缠绕了10年。从经历第一次分手,到今天随时都可遭遇的分手,离心力和荷尔蒙冲动成了一码事,说来就来,谁也拦不住。

1. 败给睡梦中的女子

> 木木一开始，还死活不肯承认方坤是因为劈腿才离开自己，但当经历过
> 两次电话后，木木相信了，以往自信到谁也动摇不了自己对方坤的信任，在那
> 日深夜的最后一通电话后，木木彻底明白，爱已远去。

木木又做梦了。

心犹如刀割般疼痛。方坤带着一个女孩出现，以往对木木的百般疼爱，
已经转移到这个看不清长相的女孩身上。每当这个时候，木木就会疼醒，醒
来满脸泪水，受不了方坤将疼爱用到自己之外的人。

在两个人最幸福的时候，每个月木木总会做一次两个人缠绵的美梦。自
从分手后，美梦不再，取而代之的则是每个月总会梦到方坤带着一个女孩在
木木面前秀恩爱。她就是让自己和方坤之间产生离心力的人吗？

每一个月，木木都要经历这么一次锥心的痛。

木木败了，败给了睡梦中的那个女孩，女孩长啥样子，木木总是看不
清，只有方坤疼爱的眼神和温柔的举止，笼罩在女孩周围，而这一切，都曾
是木木的专属啊。

为什么？为什么只属于自己的疼爱会让睡梦中的那个女孩抢走？她到底
是谁？

她就是让自己和方坤之间产生离心力的人吗？

自从和方坤彻底分手后，这个梦每个月都会上演一次，比生理周期都规
律。朋友说，这是日有所思、夜有所梦，说明木木还没有放下他。木木说，
分手战持续了一年，所以真正分手的时候，已经没有任何痛苦了，甚至都记
不清他的长相了。

是的，他劈腿了。可恶的是——他还不承认。

木木没有见过，但是方坤的举动和女人的第六感告诉木木——他已经
有别的女人了。这个结论让一度自信的木木痛苦不已。

木木一开始，还死活不肯承认方坤是因为劈腿才离开自己，但经历过两

次电话后，木木相信了，以往自信到谁也动摇不了自己对方坤的信任，在那日深夜的最后一通电话后，木木彻底明白，爱已远去。

在分手后的第一个月，方坤曾给木木打过一次电话，问："我知道你搬了家，还换了工作，花销肯定不小，钱不够花告诉我，给你打钱过去。"

"不用了，我不缺钱花，你照顾好自己就可以了。"木木拒绝了，她觉得方坤怎么分手后，忽然懂事起来。但当时忙于应付新工作，正在公司领导梅子的指导下，努力打开工作局面，忙碌的生活状态，让木木无暇去回忆过去。

分手后第三个月的某天夜里，木木又想起了方坤，想起他要给自己打钱的那通电话。这三个月他在做什么呢？木木有股冲动给方坤打个电话，一看时间，已经是夜里12点。但这个点，他应该还没有休息，凌晨一两点才是他上床睡觉的时间。

想了半天，该不该打，打电话说什么呢？问他过得好不好？问他工作忙不忙？问他还在北京吗？

还是打吧，既然分手后，他关心过自己，那打给他一次，也算礼尚往来了。

木木虽然把方坤的号码删除了，但记忆中，那串号码还是那么清晰。

"喂？"方坤在那头发出声音。

木木稳定了一下情绪，说："嗯……是我，谢谢你上次说要给我打钱，我挺好的，你别担心。你呢，最近好吗？"

"挺好的。"方坤顿了顿，"你呢？换了新工作，适应么？"

"还不错，就是比以前忙了很多。"

"哦，那就好，嗯……嗯……"方坤开始吞吞吐吐。

"怎么啦？"木木问。

"嗯……以后别这么晚打电话了。"方坤忽然换了种冷漠的语气。

"不好意思，以前你这会儿都还没休息……是不是不方便？"木木很奇怪他一下子就变了腔调。

"嗯……你这么晚打电话，我女朋友怎么想啊？"方坤说。

"女朋友？这么晚了，你女朋友在你旁边吗？"木木大脑短路了，一下子不知该表达什么，女朋友？女朋友？

"嗯……她已经睡了。"方坤说。

"你们已经同居了？"木木又问了个傻问题。

"是，所以以后你别打电话了。"方坤的话，如同一记闷棍，击得木木七晕八素，胃突然开始痉挛，仿佛吃了一只苍蝇，恶心得要吐出来。

"对不起。"木木立马挂掉电话，瞬间喘不上气来，整个心绞在一起，眼泪喷涌而出。

难受啊，难受。

此刻，要是不找个人倾诉，木木感觉自己马上要窒息死掉了。

她想都不想，就给胖子拨过去电话。胖子是方坤和木木的老乡，目睹了两人谈恋爱的经历，只是后来，木木和方坤来到北京发展，胖子仍留在T城大学读博士。但胖子是木木再晚打电话都会接的铁哥们。

用胡薇的话说，铁哥们就是那个半夜三更睡不着给TA短信把TA吵醒的人，更是那个你呼呼大睡后把吵醒TA的事抛至云霄也不用去说对不起和去做解释的那个人！

"胖子……"电话一接通，没等胖子出声，木木就已经哭上了。

"咋啦，这是？出什么事了？"胖子在那头急了。

"我疼，难受，恶心。"说完，木木就开始嚎啕大哭。

"嗯，哭吧。"胖子说完，就在电话那头听到木木哭得肝肠寸断。

直到哭得没有一丝力气，木木才哽咽着说："刚才手贱，给方坤打电话了，分手才3个月啊，他就和女朋友住到一起了。我他妈真是吃了只苍蝇。"

"是他亲口说的吗？"胖子问。

"嗯，当初分手的时候，就是因为发现他和一个女的经常夜里打电话，语气暧昧，就猜他可能劈腿了，所以才提出分手。但分手的时候，他死活不承认外面有人。如果真的没有人，怎么可能分手3个月后就有女朋友，而且还同居？这不明摆着要我吗？！"

……

许久，木木顿了顿，似乎平静了一点："说实话，我希望他能幸福，也不在意他和谁同居。我恶心的是明明他劈腿在先，却故意冷淡我好几个月，逼着我主动提分手。妈的，我真是傻到家了！"

"哪怕他当初分手的时候，直接跟我说有喜欢的人了，我会立马放手，不会留恋，更不会再给他打任何电话了。"

"6年啊，奶奶的，早知道他有女人了，打死我也不会再和他联系了！"木木边哭边骂，还飙脏话，愤怒之情似乎只能用脏话来发泄。

"嗯……或许他说谎呢。"胖子说，"方坤那种内向的性格，不会在3个月时间内就搞定新女友的。"

"所以说，他在分手之前都谈那么长时间了，我问他他还不承认，搞得好像是我抛弃他似的，他怎么就那么垃圾呢？怎么就不肯说实话呢？他要是说了实话，我也不会这么难受，也不会觉得这么恶心。"木木又开始了一轮控诉。

"都过去了，反正你们也分了，就别再想了，真没想到，方坤变成现在这样子。我印象中，他还是老实木讷的人，哎，怎么就走到今天这一步了呢。"胖子沉重地叹了口气。

"不想了，这下子可以彻底忘干净这个王八蛋了。你也不用打电话找他理论，就让他一个人幸福去吧！我累了！"木木感觉自己已经气若游丝了，一场大哭后，眼睛已经肿得睁不开，身体也沉重得仿佛陷到了床板里，脑袋更是疼得快开裂了。

"哭也哭过了，以后别再为这事伤心了，别再让自己这么难过了。"胖子声音里满是疼惜。

"嗯，我会做到的，这是我最后一次为这段感情哭，以后再也不会滴一滴泪，不值得，真的不值得。"木木摇着脑袋，分手时没有流过的泪，连同今天的恶心和反感，全部爆发出来了。

"真的，我再也不会哭了，再也不会了。"木木的声音越来越小，小到她自己都快听不见了，她甚至都没力气和胖子说再见。

"好，睡吧，一定要对自己好。"胖子听出木木快睡着了。这头，木木脸上挂着泪水，昏沉沉地睡了过去。

当初分手的时候，木木给原本以为他们马上要结婚的朋友们发了个短信："我和方坤已经结束了6年的感情，请不要问为什么，也不要去打扰他，我们都很好。"

胖子知道，木木和方坤最后这两三年，不是吵架，就是冷战，分开也许是一种解脱。他听从木木的安排，不去打电话问方坤为什么选择分手。

当时木木还要求胖子："以后跟方坤断交，反正我们两个人，只能选择一个做朋友，要是让我知道你还和他联系，我就跟你断交。"

胖子说："我肯定站在你这边。"

但噩梦从此种下，方坤电话中承认自己有女友后，木木就开始了被噩梦缠绕的日子。

2. 恋爱末班车

想抓住青春的尾巴还是终于耐不住寂寞？不知道是什么原因，在校园里大家都热恋或干脆不恋了只等毕业的空档，两个人却正儿八经地开始谈情说爱了。

和方坤在一起的时候，每当夜里睡不着觉，木木就会想起"离心力"。究竟什么是离心力，木木也不十分懂，自从进入高中后，就一直学不好物理。

物理不好，不代表想象力不好。胡思乱想是木木的专长，所以，喜欢把离心力按照字面意思解释就是离开心的力量。

也许是天天瞎琢磨的缘故，木木经常会在睡不着觉的时候构思不同的分手故事。是因为太悲观，还是其他，自己也说不出来。

在现实世界里，木木曾经是个幸福的人。相恋6年的男友方坤，实际和老公没有什么区别，用时髦的话讲，两个人试婚了，只差一纸婚书而已。

刚开始试婚时，全是甜蜜，两个人称呼对方，从来都是：老公、老婆。

老公很疼自己。在他面前为所欲为都不会受指责，他很少责怪木木，按他的话说，老婆太强势没办法，即使做错了，还是那么理直气壮。

不知道方坤是让着木木，还是天生就爱疼人，不忍心让木木不开心。总之，生活中的木木，是别人羡慕的人，拥有"美腿王子"的老公身高183厘米，体型修长，面庞俊朗，还有一份月收入过万的工作，最主要的还是对木木百依百顺。

或许是太幸福，木木总觉得生活不可能如此完美，结局不可能如此浪漫。虽说处女座是追求完美的星座，但木木内心最清楚，世界上没有完美的事情，一件事情看起来完美无瑕的时候，往往会出现一个最令人绝望的结局，也许，上帝就是要让人明白一个道理，不完美的残缺美和唯美的结合，才是真正的完美。

因为公平地讲，木木没有什么出众的地方。要说强势，可能源于大学时，木木对人生还是挺有理想的，学习也算认真，每个学期的奖学金，都会被木木收入囊中，然后，拿着奖学金请几个狐朋狗友撮一顿，很是逍遥。

估计，就是这些华而不实的光环，让从未拿过奖学金、甚至还要补考的方坤，对木木崇拜有加。就凭学习成绩好过他，不拘小节的木木和方坤在大三的下学期末谈起"黄昏恋"来。

按照木木自始至终的梦幻想法，自己一定要和一个从来没有谈过恋爱的人谈一次，这样才算扯平啊，可不想自己的初恋就交给一个老道的人。

先旁敲侧击，打听到方坤也算是头一次。虽然他高中和大一的时候也暗恋过人，毕竟没有正式公开过，不算吧。要说暗恋，木木也是有的。豆蔻年华时，功课无聊时，难免也会情窦初开一下，顶多算幻想而已，没有动真格的。

方坤更是，小心翼翼地问："做我女朋友，好吗？"

木木想了3天，点了点头，方坤就像范进中举得了失心疯一样手舞足蹈，在校园里狂跑，边跑边喊："我有女朋友了，我有女朋友了。"木木远远看着他，不敢近前，怕丢人，心想，至于吗。

木木也在一周后，把这个消息告知家人了。

想抓住青春的尾巴还是终于耐不住寂寞？不知道是什么原因，在校园里大家都热恋或干脆不恋了只等毕业的空档，两个人却正儿八经地开始谈情说爱了。

"先和你声明，我是答应和你谈，但还有一年毕业，毕业后，如果大家各奔东西，没有可能继续在一起的话，分手不许伤心。"木木说，"这是我们恋爱的前提条件。"

"到时候再说吧。"方坤没有给出肯定回答。

从此，校园里又多了一对一起去教室看书，一起去食堂吃饭，一起去操场跑步，一起去花园小树林亲吻的影子。

走在路上，鞋带开了，他弯下1米8几的大个子，给木木系好鞋带，不顾周围的目光。

逛街，木木盯着一件衣服看了半天，他说，买吧。木木说，太贵。晚上，他打电话，下楼来。楼下，他捧着那件衣服说："我回去给你买回来了，因为你穿上会很好看。"木木的心忍不住动了一下。

木木生日，没有告诉他，他也就装作不知道，一整天都不理木木。晚上，木木终于忍不住："你根本不爱我。"一扭头，发现桌子上，已经放着他托室友摆好的蛋糕。室友说，故意整你的。

上自习，木木口渴，他拧开乐百氏矿泉水，递到木木口边，然后把瓶子口绿色的环摘下来，木木笑，你要那玩意干嘛。他用修长的手指，把绿色的环弯成一颗心，说："给，绿色的心，环保，天然的，我的。"木木把那颗绿色的心，小心翼翼放到文具包里，没事的时候，就拿出来看。

回家的火车，不再漫长，方坤讲一路笑话。晚上，他把木木瞌睡的脑袋放到自己胳膊上，木木醒来一睁眼，发现他在那呲牙咧嘴，原来他姿势一直没变，胳膊已经被木木的脑袋压麻。

假期结束后返校，他捧着满满一大盒巧克力："给，这是婆婆给未见面的媳妇的礼物。"

答应陪木木逛街，却在出发前变卦，和兄弟去打篮球。第一次吵架。木木在宿舍默默流泪，边流泪边写分手信，午饭都不去吃。他说："下楼，有话说。"木木递给他信："话都在上面，自己看吧。"刚要转身，见他把信丢到垃圾桶。木木怒，要发飙。他慢悠悠说话了："这种信，不看也知道写的啥，分手信呗，夫妻哪有不吵架的，即使那些经历过金婚的人，一辈子也没少吵架，一吵架，就要分手，就要离婚吗？你要分手，我不同意。哭了吧，午饭也没吃吧，吵架不能不吃饭，身体是自己的，走，先跟我吃饭去。"吃完饭，拉着木木跑到超市，买一堆零食："回去慢慢吃，吃完再给你买，我喜欢看女朋友吃零食的样子，跟小老鼠一样。"然后一脸傻笑。哎，无赖啊，木木没辙了。

　　毕业了，木木留在T城，他回老家工作，一天一个电话。

　　一个月后，木木说，分手吧，当初已经说好的。

　　他立马从老家杀到T城："我错了，已经把工作辞了，在T城准备考研，陪着你，哪里都不去。"木木坚持分手："今天是散伙饭，吃完就散了。"他不动筷子，滴水未进。走出餐馆，老天爷流泪。他撑着伞："我不答应分手。"木木说："分了吧，各奔前程。"他忽然发疯，用雨伞抽打路边的墙，两下子，雨伞只剩几根钢丝。木木吓坏了，站在那里发抖，第一次见方坤发疯。他转身，紧紧抱着木木，满脸泪水："我错了，别害怕，我不会打你，我再也不离开你身边，不要离开我。"木木第一次见男人哭，心忽然疼得要命，两个人抱头在雨中大哭。

　　木木白天上班，他就复习考研功课。下班后，他拿着木木换下的衣服去洗，说水冷，不要木木碰。眼看着考研越来越近，他却越来越瘦。木木问："怎么瘦成这样？"他说："我一定要考上研。"考研的同学见了木木说，你家方坤中午只吃一个烧饼，这么大的个头，天天看书到半夜，小心累病了。木木发火，你干嘛只吃一个烧饼？他说："不饿。"木木怒视他，要说实话。他憋了半天，说道："我说你别生气，我妈不同意我回T城，说在家也能复习考研；见我不听，就给我断了粮，交完房租，我没钱吃饭了。"木木骂他："我的钱不是你的钱啊，我工作供你。"

　　方坤如愿上了研，去了J城，名牌大学："木木，我读两年就毕业了，到时候我来供你上研。"方坤每天早上十几条短信："猪猪，起床上班了。""猪猪，昨晚梦到你了。""猪猪，想你。""猪猪，昨晚梦到你穿着洁白的婚纱，我去追你，却怎么也追不上，醒来发现枕巾都哭湿了。我一

定要让你做我的新娘，看着你穿着婚纱站在我面前，答应我。""猪猪，我
马上就能见到你了。"到了晚上，雷打不动，一个小时电话。每逢月底的周
末，方坤坐一晚上火车到T城看木木，待一天，再赶晚上的火车回去上星期
一早上的课。

方坤读研的第一个生日，木木偷偷跑到J城，站在方坤自习室外打
电话："大公鸡，该休息了。""我再看会儿书，10点回宿舍给你电
话。""傻瓜，我在教室外。"方坤冲出来抱着木木转了十几圈："你怎么
来了，你怎么来了。"

2005年，方坤毕业了，木木上研了。因为木木在北京上研，他便来到北
京工作。"我们终于团聚了。"方坤请假陪木木办理报到手续。领了宿舍钥
匙，他一趟趟去楼下买生活用品，被褥、脸盆、暖瓶，买完了，就给木木铺
好床，擦干净衣柜，把衣服一件件摆进去，收拾停当，抹了一把脸上的汗，
说："我回去上班了，新单位，只请了一上午的假，你好好休息，晚上下班
了过来给你好好接风。"后来，木木才知道，他从单位折腾到木木学校，要
1个小时，再从学校折腾回住处，还要1个小时。

当感动积累到此刻，木木彻底被方坤给征服了，认了吧，他就是我这辈
子要依靠的男人了。

每次翻看这些保留在日记中的情节，木木都要哭，看一次，哭一次，皱
皱巴巴的日记本上全是泪痕。

3. 马拉松爱情的麻醉

几年的时间，他进化了，木木退化了。

马虎的木木忽略的就是，自己的听众也有心事。

只是这个心事从来不和木木说。

谁在充当他的解语花？他的心事都吐露给了谁？

女人一旦认定了一个男人，就把他当做生活的中心。

这下子，木木和方坤换了角色。一到周末，木木折腾1个小时，跑到方坤住处，洗衣做饭，周日晚折腾回学校赶星期一早上的课。

期间，两个人开始学会了吵架，但都是床头吵床尾和。方坤说，不能让吵架的怨气过夜。

此时的木木，依然强势，但底气已经有些不足了。

当年满腔抱负的木木，不知怎么了，在方坤提供的优越生活面前，却更像一个没有理想的小市民了，没有那么多关于未来的想法，只想和方坤过个安稳生活就足够了。是对生活麻木了，还是老公现在工作不错助长了木木贪图安逸的萎靡作风，抑或自己本来就是一个没有什么理想的人？究竟是哪个答案，木木不停地寻找。其实，寻找已经没有什么意义了。

事实表明：这几年里，他不断进化了，木木不断退化了。以前方坤对木木言听计从的日子渐行渐远，而木木对他却慢慢开始了言听计从。

他向往有个女强人老婆，这可能是他当初找木木的动因。如今，这个他当初仰慕的木木现在对他似乎越来越没有吸引力了，摩擦有了数量上的升级。

这是个可怕的端倪。

当有一天方坤说烦的时候，木木问："为什么？"方坤说："你不会观察啊，什么都得跟你说啊，不说你不知道啊。"木木一下子呆了，是的，他不说木木还真不知道他为什么烦，他有什么好烦的，他为什么不能像木木这样，有啥说啥，噼哩啪啦，竹筒倒豆子？

忽然间，感觉面前的这个人特别陌生。一丝不好的感觉涌上心头。木木究竟了解方坤什么？答案是什么都不了解。

虽然来到北京后，两个人进入试婚的状态，很少分开过。但木木忽略了，环境已变，朝夕相处的这个男人，已经不再是大学时的那个以木木为中心的他了，也不再是读研究生期间，那个每月都要省吃俭用挤出路费坐一晚上的火车去看木木的他了，也不再是那个和木木畅谈理想的他了。

仿佛经历了一段真空生活，眼前的方坤，陌生得可怕。几年来木木忽略了眼前这个男人的变化，更不清楚他每个阶段的想法。每次都是木木说，他听，而很少他说木木听。

习惯了在方坤面前无所不说，习惯了方坤当自己的忠实听众，虽然他很少发表评论，但这从来没有磨灭木木对他絮叨的欲望，好像他天生就应该听木木说一样。

木木看着眼前的方坤，回想一下，才意识到自己从来没有琢磨过这位自己多年的听众，每次听完木木倒完东西后，他有什么想法，木木找不出能记得住的评论和指点。

每次说的目的，似乎就是把要说的话说出来，在外面受委屈了，得到他安慰；高兴了，他一起笑笑；痛苦了，他开导开寻。

马虎的木木忽略的就是，自己的听众也有心事。

只是这个心事从来不和木木说。

谁在充当他的解语花？他的心事都吐露给了谁？

4．熟悉的陌生人

在木木的想法里，或者亲和力，或者离心力，只有这两种力量才能导致夫妻分道扬镳。

整天自认为聪明、幸福的木木，自己是如此透明，而他忽然是那么模糊，这让木木不禁打了个寒颤，感觉自己正在同陌生人说话。

"你不说你烦什么我怎么知道，我总不能天天什么都不干，光琢磨你烦什么、你想什么吧？累不累啊，夫妻间有什么不能说的，要猜呢？"木木暴怒地反驳。

她很恼火方坤的满腹心事却从不和自己说，以前他不说，木木天真地就以为整天乐呵呵的他没有心事。

木木觉得自己好傻，谁没有个心事啊。

木木感觉受骗了，被他的表象欺骗了。

木木向往的是夫妻之间无话不谈，而他，向往的是什么，木木真的不知道，"我到底了解他什么？问一百遍这个问题，答案都是，我不知道他到底想什么。"

这么多年，木木觉得方坤这个人忽然间陌生起来。

刚开始也许有新鲜感，时间久了，感觉迟钝了，就在这钝化的感情中，我们也要走向平淡，走向貌合神离，走向分手？木木开始学会了思考。

从那次吵架后，木木头脑中幻想的分手故事男女主角更多地成了自己和方坤。因为，至今他还是没有说他究竟烦什么，木木想破脑袋，也还是不知道他到底有什么心事，有什么事不能和老婆说。

分手的幻想，于是从那一刻，成了木木睡不着觉打发时光的游戏。

当有一天晚上，头脑中无数版本的分手故事正在互相纠缠时，电话响了。

黑暗中接起电话来，正是他！温柔的声音，似乎从来都没有不快乐发生过。每次都是这样，他越是这样，木木更琢磨不出他到底有没有心事来。

他在电话里谈同学的家，谈有自己的家多好。

这个时候木木又糊涂了，到底哪个他是真实的？关心两个人未来的他是真实的，还是有满腹心事都不和老婆说的他是真实的，自己被彻底弄晕了。

在木木的理解范围里，真正的老公老婆心有灵犀，互诉衷肠，不会互相猜来猜去，整个猜谜世界。但很显然，方坤却在木木的理解范围外。

胡思乱想之间，木木又想到了歌德的小说《亲和力》。

亲和力原本是一个化学术语，但歌德用其形象地解释了爱德华、莎绿蒂、上尉和奥蒂莉这四个人物之间相互吸引的力量。

爱德华和莎绿蒂从年轻时候起互相吸引，但命运偏偏安排他们各与一位年长且富有的人结婚，直至后来年长的一方都死去了，两人才组合到一起。但平静的生活没过多久，爱德华把他的老朋友上尉接来，莎绿蒂把她的侄女奥蒂莉接来，四人一起同住，岂知，爱德华被奥蒂莉所深深吸引，莎绿蒂也无可救药地爱上了上尉。莎绿蒂反对离婚，上尉也带着遗憾离开爱德华的家。爱德华和奥蒂莉之间形成的亲和力，却令双方无法抗拒。奥蒂莉完全受感情力量的支配，她的伦理道德意识指引她与激情抗争，重新回到理智和道德的轨道上，但她越是竭力遏制，努力避免，就越是陷入对爱德华的迷恋中。理智最终还是未能抵御感情。奥蒂莉的爱破不了爱德华的婚姻。

奥蒂莉在日记中写道："我超越了自己的轨道，打破了自己的规定，这一次我也在半睡眠、半昏死状态给自己描绘了一条新的轨道，上帝以可怕的方式让我睁开眼睛，看到了自己陷入怎样的罪行之中，我希望带着罪恶的希望离开这儿。"

奥蒂莉只能以死来阻止那种强大的亲和力。

木木心想，在身边没有外人插足的情况下，亲和力的对象不出现，亲和力自然不会发生。或者说，究竟存不存在外力，木木又是一无所知。

既然存在着亲和力，木木就不可遏抑地想到了离心力。

虽然不懂离心力的真实涵义，却不妨碍木木的胡思乱想。

在木木的想法里，或者亲和力，或者离心力，只有这两种力量才能导致夫妻分道扬镳。

木木打开日记，翻开记忆中曾经的亲和力，亦或离心力，思绪也随之无限制地飘远。

2007年12月24日 今天有点神经

今天不知道哪根神经出问题了，就是特别敏感。

师兄发来短信："这个短信有五个目的：一是继续密切联系；二是看你手机丢没丢；三是提醒你我的存在；四是说明我很在乎你；五是告诉你圣诞就要到了，回家别忘掏袜子拿礼物！"

一看这个短信就是群发的，但还是很感动。

待久了就腻味，离开了就想念。到了手的不珍惜，不属于自己的瞎念叨。

虽然在一起工作仅仅一个月，但是还是留下很多美好的回忆。回想毕业两年后，快乐的时光很少，而和他共事的那一个月还是挺开心的。他虽然话少，但能说到一起。可是为什么和自己的老公沟通就这么困难呢？难道我们之间真的出现了问题？

究竟怎么回事啊？

2008年2月21日　元宵节分手

今天是元宵节，我真的要选择分手。不想再继续下去。

到今年的7月份就是5年了，没有走到5年就彻底分手了。

妈妈劝我别赌气，其实我也想冷静一下，但是一想起一些事，就觉得累了，没有力气走下去了。

他下午来，让我别这样。谁都吵架，这是真的，但谁也不能老吵架，把吵架当饭吃吧。当他再次搬出七八十岁的老夫妻也吵架的理由时，我不再像第一次那样受感动了。谁都吵架，但不能天天吵，大事小事吵，就没有能意见一致的事，任何事都有分歧。

这次真的累了，我爱管闲事，总觉得他做得不好，然后就叨叨，他烦，我也烦。这下好了，再也不用叨叨了。从此两个人彻底清静了。

难受肯定有的，和妈妈说的时候，眼泪就不争气往下流。又让他们担心了。上了研究生哭了两次给家里打电话，一次是和他妈妈吵架，这次是和他分手。

以前老设想自己分手不会哭，但眼泪还是那么多。

既然自己都这么委屈，不管有没有理由委屈，我认为都没有必要再和他一起走下去了。

是啊，都感觉马上要和他结婚了，熬到这么大岁数了，可是现在才发现，我不快乐，我累，我烦，对我们的未来一点劲头都没有。

这样走下去又能怎样，难道时间都耗在吵架上，然后花时间再恢复感情和心情。宝贵的人生不是这么来挥霍的。

我也不忍心这么多年的感情就这样结束了。但我真的看不到未来的希望，我能怎么做呢？我现在除了使劲哭之外，什么也做不到。

谁都知道分手痛苦，但是要真的分的话，确实特别难过。

算了，不想了，日子还要过下去。这段感情就彻底到此为止了。说什么也不想再和他一起走过了。

真是挑了个好日子。元宵的鞭炮声此起彼伏。

现在我马上30岁了，每当在大城市里看到节日里绚烂的烟花时，总希望爸爸能看到。但是我现在却一无所有，不能让他来北京看那绚烂无比的烟花。

活得很失败。

外面的烟花很漂亮，我窝在屋子里，不想出去看，他在下面等了我一下午。我不想再见到他，花了这么大的勇气分手，不想再和好。

分开吧，这么好的日子里，唯一一次在一起过的正月十五，却是分手的日子。再美的烟花也不想看了，没有继续下去的理由和力气，干嘛还要硬撑着走下去。

我是很残忍，但是如果继续下去后果会更残忍。两人在一起5年了，5年的时间里什么都没有留下，没有一点成绩。

我真的没有一点力气再继续这种生活了。即使一个人过，我也心甘情愿。

2008年3月10日　不想说话

他过来拿东西，我现在一句话都不想和他说，甚至连他的模样都不想看。我也不知道为什么这么绝情，就是这样，他现在做什么也不能改变我的决定。就这样吧，彻底分了。什么都不要再想了。我很喜欢现在什么都不牵挂的感觉。

2008年3月27日　伤逝

今天又是大吵一架，吵到我再次想和他彻底分手。希望这次能彻底分了。

2008年开始到现在，吵架不断，吵到筋疲力尽。

妈妈打电话，我还以为他告诉了我妈。结果不是，原来小侄女肚子不舒服，妈妈说她把晚上的饭都吐了，精神很不好，哄着她给我打电话。电话里听她在那里跟我说"姑姑，我肚子难受"就特心疼。我让妈给她冲蜂蜜水喝，妈妈又问了我考博怎样。

实际上，家里人才是永远把你放在心上的。每天和我相处的那个人却不知道问我这个。为了这个人，也忽略了自己的家人，到头来，还是家人最疼自己。忽然意识到，不能再为这个人萎靡不振了。

我要好好写完论文，全力找工作，孝敬父母，疼爱乖巧的小侄女。那个人算什么啊，全部心思放在他身上，反而嫌弃我管得太多。我这是何苦呢。

昨天晚上失去两年联系的兄弟打电话给我，鼓励我好好找工作。其实，离开T城后，和好多朋友失去联系了。我天真地以为，只要有个好老公就可以了。事实上，我犯了个很大的错误，就是把他当做自己的全部。失去独立的自我，不但让他讨厌我，到今天这种结局，连自己都恨自己这么可笑。

这两天发生了太多的不愉快，也有不少意外的电话。这都是我以前的好朋友，只是两年多没有联系了。能接到他们对我未来工作的鼓励和支持很开心。做个坚强的自己吧，过去的都过去了。

不想把第一份恋爱破坏到惨不忍睹，那么就这样结束吧，至少还能留下一些美丽的回忆，权当是这份感情的最大价值了。

2008年4月26日　为什么会分手

这几天在你看来，我赌气和你闹分手，又发小孩子脾气了。实际上，我是认真的。你会很生气，不知道原因何在。你甚至又要说："凭什么老让我认错？"这一次，你不需要认错，我连听你解释、辩解的力气都没有了。更何况，这也不是因为一次吵架导致的分手。分手的原因就是我累了，我对你反感了，我厌恶了和你在一起的生活了，对于两个人的未来我失望了。

这两年，两个人在一起，提前感受了婚姻生活。也就是这种生活让我看到了分歧和矛盾。这不同于上学时无忧无虑地谈情说爱，面对的现实问题多了，矛盾就多了。

吵架是没什么，但吵架不能当饭吃，天天吵。为什么总吵架？看问题的角度不一样。我和你的性格差别很大。如你所说，我是一个对别人要求严格，而对自己"共产主义"的人。确实是这样，因为我总不满意你的所作所为。

我喜欢和成熟的人在一起，因为我不成熟，所以需要有成熟的人陪伴。而你的成熟我却看不到，我看到的都是你幼稚的表现。

每当我指责你时，你犹如困兽，也嫌弃我的指责。

我往东，你偏要往西。

夫妻犹如拉着同一驾马车的两匹马，心要往一处想，劲要往一处使，但咱俩的情形正好相反。

那天不让你吃糖，因为你的体重在直线上升。你说，男人都有逆反心理，不要干什么偏要去做。是啊，生活不是赌气。我没有大智慧用另一种方法来阻止你做或不做什么，只会用单一的方法——教训。你烦了我的教训，我也烦了我对你的教训。

从去年开始，你的逆反心理就一直很强。可能是我管得太多了，所以导致我自己也身心俱疲，不想再管你任何一点，头脑里连出现你的样子的念头都懒得有了。

量变到质变的结果就是分手。

那天的吵架就是最后一桶火药，炸死了咱俩之间5年的感情。

没有对错，只有厌烦和绝望。

感觉每当努力完成一件事后就会马上出现分歧和矛盾，然后两个人吵架、赌气，结果就是刚做好的事情又被破坏掉，一切又回到起点。日子就是在这种前进、后退、前进、后退的模式里循环，5年里我们还是什么都没有，连积攒的感情也被吵架磨掉了。

这不是我要的生活。

这两天虽然我也很痛苦，哭也哭过了，痛苦也痛苦过了，但我很开心，不用去关心一个人原来这么轻松。每天睁眼就只有我自己，做好我自己，让自己吃饱穿暖很舒服，逛街就买自己看好的东西，也不用再考虑你是不是会喜欢，没有人气我，也没有烦心事，一个人的感觉真的很舒服。

本来生命就很短暂，我这5年都活什么劲啊，整得自己跟过了一辈子似的，累死了。现在我想开了，你我本来就不是一路人，硬要往一起整，你累我也累。

真正的夫妻是怎样的？看着对方顺眼，看问题能看到一起，即使看不到一起，一起讨论讨论就会得到共同的答案，而不是我这样，看你的言谈举止总想批两句，也不是大事小事就开吵，更不是互揭伤疤，互相伤害，互相赌气。这都是小孩子的游戏。

我马上到30岁了，没有更多的青春陪你折腾了。我只想要一个成熟稳重的人，即使找不到，宁可一个人一辈子也不肯再过之前的那种生活，哪怕是一天我也过不了。

你改变不了我，我也改变不了你。你我都去找适合自己的吧。像我这样总想改变你是不对的，最后非但改变不了你，还让自己身心疲惫。

趁今天想了这么多，就写下来吧。这些话是最后一次和你说。

你看过之后，不管你的感受如何，请不要再找我，我有我的事要处理。在我毕业之前甚至以后，不希望你再打扰我。你和我所有的一切，都停留在历史当中了。

不要问我怎么了？你自己反问一下自己，你快乐么？你爱我么？你喜欢和我在一起么？你对两个人的生活有过规划么？你不反感吵架么？你不累么？

想清楚你想要的，想清楚你希望的生活，你再想想咱俩的生活，冷静一下。

我要的你给不了我，你要的我也给不了你。各自都不能满足对方的需要，这真是可笑的组合。

今天是最后一次对你我的过去进行回忆和总结，我明天不再会对这段历史有任何想法。我要开始我新的生活和人生，你要是还不死心，就反复看我写给你的这些话，不要打电话也不要过来见我，我不会见你也不会和你说话，我今天用最后的力气写下让你生气的文字，彻底结束你我之间的一切一切。

最近有要忙的事，真的拜托你不要看了文字后冲动得要来问你不明白的，你觉得委屈的，我没有什么可解释的了，我的心已经死了，哀莫大于心死，什么也挽救不了这段感情了。一想到一如既往没有盼头的生活，我想死的心都有了。

还好，我不会选择死，而会把我失去的重新找回来，做回我自己。

5. 婚姻成鸡肋？

当物化的社会同时物化了婚姻，结不结婚已不是生理需要那么的低端和本能，而是涉及两个人的组合能否实现利益最大化。张涛说，结婚就是搭伙过日子，两个人的力量总比一个人的力量大些。木木说，1+1不一定等于2，甚至小于2或者为0，两个人的力气不往一处使也是白搭。

当一切已成浮云，木木翻看以前的文字，看到了自己的幼稚和不足。

如果重新来过，一定不能如此。木木告诫自己。

"你来你就不会走，你走就当你从没来过。"木木浏览开心网上的帖子，被这句典型80后自负又无奈的语句所触动。

在情感世界里，来来去去的人太多，当所有的来去，都不由个人左右的时候，自我的感受或许是唯一能够把握的。

就像2011年上映的爱情电影《非诚勿扰2》中扎西拉姆·多多的情诗《班扎古鲁白玛的沉默》所述：

你见，或者不见我
我就在那里
不悲不喜

你念，或者不念我
情就在那里
不来不去

你爱或者不爱我
爱就在那里
不增不减
你跟，或者不跟我
我的手就在你的手里
不舍不弃

来我怀里
或者
让我住进你的心里
默然相爱
寂静欢喜

有才华的网友，将其结合全民相亲的热潮，改编成《嫁，或不嫁》：

你嫁，或者不嫁人；
你妈总在那里，

忽悲忽喜；

你剩，或者不剩下；
青春总在那里，
不来只去；

你挑，或者不挑剔；
货就那么几个，
不增只减；

你认，或者不认命；
爱情总得忘记，
不舍也弃；
来剩男的怀里，
或者，让剩男住进你心里；
相视，无语；关灯，脱衣……

这就是80后面对的情感与婚姻，戏谑中透露着无奈与抗争，当物化的社会同时物化了婚姻时，结不结婚已经不是生理需要那么的低端和本能，而是涉及到两个人的组合能否实现利益最大化。

张涛说，结婚就是搭伙过日子，两个人的力量总比一个人的力量大些。木木说，1+1不一定等于2，甚至小于2或者为0，两个人的力气不往一处使也是白搭。

当现代女性都能靠自己的力量解决生活问题后，对婚姻的期待自然提高了一个档次。父母那一代人，或许只要保障衣食无忧，就能使婚姻保持稳定。但现在不一样了，这个低端要求不需要两个人形成合力也很容易实现的情况下，人的精神需要会越来越多，这就回到马斯洛的需求理论上。这也正是好多夫妻能共患难却不能同富贵的原因。物质层面的东西可以量化，可以满足；但精神层面的东西却没办法去一以概之，永远罩着一层无法触及的玻璃顶。

木木颇有感触地说道，社会在变革，人的观念在变革；婚姻，同样正在经历着一场变革。这场变革，如果从数字来看，就是离婚率的上升。

2010年，中国离婚的人数已经超过结婚的人数。根据民政部规划财务司的统计，2010年，中国有120.5万对夫妻登记结婚，而办理离婚登记的夫妻则高达196.1万对。照此计算，在2010年，我国平均每天有5300多对夫妻办理了离婚登记手续。四川省在2010年办理离婚登记的人数最多，169294对，其次是江苏和山东，分别有120947对和116386对。

离婚率上升是好现象也是坏现象。好现象之一，就是人们不再将就婚姻，而是更加注重婚姻的质量；坏现象之一，就是盲目结婚的人还不在少数，一些80后想结就结，想离就离，前几年掀起闪婚潮，这两年又掀起闪离潮，就是很典型的说明。

如今身边再有姐妹抱怨说，面对看似热心的询问"怎么还不结婚"都不知道怎么回答时，我都教她们用台湾主持人蔡康永的话反击说："结不结婚关你屁事，婚姻不幸福，你赔一千万啊？"

如果迫于社会舆论的压力而仓促结婚，或者迫于父母的逼婚而不得已结婚，为了结婚而结婚，这种情况，都会为未来的离婚埋下祸根。

在这个时代，婚姻不是必需品，婚姻如同新闻，有寿命、易碎……未来的事，谁都无法预测。在今天这个价值观越来越多元化的社会，是不是选择婚姻这个决定权完全在于个人。

对婚姻越来越绝望的木木，总在问自己，难道80后的婚姻就是如此脆弱，让人如此无奈吗？巨大的社会压力，随处可见的小三插足，任何风吹草动似乎都能让看似牢不可破的关系瞬间土崩瓦解。

鸡肋婚姻到底该不该丢弃？

木木有时候觉得自己就像一只钟摆，当摆到怡姐、胡薇、洁仪那一边时，就看到了婚姻的美好，当摆到自己和颖慧这一边时，尤其是摆到那种到处找情人的所谓成功男士那里，又看到了婚姻的无聊和痛苦，甚至背叛。

绝望到达顶点的时候，木木就会找理由跑到怡姐家，去感受"美好的婚姻"，让自己重新燃起对婚姻的希望。

但心中还是免不了对怡姐举案齐眉式的婚姻存有疑问，有一次，木木实在忍不住，趁怡姐老公不在的时候，悄悄地问："怡姐，大哥又帅又有事业，你不怕他被同事拐跑么？"

"鬼丫头，我知道你想问啥，你是不是觉得像你大哥条件这样好的男人，要是外面没人不太可能吧？"怡姐看了一眼木木，就垂下眼帘，轻轻叹了口气。

木木后悔问这个问题了，她没有打算挑拨离间，只是真的好奇。

"怡姐，说实话，可能是因为我看到的不幸婚姻太多了，总觉得你和大哥活在童话世界里。"木木鼓足勇气说出内心的想法。

"不怪你这样想，如今婚姻确实是耐不住诱惑。我和你大哥也是相亲认识的，经过热恋，走到一起。结婚后，柴米油盐的，生孩子养孩子杂七杂八的事一多，哪还有功夫去琢磨什么爱情啊，激情早被打磨成亲情了。这种时候，维系婚姻的，就是亲情的力量，孩子就是婚姻的纽带。"

"说实话，你大哥忙事业，我们异地分居也有好几年。那几年，正好儿子刚出生没多久，全是我一个人在家照看，他一个人在北京打拼。你想想，他自己在北京这么久，怎么可能没有个说知心话的异性朋友呢？但他没有把这个家丢了，所有的付出都为了这个家更好，我为什么要干涉他的私人情感？想想我们自己，难道没有关系比较近的异性朋友吗？"

"婚姻原本就是有开放性和兼容性的，以前的观点也许过于强调婚姻的封闭性了。婚姻不表示彼此全部捆绑到一起，适当的私人空间还是必要的，这样才能让婚姻更持久，不给对方留一点个人空间，最后会脆弱到崩盘。"怡姐举重若轻地把木木的困扰全部化解开，仿佛一位得道的婚姻大师，给木木那颗迷失方向的内心，指明了一个出口。

"真没想到，你的想法还挺现代的，还以为你就是70后的传统一代呢。"木木看着怡姐气定神闲的表情，觉得自己的思虑都是多余的，因为没有人停留在自己出生的年代不往前看。

"你小看姐姐我了吧，好歹姐姐也是博览群书的人，没生孩子前，看了那么多大家才子的婚姻智慧，对这一切，早就明白了。不论哪个时代，人们面临的婚姻困惑都是一样的，与时代无关，与看待婚姻的心态有关，婚姻就像手中的沙子，你握得越紧，流失得越快。"

"让婚姻不流失，前提就是信任彼此。你大哥在外面很有人缘，但我从不会也不想去怀疑他有非分想法，我本身不会去做任何逾规越矩的事情，我相信他也不会。"怡姐笑了笑，坚定的眼神，似乎早已把婚姻各种美的、丑的全部看穿，释然的心态，才能让她去更从容地拥有今天这一切，乖巧听话的儿子，体贴有担当的丈夫。

"木木，不要把婚姻想象成完美的，没有完美的人，也没有完美的婚姻，老人常和我们说，婚前睁大眼睛，婚后睁一只眼，闭一只眼。适当的妥协，其实是给自己留一条退路。最主要的就是，在婚姻中，不要迷失了自己，男人婚后因为自己的事业，才会更迷人，女人也一样，有自己的事业和圈子，才是呵护婚姻的基础。"怡姐说的这些，木木经历一次分手，便也全明了了。

如何呵护婚姻，当使自身强大。不论男女，只有自身强大了，才有能力去赋予婚姻更多美好的期待，否则，那些期待在现实面前不堪一击时，也终将瓦解。

6. 不做婚姻的附属品

"经济基础决定女人的家庭地位，我要是现在收入比他多，他敢对我这么嚣张？所以，你一定要记住，不论什么情况下，要有自己的事业，为自己，更为了这个家庭。"菲菲的眼睛里充满了坚定的目光，拍了拍木木的肩膀，坦诚地说出了自己婚姻生活中总结出来的这一重要感悟。

"木木，你明天在北京吗？"周日晚上，菲菲打来电话。

"在啊，你要过来吗？"木木忙问。

"明天有个面试，正好去看看你。中午就到。"菲菲说。

"你怎么来北京找工作？如龙也来吗？"木木不明白，当初两人选择回T城，这才没几个月，怎么又要回来了？

"我自己，他不来，到了再和你说吧。"菲菲在电话里没有多说什么。

肯定发生什么事了。菲菲离开北京这段时间，回北京两三趟，都是找工作，这期间，她在T城换了3份工作，最长的干了半年，最短的不到1个月。

每次来找工作，木木就骂她，瞎折腾什么啊，都结婚了，还玩异地恋呢。你又不缺钱，干嘛还留恋北京的工作？再者说了，在北京有4年工作经验，魔鬼式的压力都能承受下来，去T城找工作更是小菜一碟。

这一次又是什么情况啊？难道有高薪的工作在招手？那也不至于啊，她和如龙资产过四五百万，不至于为一份工作折腾啊。

菲菲毕竟在北京呆过4年，所以木木告诉她住处，她很容易就找来了。

一开门，木木傻眼了，这家伙还拉着行李箱。

"你这架势，好像真要杀回来啊。"

"呜呜，先抱抱，好久没见你了，想你啦。"菲菲比木木高一个头，上来就是一个熊抱。

"你这家伙，咋对北京老不死心呢，啥工作能让你来折腾？"木木忍不住先问。

"你先让我喘口气，行吗？"菲菲坐下来，"我打算在你这住两天，不打扰你吧，你该上班上班，反正北京我也熟悉。这两天去见见以前的同事，下午先去北京口腔医院补补牙，这会儿还疼着呢。"

"咋啦？上火啦？"

"没，这不是准备要孩子嘛，所以先把牙整好了才敢怀呢。"菲菲做了个鬼脸。

木木给了她把钥匙："我这两天忙，没空陪你，你拿着钥匙，爱干嘛就干嘛。"

"好，我补牙去了。"菲菲放下行李，打车直接去了医院。

木木忙完一下午回到家后，菲菲已经在家歇着了。

"走，晚上出去吃，去你最想去的饭馆，管饱。"木木说。

"不了，就在家吃吧，我想吃你做的饭。"菲菲不同意出去吃，或许怕木木花钱。以前，木木上研，菲菲工作，便时不时拉木木出来改善生活，木木对北京有印象的吃饭地儿，就是从菲菲时代开始的。

"我现在上班挣钱了，也该给我表现的机会了。"木木叫唤。

"别去外面吃了，回到T城，越来越体会到挣钱挺不容易的，现在才发觉以前太腐败了。"菲菲说什么都不让木木带她下馆子。

"没想到，你结婚后，一下子学会勤俭持家了。"木木笑她。

"结婚后，人的变化是挺大的。"菲菲淡淡地说，好像跟结婚了好几辈子似的。

木木问："到底什么高薪的工作吸引你又跑过来？"

"也不是什么高薪了，就是想过来，不想在T城了。"菲菲顿了顿说，"木木，其实结婚挺没意思的。"

一听这话，木木明白了："你是不是和如龙吵架了，然后离家出走来北京的？"

"嗯，说来不怕你笑话。昨天上午两个人还好好的，一起出去买苹果。就为一袋苹果，他说要买10块钱一袋的，我说那些苹果不好吃，买论斤称的，他不同意，还骂我就知道乱花钱，我说吃水果就要吃好的，他又骂我光知道享受，然后开车一个人回家，把我晾在了郊区。"

"我打车回到家，越想越气，我自己有工作，也挣钱，虽不像在北京挣得多，但也够生活费了，为一袋苹果和我计较，这日子没法过了。"

"想想当时一个人在北京，挣多少花多少，想吃什么吃什么，想去哪玩去哪玩。结婚了可倒好，竟然能为一袋10块钱的苹果挨骂，我连一袋苹果都不值吗？"

"天天批评我花钱大手大脚，我原来确实有这个毛病，但结婚后已经够节省了，他还是经常训我，嫌我买菜都到超市，而不去便宜的菜市场，嫌我老换工作，做什么他都要说我两句。我当初还不是为了他，为了安稳的婚姻，才回了T城，要是不回T城，留在北京，也不至于这么多事。"

"一吵架，他就会骂我'滚回你老家去'，一听他这样的话，我真的好几次要回千里之外的老家，但害怕父母担心，所以才跑来北京找你们。前几次说来找工作，实际上都是被他气的，他不是让我走么，那我就离他远点。"

"结婚后这几个月，是我一生中过得最不痛快的，婚姻生活远没我以前想象的那么好，早知道婚姻是这样的，说什么我也不结婚了。"菲菲说着，沉重地叹了口气，眼中噙满了泪。

"你俩谈恋爱时，一直是异地恋，所以结婚后这段时间，才是真正的磨合期，过了磨合期就好了。"木木劝她，"这次是如龙的不对，明天我打电话说说他，不能动不动就骂人。"

"不用说了，我这次下定决心要在北京留下，不回去和他过了。以前吵架后离家出走，他都会打电话找，这次出来一天了，他连个电话都没有，哼，离开他我照样过，还过得更好呢。"菲菲擦了擦眼泪，赌气地说。

"结婚前赌气有人哄，结婚后你也别老离家出走。上次我回T城，你俩吵架，你半夜跑出去，我和如龙开车找遍了T城，你不知道他当时急成什么样子。他就是大男子主义，嘴巴上凶得狠，心里还是舍不得。而且即使知道自己做错了，也死活不认错。"

"如龙不会甜言蜜语哄你开心，但疼你却是真心实意的。他和我说过，他挣钱就是为了让你开心，你们俩不缺钱，之所以为一袋苹果计较，其实不是计较那点苹果的钱，计较的实质是不同的消费观念。他这么多年一个人在T城节俭惯了，消费习惯和你肯定不一样，有矛盾不可避免。"

"再者说了，这两年他买的四五套房子，全在你名下，他一套都没有，他要是计较钱，能这么做吗？"

"上次来北京，他和我说，打算给你买辆宝马开。不是我替如龙说话，能做到他这样挺不容易的，你见他给自己买过啥值钱的东西不？且不论他挣钱很有能力，单就为你们的婚姻，他也是很有责任感的。"

"你自己也干过记者，知道这个社会的诱惑有多少，也清楚现在的男人有多花，你家如龙不搞婚外情，不搞暧昧，连请客户洗桑拿都是一个人蹲在门口玩手机游戏，从来不入奢靡之地去堕落，这些你也都清楚。在这个社会，能找到如龙这样对婚姻负责的男人，已经不多了，所以你要珍惜，他口不择言，说的混账话，你就当他放屁，这耳朵进那耳朵出，干嘛还往心里去，干嘛还要离家出走。"

"有时候，他发火也不是冲着你，也可能是工作压力大，就拿你撒气，你多多体谅，他过了气头，会后悔自己的粗鲁行为，翻回头来就会加倍对你好。"

木木为如龙说了一堆好话，这倒不是有意偏袒如龙，因为菲菲现在在气头上，不能火上浇油。

"那他也不能动不动就让我滚啊，说的次数多了，我心就伤了。"菲菲语气软下来，但还是很委屈地说："每次吵架，没有大矛盾，全是鸡毛蒜皮的事，为鸡毛蒜皮的事值得争吵么？"

"都是鸡毛蒜皮的事，才是好现象，证明你俩没有大问题，这是磨合期的正常表现，不吵架才不正常呢。以后你也得学会给如龙台阶下，他不是好面子，大男子主义么，那你就哄着他。明天你就给我回T城，就说这次来北京补牙，为了赶紧怀孩子。千万不要说离家出走了。"木木劝道。

"结婚真的挺没意思的，我现在觉得你一个人过也挺好的。结婚后才明白婚姻是爱情的坟墓这句话太对了。"菲菲说。

"但你别忘了，后面还有一句话，没有婚姻，爱情将死无葬身之地。婚姻就是这样子，要么不选择，既然选择了，就要用心去经营好。就像孩子，要么不生，生了就得对其负责。结婚后，自己也改一下大小姐脾气，多去体贴他，别总等着他来哄你，做个聪明老婆。"木木搞得自己像一个过来人一样地劝慰起菲菲来。

木木说这些话的时候，也是说给自己听。但是，内心却对婚姻存有很深的恐惧，这个恐惧感，恰是因现实中婚姻的诸多瑕疵粉碎了理想中婚姻的美好，带来了强大的心理落差。

当身边好友的婚姻，暴露出的瑕疵越来越多，当回想自己试婚的那两年，亲历了鸡毛蒜皮式的吵架，木木对婚姻也就慢慢丧失了激情和动力。

木木想起在网上看到的一段话：

"柏拉图说，若爱，请深爱。若弃，请彻底，不要暧昧，伤人伤己。柏拉图说，人生最遗憾的，莫过于轻易地放弃了不该放弃的，固执地坚持了不该坚持的。柏拉图说，相爱是种感觉，当这种感觉已经不在时，我却还在勉强自己，这叫责任！分手是种勇气！当这种勇气已经不在时，我却还在鼓励自己，这叫悲壮。"

然而，在坚持爱的道路上，木木看到的，除了责任，还有一种无法回避的力量，那就是任何结合都逃不脱的离心力。

　　选择婚姻，就要为其附属品离心力买单。但这些话，木木没有忍心告诉菲菲，每个走入婚姻的人，以后都会去经历这些。

　　"木木，我算是想明白了，女人千万不能在结婚后，丢掉事业，这是我最大的失误。经济基础决定女人的家庭地位，我要是现在收入比他多，他敢对我这么嚣张？所以，你一定要记住，不论什么情况下，要有自己的事业，为自己，更为了这个家庭。"菲菲的眼睛里充满了坚定的目光，拍了拍木木的肩膀，坦诚地说出了自己婚姻生活中总结出来的这一重要感悟。

　　"呵呵，对于这点，我和方坤分手后，已经意识到了，女人，不能在情感中丢失自我。拜婚姻所赐，你也感悟到了。"木木握着菲菲的手，心里却酸酸的，因为她自己都不知道自己在哪里。

第四部分

迷失后回归

　　找回自己，成为木木2009年分手后最紧要的任务。其中，工作就是找回自我所在的一个核心。因此，分手后的夜晚，有了属于一个人的大把时间，静静的夜，让木木又重新开始去思考人生的定位，以及未来的职业规划。

1. 最初的梦想

《一女大学生的雷人考研日记》：考不上研的话，就要回老家种地：没鞋穿，脚指甲缝都是黑的；时不时还会被村干部拉进玉米地里做先进性教育；晚上被老公吊到梁上打一顿；家里不通电，吃窝窝头度日；套套也买不起，用猪大肠代替，一身是病……好了，不想了，继续看书复习，今年一定得考上……

找回自己，成为木木2009年分手后最紧要的任务。

其中，工作就是找回自我所在的一个核心。

因此，分手后的夜晚，有了属于一个人的大把时间，静静的夜，让木木又重新开始去思考人生的定位，以及未来的职业规划。

深夜的时候，望着窗外的夜空，听着这个城市发出的任何一点响声，木木感觉自己一次次实现了穿越，回到自己成长最快的初高中时，就像麦子拔节，噌噌噌往上窜的势头，即使回想时，也感到振奋。

那时豆蔻年华的她，已经开始了人生之路的初次梦想。每天夜里，小小年龄的木木，不断用"上大学"的梦想激励自己，幻想着上大学的美好。

上大学，在稚嫩的心灵里，就是摆脱农民命运的最好出路。木木害怕干农活，原本身体就单薄，每到农忙时节，看着父母累得直不起腰来，木木就抢着帮父母多多少少干一点，像割麦子、收花生这种不用太费力的活，木木还能做一些，再吃劲的重活，她想做也做不了。

姥姥每次看木木干农活，就说："你呀，也就得念书了，看你瘦的，连锄头都扛不住，以后怎么能下地干活呢，干不了农活，留在农村，嫁不出去。"

"扛不住锄头不怕，我们也不希望你扛锄头下地，你只要念好书，上好学，别再像我和你爸爸这样，没文化，像个睁眼瞎，只能当农民，一辈子就在这一亩三分地上折腾，天晒地烤的，没什么出息。你一定要好好学习，考上大学，找个坐办公室的工作，风吹不着，雨淋不着的，自己不受罪，也给爸妈争点脸，我和你爸现在就是再苦再累也值了，也算没有白供给你上学。"妈妈总这么唠叨。

都说"穷人的孩子早当家"，亲眼看着父母如何从土里刨食，那个心酸劲，能不早当家么。

不想重复父母辛苦劳作一生的轨迹，也不想像姥姥说的，留在农村嫁不出去，唯一的出路，就是通过上学改变命运，这个道理，从木木上学开始就在家人的殷殷期望中明白了。上学的意义，很现实的目标，就是考上大学不用再当农民，所以，木木学习从来不敢懈怠，成绩一直都是数一数二的。因为一懈怠，就有可能上不了重点初中，上不了重点初中，就难以上重点高中，重点高中进不去，考上大学基本无望。

环环紧扣的考学之路，更是老师嘴里常常念叨的紧箍咒："现在是关键时刻，努力考上重点高中，意味着有一只脚已经踏入了大学门槛。"

为了让一只脚提早跨入大学大门，木木学习成绩还是保持着数一数二。但初中时候，正是少男少女情窦初开的季节，也是老师家长最头疼的"早恋"高发期。为了及时掌握动向，班主任最喜欢截信，害怕这里面潜藏着情书之类的不良书信。尤其像木木这样的优等生，更是老师紧盯的对象，害怕任何一点干扰，让眼中的好学生被拉下水。

说来也奇怪，优等女生既是老师的盯梢对象，也是情窦初开的小男孩追求的红人。

木木质朴纯真，也已出落得楚楚动人，再加上又凭着学习好这一项，木木收到的信是班上女孩里最多的，绝大多数又都是男孩子写的。班主任发现后异常紧张，希望木木当面打开那些信，解释这些人到底是哪个学校的，怎么认识的，信的内容是啥。

木木说，这些人我也不认识，所以信你可以随便看。班主任听完木木的话，如释重负，知道敢如此表态的，绝对不是早恋的学生。

木木之所以不敢早恋，因为早恋已经被妈妈"妖魔化"了，以至于木木只要脑袋里闪过男孩子的影子，就害怕得要死。觉得脑袋里一想男孩子，就属于早恋，就会成绩下滑，害怕"一失足成千古恨"，害怕多年的坚持付诸东流，在关键时刻与上大学绝缘。

妈妈妖魔化早恋的伎俩，就是拿活生生的案例做教材："你看那王家的姑娘，本来学习那么好，不学好，谈恋爱，最后连高中都考不上，回家种地。女孩子只要谈恋爱，最后没有考上大学的。"

当惯了乖孩子的木木，妈妈说啥就信啥，所以，为了证明自己不属于谈恋爱，男孩子塞的纸条，写的信，从来不看，要么当着老师的面撕掉，要么拿回家交给妈妈，或者直接销毁。等长大了，反而开始有点后悔，好歹看看内容，知道那会儿早恋的男孩子到底在想啥啊，可惜错过了体验人生情感早期萌动的经历。

木木所说的这些，姐妹们对此一度不理解，认为天下没有哪个女孩子不盼着收情书的，更没有收到不愿看的。木木也一度解释：上学是农村孩子跳出农门的唯一出路，大学对他们的诱惑力会让他们强迫自己灭掉那些不该萌生的情感冲动。

直到有一天，胡薇在网上看到一个雷人的帖子后，终于相信木木所言不虚。

帖子题目是——《一女大学生的雷人考研日记》：考不上研的话，就要回老家种地；没鞋穿，脚指甲缝都是黑的；时不时还会被村干部拉进玉米地里做先进性教育；晚上被老公吊到梁上打一顿；家里不通电，吃窝窝头度日；套套也买不起，用猪大肠代替，一身是病……好了，不想了，继续看书复习，今年一定得考上……

女大学生已经知道了性是啥东西，初中生的木木，连早恋到底是啥都不知道，以为男生和女生说话，就是早恋。更不用说性了，那会儿电视上但凡将要出现男女亲密的镜头，老妈总是快如闪电般换台，而且基本不让看电视连续剧。

就这样，对性，对恋爱，一直保持着恐惧和误解的木木，豆蔻年华的夜晚，脑袋里思考的都是人生的梦想，而不是对男孩子的感情冲动。

也正是靠着这股妖魔化早恋的力量，木木把大把的时光都放在了学业上，这股力量一直维持到考上大学。

上了大学，妈妈忽然变了态度："你一个人在那么远的地方上学，要不找个男朋友吧，有人照顾你，我也放心。"在上大学离开家的头天晚上，妈妈辗转反侧，折腾到深夜，对木木说了这么一句话。

从初中到高中，"男朋友"这个敏感词汇，如同地雷，木木从来不敢去想，去碰，怎么一考上大学，妈妈把这三个字从监狱里释放了出来，竟然还主动要求木木找男朋友。

"我自己这么大了，会照顾好自己，干嘛非要找男朋友。"此时，木木还处于对男朋友排斥阶段。

但上了大学真谈了恋爱之后，才发现，恋爱还真由不得人，脑袋里想的全是一个人。跟方坤恋爱这5年，竟然真忘了自己一个人生活时的独立与冷静，甚至连深夜思考的习惯也都不知不觉被抛弃了。

直到分手后，重新找到深夜思考的习惯后，才发现，虽然学业规划还好，但对职业，却疏于规划和管理。

难道女人谈恋爱，真的会变成白痴吗？人都说，女人一谈恋爱，智商就会变为零。

其实，不是智商为零，是情商为零。眼里只有一个人，所有的事情也都与这一个人有关，世界因这个人的笑而灿烂，因这个人的恼而黯淡，无意识地把自己的一切和这个人都捆绑在一起，没有界限，最流行的解释就是"失去自我"。

木木庆幸经历一次分手后，让自己有机会冷静下来，开始去想未来的工作和生活，开始寻找自己的人生，而不是总在思考他人的人生。

最初的人生梦想是什么？

回想起来，如果在初中的时候，只有一个目标，就是考上重点高中，可是进入重点高中后，意味着上大学基本没悬念的情况下，下一个目标该是什么呢？

毕竟，大学毕业后，还是要工作的，那么将来究竟做什么工作最好呢？

农村孩子接触外面世界的渠道少得可怜，尤其是上世纪九十年代的农村，电视都还没普及，更不用提网络了。

唯一的了解渠道，就只有电视了，而电视的频道，也并非像现在的有线电视或卫星电视，频道众多，多到换遍所有的频道需要耗时好几分钟，以至于姐妹胡薇老讲，每天看电视，都有"选择性困扰"，不知道该看什么频道，看来频道多了也不是好事。

而在十几年前，想选择都没得选择，因为那会儿的电视，是中央台的天下和地方台的天下。

木木最喜欢看的，当属中央台，由于妈妈不让看电视剧，能看的节目，就剩下新闻和综艺节目了。CCTV新闻中呈现的世界，就是木木眼中的所谓外部世界，CCTV的新闻里，永远是正义、和平、向上。在信息匮乏的年代，新闻联播凭借频道垄断，能改变多少人对外部世界的认识？

对于当时从来没有走出过大山的农村娃来说，新闻中的世界，是那么让人向往，尤其是北京，更是令人迷幻，不光歌里有"我爱北京天安门，天安门前太阳升"，电视画面、宣传画上，北京更是被呈现得美轮美奂，以至于每次想到天安门，就忍不住想到一个哥们初次见北京天安门的事：

"以前总以为，天安门就像画里那样的，周围闪着金光。第一次来北京，立马跑去看天安门，发现没有金光啊，怎么就是一个红黄色的楼呢，当时那个失望啊，现在想想，那会儿怎么那么傻呢。"

也难怪，每天新闻联播一开始，国家领导人接见外宾，在北京；国庆阅兵，在北京；每年开两会，还是在北京。北京，永远是新闻联播中占据主要位置的城市，已经被神圣化了。

对，一定要去北京！

新闻联播里，那些永远风风火火、不知疲惫的记者角色，一直吸引着木木。同学们都在买各种高考的辅导书攻克，她却买来水均益、倪萍等那些出镜率最高的名记、名主持的书来看，幻想着有朝一日也要像他们那样"指点河山"。

木木下定决心，一定要做记者！

现在，木木回想起这个理想，就觉得逗，那时怎么那么单纯、幼稚？

放在2010年这个人人都是"微博控"的年代，信息早已不是由电视主宰，每个人随时随地都是信息的发布者，第一手新闻已经让任何话语霸权不再如此强势，就像网友们对如今新闻联播的解读：

我有一个梦想，就是永远活在新闻联播里：北京月房租77元，工资年增长11.2%，大学生就业率99.13%，官员不分昼夜学习八荣八耻，大学生食堂就餐平均每顿两三元。我有一个梦想，就是能TMD永远活在新闻联播里。

当然，大家对此只会会心一笑。

但是，这只有在当下"全民皆记者"的网络时代才能发生，因为那种靠中央台来统一"意识"的时代已经开始远去，话语权不再集中于中央电视台几个频道的几档节目甚至几个主持人、出镜记者那里；任何人，只要能连通到网络上，都可以将所见所闻，以图片、文字、视频等手段传播到世界的任何一个角落，去揭穿虚幻不实的报道，去展示更加真实的世界面貌。

2. 防火防盗防记者

> 此后经历多了各种各样"打招呼"，经历了数次"毙稿"事件，木木明白了老记者身上那股麻痹状态的由来。无力，无奈，无助。但是带着枷锁也得跳舞。

经过4年"挂羊头卖狗肉"的新闻专业教育，2003年毕业时，原本希望借考研入京的木木，在考研失败后，不得不选择就业。

木木没有像其他失利的同学那样，选择继续复习，期待来年考上名牌院校。因为任何一次重复，都代表要重新去付出更多的时间和财力。从小家境不富裕，木木不忍心让父母为自己多掏一年生活和学习的费用，那可能需要父母在地里流更多的汗水才能换来复读一年的花销。

大学毕业后，作为成年人，如果选择不工作，继续复习考研究生，对父母就更残忍，木木不能让父母为自己的失误去买单。

但由于考研木木错过了几次重要的招聘时机，所以当木木毅然决然放弃专职复习考研转而开始找工作的时候，只有一家平台还不错的党报在招人。

投简历，考试，面试，体检，入职，一切都那么顺利。

而2003年的时候，正是1999年第一批扩招大学生毕业之年，扩招的后遗症已经初显，当时社会上已经开始流行着"毕业即失业"的说法，大学生就业难的局面，在T城这样的二线城市，也很突出。

"就业也没想象的那么难吧，哪有那么夸张。"木木心想，自己只投了一份简历，就命中了。但后来才知道，原来自己是个特例，就像上帝发牌，一不小心把一张好牌塞到了没有任何关系背景的外地人手中。

众人不断地询问，让木木意识到，上帝虽然给木木关上了考研的门，却马上给木木打开了就业的窗。

作为新记者，一开始去机关建立跑口联系时，木木经常被问及是如何进的报社。

"报社统一招人，当然是考试进来的啊。"木木还很奇怪，报社招聘不都是通过考试吗。

"你有亲戚在报社吧？"接下来的询问直切核心。

"啊？我一个外省的，在T城哪有什么亲戚，就是考试进来的啊。"木木老老实实回答，但脑子开始被这样的询问，一步步引向更深入的思考，难道进这个报社真非易事？

后来便留意同时入职的同事，都是什么身份。没出两个月，木木明白了，果然，一多半人是当地人，而且都是通过关系被录用。剩下的没动用关系，单凭考试入职的，也就木木这样寥寥两三个人，比例不到十分之一。

木木也并非完全不是没有出身，她的出身就是学校的背景。在T城，木木就读的学校，是省里唯一的综合类重点大学，其新闻专业也是省里最有名气的，给T城两家省级和市级党报，输送着毕业生。而省内其他大学新闻专业的毕业生要想拿到这份工作，就不是那么容易了，他们只能进一些平台稍微差一些的媒体。

学校等级，直接影响着就业平台的等级，这个道理，让木木又想到：为了上名牌院校，复读或者考研一旦成功，虽多付出了时间和财力，但也等于为将来谋得一份好工作进行了前期铺垫，这么看，也是值得的。

这就是人人追求的"机遇"。左右机遇出现的，大多数情况下还是与毕业的院校、家庭的背景等等这些名头有关，有了这些名头，加上个人说得过去的综合能力，机遇也就相对容易抓住些。

但若没有名头，综合实力再好，也得碰运气了，因为社会不一定会给你选择的权利，你只能"被选择"，就像汽车的备胎，只能补缺了。

沾着学校在当地名气的光，在没有人脉关系的情况下，木木拿到了一份本来需要各种关系打点的工作。

就像一条漏网的鱼，木木在这个被当地人羡慕的平台上，自由地游来游去，无拘无束无碍，不去考虑哪个派系，不去考虑站队的问题，只想着能像教科书上的记者那样，"铁肩担道义，辣手著文章"。

以后每每看到新入行的毕业生，身上那股为了"新闻理想"而无惧无畏的闯劲，木木就感慨，自己当年也是这么蓬勃过，而且也曾鄙视过当初的老记者，鄙视他们对新闻的麻木，不论发生什么，都激不起他们的热情。

老记者则冷眼相观，对木木身上的新闻热情，一副天不怕地不怕什么都敢去报道，什么都要亲临现场的执著样，淡淡地丢下句话："还是年轻啊，大学生思维。"

大学生怎么了，哼，社长在欢迎新人仪式上还说我们是新鲜的血液呢。

然而，真正干起记者来，木木慢慢知道了，自己还真是停留在大学生思维，幼稚到缺乏社会常识。因为新上岗没两个月，木木就领教了什么是社会。

报社新闻线索，一般有三个来源：一是社会上的人爆料，二是记者挖掘到，三是上级指派的。前两个来源是最主要的。而新入社的记者，由于社会经验和采访资源缺乏，往往都需要从接热线电话获取新闻素材打开报道局面。

每次接到热线电话，木木恨不得立马飞到事发现场。第一次感觉自己像真正意义上的记者，是半夜接到热线电话，T城街道因暴雨而积水高涨，下水道不通导致来往车辆被淹没半截。木木立马揣上报社配的相机，大晚上的冲出去，跳到积水中拍了几组照片。但是接到热线电话时，已经过了报社截稿的最后时间，因此拍完照片后，正在犹豫该不该去报社交照片时，总编室打来电话，问今晚T城遭遇有史以来最大暴雨，多处街道排水瘫痪，有没有照片？木木立马说有啊，刚拍了几组。总编室便称，立马送到办公室。

当时木木觉得，自己和国外那些永远在第一时间赶到现场的记者没什么区别，最感动的，不是自己半夜接热线去采访的劲头，因为觉得记者本来就是这个样子，她所兴奋的是，报社竟然能半夜打电话要照片，即使过了排版时间，为了赶在明天发出时效性最强的新闻，还是破例让记者半夜交稿子。

所以当木木浑身湿透着冲到单位交照片时，看到总编室好几位编辑如热锅上的蚂蚁，拿到照片后，以最快的速度各就各位，选照片、拟标题，而木木负责为照片配文说明，全部搞定后，时间已经到了凌晨两点。

"谁说党报都是慢节奏，这不是也像战斗的状态嘛。"木木心里很高兴，自己一毕业就参与了T城有史以来最大暴雨的报道，而且总编室竟然能直接和记者联系，以最快速度搞定热点新闻，仅这一点，就让木木体验了当记者的成就，记者就应该这么干。木木甚至都有点小得意，因为，所有的记者在截稿后都进入了休息状态，全报社只有她一个人半夜还冲出去拍暴雨照片，第二天自然被总编室表扬。

但是，报社并不总是这样，报社不向暴雨低头，却会向某些看不见的力量低头。

有了抢新闻受表扬的经历，木木对热线新闻的热情被大大点燃，她相信，党报也在转型，向读者靠近。

"你好，我们这边有人在偷砍集体的树林，已经有200多棵树被砍倒拉走了。"木木又接到了热线电话。

好家伙，200多棵啊，可是，事发地点在郊区，恰好报社的热线车不在，一个人杀过去，万一有什么危险怎么办？女记者就这点不好，采访时间和地点需要有一定的安全性，否则一个人很难完成任务。只能喊上一个男同事壮胆。

赶到事发地，木木和同事先潜伏了一下午，把情况摸清，又找到砍伐的人，问其拿到砍伐证没有，为什么要把树林砍掉？

砍树的人说，是一个企业出钱砍的，这块地临着马路，要盖汽车专卖店。围观的村民却说，这些都是当年集体公社时栽下的树，林权不归企业，不能砍伐。

木木返回城里，找到园林局，问这个树林的归属权。园林局说，确实属于当地的村子集体所有，如果情况属实，园林局会去处罚这家企业。

等木木赶在晚上8点截稿时，如释重负地交上一篇调查报道后，才发现自己和同事午饭和晚饭都没吃。就像所有新记者一样，这种时候，即使没吃饭，也不在乎，心想着明天会有重磅的调查报道出现，让罪者受罚，集体权益得到保护，就美得很。

没过10分钟，值班编辑却告知木木，稿子不发了。

木木急了，为什么？

编辑说，下午你们在现场的时候，就有电话打进来，说咱们有记者在现场采访，晚上又有不同人打进电话来，说不能报道此事。

是谁不让报道？

据说有企业，有村委会，有园林局，具体的我也不清楚，都是直接打给总编室，最后是总编室决定不发的，我们值班编辑可没权利决定毙掉你的稿子。

值班编辑的一席话，一下子让木木坠入冰谷。

为什么？为什么？这到底是为什么？不是说党报是群众的喉舌吗？为什么群众的声音却不让发呢？报社在为谁代言？

前几天木木还为总编室半夜抢暴雨新闻自豪了一番，可如今，真正涉及到社会问题的时候，却成了缩头乌龟。

木木心里骂娘也没用，她一个小记者，只不过是报社的一颗棋子，左右不了整个报社的棋盘，更左右不了这个社会的报道基调。

此后，木木才知道，总编室每一个签版编辑的桌面上，都有一张报社前十大广告客户名单，但凡有这些企业的负面报道，都要压下来不发。

难道这就是教科书上所说的，新闻要客观、公正吗？新闻究竟是在为谁说话？记者在为谁服务？

"你们记者啊，我们怕得很呢，知道现在流行什么说法吗？防火防盗防记者。"一位政府官员说完，哈哈大笑，一副不屑的神情。

第一次听到"防火防盗防记者"，木木有种错乱感，刚出校门时，还真把自己当成教科书里的无冕之王的劲头，竟被这种为了包庇某种见不得人的利益而动用权力有意防范记者的行为所刺痛。

即使他们不防，也无所谓，记者的采访与报道，一样可以在他们"打招呼"的手段下，将他们不愿传播出去的不耻行为遮掩掉。

此后经历多了各种各样"打招呼"，经历了数次"毙稿"事件，木木明白了老记者身上那股麻痹状态的由来。

无力，无奈，无助。

但是带着枷锁也得跳舞。

木木在想，记者职业的生态环境，和改革开放一样，发生着"翻天覆地"的变化。

要么屈从于权贵，屈从于既得利益者，沆瀣一气，成为他们的枪手和代言人，像屡屡被曝光的拿金元宝、拿封口费的记者那样。在社会讨伐这样的记者时，又何曾想过，是谁让记者沦陷？

要么继续坚持新闻理想，为社会的正义和公平鼓与呼，但这些努力，依旧不会有成效，即使报社顶住权贵压力，敢于去把黑暗的一面曝光，报社上面还有要求"统一报道口径"的各个部门。

记者抗争，路在哪里？当正义发声的口子被堵住的时候，要么沦落，要么噤若寒蝉，要么视而不见。

"记者这个职业，是能够最快速了解这个社会的职业。"木木还记得大学时候，新闻老师为这个职业做的定位。

是啊，是够了解的，尤其社会记者，能看到别人看不到的东西，看到别人不知道的种种内幕。可是，看到后却不能报道，或者报道了，也会遭遇毙稿、撤稿。

良心上的不安和冲撞，曾让木木想放弃记者这个行业，但是，社会大环境如此，放弃这个行业，还是改变不了什么。

当然，也有一直坚持着新闻理想的人。比如程益中，这个曾于2005年4月5日获联合国教科文组织"新闻自由奖"新闻人，在香港大学以《一个报人的反思》为题的演讲中提到："报人最大的困境不在于奴役而在于自我奴役，不在于审查而在于自我审查。报人最高的责任是把言论笼子的空间做大，最低责任是把言论空间用尽。"

"把言论空间用尽"，需要勇气和毅力，需要一颗强大到不怕屡屡受挫受打击的心。这一点，木木觉得自己力量那么弱小，还强大不到这种程度。

但若做个"听话"的记者，就像以前在吞云吐雾的会议现场，听着那些宏大的永远实现不了的扯淡的官场调调，翻看着空洞无物的会议材料，木木几次都快精神分裂了，就想冲着那些耗费自己生命也在耗费别人生命的扯淡人大喊：人生就像卫生纸，没事的时候尽量少扯！

一想到一边吸着二手烟，一边把时间耗费在没有任何意义与价值的扯淡报道上，木木想死的心都有了，一定要改变。

作为一个个体，记者毕竟是自己的饭碗，先要生活，再谈理想。但生活中，也可以选择良心上少受一点谴责的发展路径。

"既然记者是当初的梦想，就要坚持这个梦想，但梦想应该是快乐的，而不是悲伤和无望的，如果量力而行，让自己快乐的方式，至少不是违背良心的，那就应该找一个对自己有益，对他人无害，对社会有劳的发展方向。"木木在日记中总结。

鸵鸟的目光可以看到5公里以内的物体，奔跑速度更可以达到每小时45公里，是名副其实的千里眼、飞毛腿，但是遇到危险它们会深埋下头，它们埋下头的原因只是不想放弃心中所坚持的那份美好而已。一只眼尖爪利的老鹰并不一定比鸵鸟走得更远。

想来想去，木木只能选择鸵鸟策略，换一个报道方向，不再做社会记者，顺势而为，向整个社会的主题靠拢，"以经济为中心"。

木木在分手后的几个不眠夜里，经过反复思索后，终于在从事记者行业第5年，决定第一次转型。

木木此刻觉得自己就像《围城》中的方鸿渐，失恋加上失业，只是这个失业是自己选择的。4年的工作，已经过了单纯为生计而劳碌奔波的阶段，现在更多地考虑自己的成长空间在哪里，也为让自己工作起来更快乐。工作也像选择爱人那样，要有爱、有兴趣才能继续前行。

但转型，意味着之前4年积累下来的社会、政治资源将渐渐失去效用。转向自己还很陌生的经济领域发展，一切都得重新开始。

3. 初涉金融圈

说笑归说笑，木木了解自己的能量，能在金融圈立足，就算幸运的了，要再幸运的话，老天给赐一个金龟婿，那还真不知道是福是祸。

2009年中，分手后没过一个月，木木把转型的想法告诉自己的顶头上司张涛时，他有点吃惊："你一定要辞职离开这个单位吗？你才来这个单位一年呢。"

木木重重地点了点头。

看着木木果决的表情，张涛知道，她是经过慎重考虑的。只是对木木这个跨度有点大的决定，存有一丝担心。

"我知道你所担心的事情。"木木说，"你担心的问题，我自己也曾反复考虑过。毕竟，作为新华社旗下有名的时政类杂志，这个平台的起点很高，选择高起点的平台，对事业很有帮助，但自己还是不喜欢务虚扯淡的政治，也认为自己在这个领域，不会有什么建树。"

木木叹了口气："如果对这个领域没有兴趣，又怎么会写出精彩的报道呢？所以转型是必须的。但跨向经济领域，是有一定的门槛，要从头再来。如果因为担心对转型后存在的不确定性而止住脚步，不敢去尝试新的领域，以后就更没有机会再发生变化了。我给自己有犯错机会的年龄，就是在30岁之前。30岁之前，我大学毕业后工作，再读研，再工作，不断犯错，不断纠正，不断调整工作的走向。现在，马上到了30岁的年龄，渐渐也懂得，试错的机会成本越来越大，但也换来对自己人生定位更加清晰的思路。"

"嗯，如果你已经做了决定，也想好了未来怎么走，这一次，就一定要坚持走好。"张涛提醒木木，"每一次转型，都是一次冒险的行为，谁都不知道结果是好是坏。"

"这个我明白，这也是为什么我考虑了一个月才下了决心。如果在30岁之前还不做最后一次尝试，我敢肯定，30岁之后，有了家庭和孩子，我更没有勇气去做改变。也正是这次分手，让我想明白好多道理。"

"就像分手一样，虽然当时表现得很淡然，但内心还是充满了恐惧和不安，害怕以后再也找不到像方坤那样对自己好的，害怕会不会就此孤独一生。未知的东西最会牵绊前进的脚步。"

"现在想来，一旦分了手，日子还不是照样过，内心的快乐远比委曲求全在一起更有价值，而且自己快乐起来，又何愁找不到更好的呢？最坏的都经历了，还怕未来会更坏吗？

就像工作，明白自己想要什么才最重要，有了方向感，脚步才更轻盈。在社会上闯荡了这么久，现在终于找到了社会的关键词……"木木说。

"是什么？"张涛不免好奇。

"经济啊！"木木故弄玄虚地说。

"切，我还以为你发现什么绝世秘密了呢。"张涛说，"经济和政治一直是社会的主题词。"

"经济和政治是社会的主题词，那经济的主题词是什么？"木木说，"这个社会的核心到底是什么？政治是其一自不需多言，对于政治这个永远充满神秘的世界，只能靠你这样的老江湖来一窥究竟了。我现在在对另一个圈拢着社会主要资源的金融圈子，产生了极大的好奇。如今，金融才是社会发展的核心，占据着社会80%财富的那20%人，是不是都是金融圈的人呢？他们靠什么攫取了如此多的财富？"

"没发现啊，在失恋这段时间，竟然琢磨出这么多人生道理来。"张涛很兴奋地听完木木那番感悟。"不过，我还是要跟你说，工作归工作，感情归感情，要齐头并进，两手都要抓，都要兼顾，懂不？"张涛忽然开始嬉皮笑脸起来，刚才对木木工作的顾虑，一下子被木木的那番话打消，又开始拿木木的感情说事。

"你就哪壶不开提哪壶，刚才还在谈论人生大事，又扯到这上面干嘛。这不用你担心，你以为我转到经济领域，难道就不顺便图点别的吗？你看咱们这些穷记者，一辈子跟钱无缘，那就由我来改改运，赶明儿找个金融大鳄嫁了，到时候也分点财运给你们。"木木也开始没正经起来。

"行，等着你嫁个金融大鳄。"张涛说，"别光说不动啊，以后就看你的了。"

姐妹们对于木木的转型也很吃惊，骂她想不开，干得好好的，又开始折腾。

"你们就羡慕嫉妒恨吧，看不得我将来有钱，不入虎穴焉得虎子，我这还不是为了给你们找个有钱的姐夫。"木木跟姐妹们贫嘴。

说笑归说笑，木木了解自己的能量，能在金融圈立足，就算幸运的了，要再幸运的话，老天给赐一个金龟婿，那还真不知道是福是祸。

先让自己强大起来吧。

木木选择了一家正试图在北京打开市场局面的财经类日报。日报的信息量大，工作节奏快，可以逼着木木快速成长。

之所以选择这家还未在北京立足的日报，一来，木木知道自己没有财经报道经验，进那些成熟的财经报纸会很有难度，因为没有相应的作品拿来当谈判的筹码；二来，正在开拓新市场的报纸，用像木木这种新手，闯劲更足，发展空间也更大。

"说实话，我们现在很缺金融记者，但正因为报社刚开始在北京开拓市场，还没有知名度，像你没有金融领域的经验和资源，我们也会考虑聘用，但底薪可能并不高，这你愿意吗？"面试自己的部门主任梅子说。

"可以接受，但有个要求，就是希望有成熟的记者在前期辅导一下，也希望等我工作上手后，底薪可以提高。"木木说，自己从事记者行业已经4年了，写作的经验有，只是针对金融报道的专业知识欠缺。

"没问题，我直接带你写稿子，给你两个月的试用期，表现好的话，立马转正，工资调高一倍。"梅子一看就是个干脆利落的领导，谈事开门见山。

木木一下子喜欢上这个年龄并不大、但很有魄力的姐妹。

果然，要做金融记者，对于没有经济学背景的木木来说，是一件充满挑战的工作。

一开始，梅子安排木木盯着央行、银监会的网站，改写上面的新闻。但对于一片陌生的领域，木木的新闻嗅觉不起作用了，找不到新闻点，不敢下笔写。

"你怕啥，写完我给你改，但你自己总得先迈出步子，不能我给你写稿子吧。"梅子鼓励木木。

豁出去了，任何改变都得先迈出步子去。慢慢地，改写的新闻由小到大，梅子也一步步放手让木木去接触和寻找更多的金融新闻，包括让她去参加各种会议。

第一次去听央行一个内部讨论会，木木头都大了，专业名词不懂，根本不知道发言的人在讲什么东西。

但能有这样的机会听会，就当是上课了。木木硬着头皮，像个速记员那样，几乎把所有听到的东西都给记下来，然后回头再挨个去搞明白啥意思。

经历了数次云里雾里"听天书"的磨炼，耳朵开始对这些专业名词有了记忆，眼睛也开始能看到材料中的新信息在哪里。

"咱们是日报，你每天看看你和同行写的同样会议的新闻，各自的侧重点在哪里，比较多了，你就知道以后该重点关注哪些，也知道该报道什么了。"梅子指点木木。

这招非常管用，就像小孩子学说话，一开始都需要模仿大人。模仿得多了，会说的话也就多起来，直到能够流利自如地支配各种词汇，表达自己想要表达的东西。

4. 不走寻常路

独家新闻是一条最好的途径，当你每天都能拿到别人拿不到的新闻线索，写同行没有关注到的重要新闻，你就算小赢；而专业和具有独到视角的报道，算中赢；独家加专业就是大赢了。

一家新媒体，要闯开市场，就需要独家新闻，需要新闻噱头引起市场的注意。

木木所在的金融组，除了主任梅子之外，其他的记者要么是刚毕业的大学生，要么像木木这样虽是老记者，却刚涉足金融报道没多久，团队力量极其薄弱。

梅子虽有5年的财经报道经验，但要一个人带着手下五六个"菜鸟"拓展局面，难度可想而知。

"不怕，什么事都是由小干大的，只要大家一起努力，以后我们的声音会发出去。"梅子一直很有信心，这也是她第一次带团队。

按照分工，木木主要负责银行和期货新闻的报道。银行是金融报道的重头，梅子按照国有大银行、股份制银行、城商行、农信社等分级，让木木和另外3名银行记者，每人跑一家国有大银行，两三家股份制银行，数家城商行等等，"分田到户，责任到人"。

派到木木头上的国有大银行，是全球市值和资产规模最大的中国工商银行，此外还有民生银行、中信银行等几家股份制银行。

划分好条线后，只要是自己负责报道的银行，新闻都不能漏掉。梅子要求记者们时常去这些金融机构走访，建立良好的合作关系。

作为新记者，要让机构"认你"，绝非一朝一夕就能达到的。

木木记得第一次参加工行2009年3季报业绩发布会，在媒体问答环节，有机会被点名提问的，都是像《上海证券报》《中国证券报》《证券日报》之类已经成熟而有名气的媒体记者。

作为无名小卒，木木只有羡慕嫉妒恨的份儿。但在自己没有强大之前，只能沉默以对。

机构也是一群"势利眼"，喜欢看媒体下菜碟，不同媒体，对待的态度自然不一样。木木和自己所在的媒体一样，在金融圈里还没什么名气，自然不受重视，心里就很不爽。

"别急，慢慢来，一个成熟的金融记者，至少需要3年的时间成长，你现在还没正式跨入门槛呢，等你成为成熟的记者，他们想不把你放在眼里都不行。现在面临的问题是，我们要打开市场局面，需要比别人做出更多的努力。因此，你不能以为做好常规报道，就算完成任务了，为了你自己，也为了报社品牌的建立，一定要写能引起市场关注的新闻。"梅子和木木谈心时说道。

　　什么样的新闻最能引起市场关注呢？
　　"独家新闻是一条最好的途径，当你每天都能拿到别人拿不到的新闻线索，写同行没有关注到的重要新闻，你就算小赢；而专业和具有独到视角的报道，算中赢；独家加专业就是大赢了。"梅子说，"不过，你现在要是能做到小赢，就算很不容易。因为独家新闻线索，是建立在一定的人脉资源上，你刚入这一行，肯定还拿不到独家新闻，现在我会帮你提供一些，但以后都需要你自己来挖掘了。"
　　木木很感激梅子一直提携自己。有时候，人生就是这样，如果因为畏惧未知，而停止前行，那么直接在起点的时候就失败了。如果不惧未知，坚定去闯，往往会收获同路人的大力帮助和支持。
　　木木庆幸在自己刚起步时遇到了梅子。

　　靠着梅子提供的独家新闻线索，木木不走寻常路，每周都要出一篇独家报道。渐渐地，这些独家报道开始被市场关注，声音渐渐能发出来，好现象之一就是自己的稿子经常被财经类网站转载。
　　而转载率也是报社每个月评判好稿的指标之一：一等奖1000块钱，二等奖800，三等奖500。
　　试用期两个月，木木的报道水平还未达到专业水准，但凭借几篇引起市场关注的独家新闻，拿上了一、二等奖。

　　这里面基本上全是梅子的功劳。其中一等奖那篇稿子，也是木木最得意的，因为体验了一次"潜伏"的刺激经历。
　　"睡了吗？拿笔记个地址，明早9点到那里去开会，央行有个内部讨论会。"梅子深夜12点了，给木木打了个电话。

"啥内容的会，我先准备一下资料。"木木问。

"不知道，我只是刚从别人那里无意听到的一个信息。你过去混一下，看看有没有好玩的东西。"梅子说，"你记好地址，稻香湖景酒店。"

木木赶紧上百度地图查询这个酒店，一看，竟然在西北六环的位置了。

"在酒店的哪个会议室呢？"木木问。

"这个我就不知道了。你明天自己去找吧，就看你的了。"梅子能提供的信息也就这些了。

百度地图是个好东西，只要输入起点和终点，出行路线就全部排列出来，还包括路程时间——3个小时，路程公里数——50多公里，真够远的，快赶上出差了。从木木住的东五环外出发，要先坐4站八通线，然后在四惠东换1号线，坐3站到国贸，再换10号线，坐15站到海淀黄庄，再换13号线，坐2站到上地站，下来再坐直达稻香湖的公交车。

"额滴神啊，北京的地铁几乎要坐个遍了，再加上中间换乘、等车的时间，我早上5点半就得出发了。"木木看着路线图，快哭了，而且还不知道会议内容，心里也没谱，不知道明天这一顿折腾，能不能捞到料。

"要保持战斗的斗志不松懈。"木木拍了拍脸，为了明天的战斗，睡觉。

定好闹钟，木木却死活睡不着了，不停地琢磨，能找到那个地方吗？会讨论啥呢？我能混进去吗？

迷迷糊糊中闹钟就响了，习惯了八九点起床，这会儿早起，脑袋沉沉的，咬咬牙爬起来。忽然一想，今天是去混会，9点前赶不到会议地点的话，就混不进去会议室了，混不去就等于白折腾了。

这一想，身体一个激灵，立马就冲到地铁站。六七点的北京地铁，已经人满为患，上学的孩子，送孩子的家长，白领，蓝领，灰领，差不多都一副蔫蔫的表情，有的干脆闭上眼睛，继续着美梦。

木木最喜欢在地铁里观察各色人等，不同的长相、不同的穿着，藏着不同的心事和梦想。

人堆里，一个小男孩，左手抓着中间的扶杆，右手拎着一个小皮箱，小身体随着车身而左右晃动着，可能是背上的书包太重了，也可能是站的时间太久了，他的背开始打弯。但是，没有人给他让座，也许他的身形太小了，大家都没注意到这个小不点。

换乘站，有人下车，小不点找到一个位子坐下，木木坐到他旁边。

"你一个人上学吗？没有爸爸妈妈送吗？"木木开始和小不点搭话，想和这个自立的小男子汉聊天。

"嗯，我现在已经三年级了，长大了，当然不要他们送了。在一二年级的时候是妈妈送我。"面庞清秀的小不点扑闪着大眼睛说，脖子上还系着红领巾。

盯着红领巾，木木就有点伤感，一下子想起自己戴红领巾的日子，忽然想把红领巾戴到自己脖子上，只可惜那样的岁月已经一去不复返了。

"如果我坐上7点5分的车，能在7点40分的早自习铃声前5分钟进教室，今天坐的是7点10分的车，只能踩着铃声进教室了，不过，也不算迟到，只要我走路快一些的话。"小不点在计算着时间。

三年级就自豪地说自己长大了，而且还这么有时间观念，木木不禁好奇："这都是谁教你坐哪趟车能及时赶到学校呢？你为什么不在家附近的学校上学，而要跑那么远上学呀？"

"我每天坐车总结的啊，而且我还总结出，7点5分那趟车人少，这趟车人就开始多了。我们家之前在海淀那边，后来搬到朝阳这边了，按照户口划片，我只能在海淀那上学了。"小不点像个小大人，说起话来，头头是道。

小孩子上学是北京家长们最头疼的一件事。怡姐的儿子上学，也是这个问题，家在西四环，学校在西二环，怡姐每天早上6点就得爬起来，7点陪儿子出门挤地铁。大人小孩都身心俱疲。后来实在撑不住，干脆在学校附近租房住。

"你每天挤地铁，累不累呀？"木木有点心疼小不点，心想，以后要是自己的孩子也如此辛苦，怎么忍心呢。

"累呀，不过，晚上不用挤地铁，放学后，我先在学校练一会儿双簧管，6点妈妈下班后开车接我，其实开车也不好呢，路上总堵车。"小不点说完低下头，摆弄着小皮箱的提手。

"这是什么？"木木问他。

"这就是我下午要练的双簧管啊。阿姨，我打开给你看看。"小不点一下子兴奋起来，小心翼翼打开小皮箱，用手摩挲着双簧管，自顾自又说了起来，"我练了一年了，我们班同学一开始有好几个练，现在就剩下我了。"

"阿姨，我在海淀黄庄下车，你在哪下呢？"小不点关上小皮箱问。

"我比你早两站，在知春路下，然后换13号线，到上地。"

"你去上帝干嘛呀？上帝不是神么？"小不点很好奇，显然，他把"上地"当上帝了。木木第一次听到这个站名，和小不点一样的反应。

"呵呵，这个上地是地铁站的名字，地方的地，不是天上的上帝，我去那里采访啊。"

"你是记者？"小不点上下打量起木木，然后坐在那一言不发，似乎在想什么。

"怎么啦？"

"你真的是记者吗？不像。"

"记者该是什么样子呢？"

"起码得有摄像机啊，还有话筒啊什么的，你看你什么都没带。"小不点怀疑地打量着木木。

"呵呵，不是所有的记者都得带摄像机，拿话筒，那是电视上的记者，我是报社的记者，不需要拿摄像机。"木木给他解释，小不点似懂非懂地点了点头。

和小不点的交谈，让木木一下子精神起来，大清早就遇到这么懂事乖巧上进的孩子，自己更应该积极起来。

既然选择留在北京打拼，就是选择了这里紧张的生活节奏，紧张、忙碌就是这个城市的气质，迷恋于此，就要行动起来。

5. 采访离不开"潜伏"

　　木木还有点内疚，心想，余则成还真不是好当的，有技术水平的撒谎，既是智商考验，也是考验心理素质。假话说多了，自己最后内心上都扛不过去，要是没有什么崇高的目标在支撑的话，早就精神错乱了。

　　心态一变化，接下来再寻找稻香湖景酒店的路，似乎更顺畅了些。果然，稻香湖景酒店在很偏僻荒凉的地方。但一进去，如同世外桃源，一下子鸟语花香起来，一群看起来像天鹅的水禽，在鹅卵石路上走来走去，一点都不怕人，火鸡、孔雀这些鸟儿也散落在灌木丛中。

　　看着如此悠闲的度假村，木木根本无暇去欣赏，反而有点傻眼，这么大的景区，去哪里找会议室呢。

　　"鼻子下面是嘴巴，今天就得靠嘴巴出力了。"木木凭着直觉，朝着掩映在绿树丛中、被湖水环绕的建筑群走去，走走问问，终于打听到了酒店的具体位置。

　　这一次，木木耍了次滑头，气定神闲地问前台的帅哥："你好，上午央行在这有个会，帮我查一下具体哪个会议室，昨天通知我的短信不小心删了，忘了是哪间了。"

　　"你等一下。"帅哥赶紧点开电脑，搜寻起来。木木心里却擂起了鼓。

　　"哦，在丁香厅，你直走，然后右拐，就看到了。"帅哥右手指示了一下方向。

　　"好的，谢谢。"MY GOD，演戏成功。木木想起来正在热播的谍战片《潜伏》，今天我也来客串一下"余则成"好了，过过潜伏的瘾。

　　来到丁香厅，门半开着。木木推门而入，这是一间小型会议室，椭圆型的桌子，摆着20多个桌签。仔细一瞧桌签，央行、银监会、证监会一行两会都有人到场，还有一些公司的名字。

　　因为还有十几分钟才到9点，人并未到齐。木木扫视了一圈，只到了一半人左右。

"你好，请问你是哪家公司的？你找到你位子了吗？"这时有位拿着名册的男子问木木。

"坏了，对号入座的话，这该如何回答？"木木一下子紧张起来，赶紧看人还未到的桌签上的名字，"哦，我是李总的秘书，有空位子吗？我坐后面听一下就好。"木木故作镇定地走到手持名册的人的旁边，用余光瞄他手中的名册，原来是会议议程、讨论内容等，木木以最快速度把讨论内容看个大概。

"这次是内部会议，我们之前发过通知，不让带秘书参加，这次就不好意思了。"男子拒绝了木木的要求。

因为刚才已经瞟了几眼会议要讨论的内容，木木就说："没事，那咱们这次要修改的这个规定，会对我们这样的民间金融机构有什么利好呢？"

"这个嘛，之前发过征求意见稿，现在就是想找你们来谈谈看法，提一些修改意见，最后要确定还需要好几轮讨论呢。"男子说完，就去招呼其他新入屋内的人了。

不能恋战，万一待会儿那个李总进来，我还不认识人家，就穿帮了。木木礼貌地说了声"谢谢"，退出了会议室。

但她没有就此罢休，而是守在门口，逮着要进入会议室的人，一会儿以律师的身份，一会儿以公司的身份，询问老规定哪些地方要改动，新规定的突破方向在哪里。

刚好，遇到一个好说话的人，木木就说明自己身份是记者，一直关注这个新规定的进展，希望能多交流一下，并希望其帮忙把录音笔带进去录一下会议内容，中间茶歇的时候，顺便把文件带出来看一下。

木木给梅子电话，说正在现场潜伏，已经安排内部人录音，目前探到了会议要讨论的内容，问梅子还需要哪些问题关注。

"太好了，你还真有潜伏的潜质啊。"梅子电话那头很开心。

"啊呀，我今天算豁出去了，人生前28年没怎么撒过谎，今儿一上午算是都补上了。"木木还有点内疚，心想，"余则成"还真不是好当的，有技术水平的撒谎，既是智商考验，也是考验心理素质。假话说多了，自己最后内心上都扛不过去，要是没有什么崇高的目标在支撑的话，早就精神错乱了。

会议室门关上了，木木只好四处溜达。一溜达，像发现了新大陆，每个会议室都安排着不同的会议，级别都是省部级的。后来到网上一查，原来是"党政机关会议定点饭店"，怪不得在市里很少碰到党政机关的会议，看来都藏到这僻静之处了。

"梅子，你干脆帮我跟报社申请，派我常驻这个饭店好了，以后还发愁独家新闻啊，潜伏在这里听会，收获少不了。"木木兴奋地给梅子电话。

看看快到中场茶歇时间了，木木赶紧返回丁香厅附近，坐在落地窗处的沙发上，眼睛看着外面波光闪烁的湖面，耳朵支楞着听着会议室门的响动。

期间，有人出来打电话："陈秘书，你把那一条赶紧修改一下，对，以后会允许提高融资比例。"

木木不动声色地听着电话内容，把要点记到心里。本想等其电话完，再详细问一下，但此人又立马折进会议室。

每个出来打电话的人，都成了信息源。由此一来，木木得到了些支离破碎的信息，但如何把这些碎片化的信息连到一起？只能期待录音和文件了。

服务员推着水果盘候在丁香厅外，茶歇时间一到，里面的人都出了会议室，木木搜寻到了那位"接应"。

"录音了吗？"

"没敢把录音笔拿出来，文件也都收回去了，连草稿纸都收回去了。"这位好心的接应很无奈。

"好，没事，你就把讨论内容大体和我说一下就好。"木木恳求道。

"这样吧，还有下半场，中午吃饭的时候，我再和你详聊。"接应说。

木木也只能如此，耐着性子，翻着随身带的书打发时间。挨到中午，会议结束，一行人热热闹闹去吃自助餐，木木也不敢走远，怕接应晃点，饿着肚子一直在不远处等着他，并发短信告诉他，自己就在餐厅对面的休息区等候。

接应饭罢，比较守信用地过来寻木木，两人一聊就一个多小时。木木该问的信息，基本都拿到了，开心得要死。

答谢完这位接应，两人互相留了联系方式，以备后续采访用。

木木一看时间，已经是下午1点半了，来时的公交车司机交待，这边的公交车发车间隔是一个小时，下午最早的一趟是2点。木木片刻不敢耽误，去赶公交车，否则，赶不上晚上8点前交稿子了。

"梅子，完成任务，我正往报社赶，大约需要3个小时左右到报社，回去立马成稿。"木木电话汇报情况。

"好样的，我报题了，等你回来出稿子。"梅子也高兴了起来。

有了这次经验，木木的潜伏功力越来越高，独家新闻也越来越多，被报社评上好稿的次数也最多。恰好，试用期也快结束了，看来转正已经毫无悬念了。

但是，半路却杀出了个程咬金。

6. 道不同，不相与谋

职场这么久，已经对"道不同，不相与谋"这句话有了深刻体会，以前对"道不同"的人，也曾努力去交往，但后来才发现，这都是无用功。"道不同"，气场就互相排斥，话不投机半句多，自己别扭，对方也会感到不舒服。

梅子带着手下的菜鸟记者，靠着一股子拼劲，局面开始好转。

"梅子，这是我在北京的第二份工作，也是转型后的第一份工作，经过快2个月的磨合，已经喜欢上财经报道了。就像你说的，要成熟至少需要3年的时间，所以，我想安心在这个报社，跟着你锻炼个两三年。"木木和梅子谈心。

"行，没问题，你们几个，都是我一手带出来的，进步也很快，当然要努力的地方也多。只要我在这个报社，就会对你们负责任到底。"梅子是性情中人，整个金融组成员年龄都差不多，但她却能像个家长那样，对手下的每个记者都照顾周全，做好了就表扬，懈怠了就批评。工作上，大家一起努力，私底下，大家又都是朋友，能玩到一起。

"给你透露个信息，报社好像又招聘了一个从业十多年的领导，来指导我们金融组。"梅子告诉木木。

"是么，那咱们金融组力量又要壮大了。"木木说。

新来的领导叫闻石，寡言少语，细小的眼睛，总是在不停地瞄人。

刚来一星期后，他召集大家开会说："金融组力量很薄弱，我来了之后，会继续招人，所以大家现在跑口的条线，等人员都到齐后，会重新划分，现在你们先跑着。每天的选题都报给主任梅子，由梅子把大家的选题发给我，稿子也是交给梅子，梅子编辑完再提交给我，我负责最后把关。"

梅子说："闻总，金融组正缺一位像你这样资深的财经编辑呢，我一个人带他们几个，也着实累，又帮他们找选题，又帮他们改稿子，忙不过来。你来了，审稿把关就有了强大支撑了，这样我就能腾出更多的时间和精力，指导他们挖选题，写稿子。"

闻石点了点头。

"为了欢迎闻总加入咱们这个团队，今天要去庆祝一番，我来请客。"梅子说。梅子一直希望自己的团队有凝聚力，聚餐、K歌是工作之余部门活动的主要项目。

为了表达对闻石的热情，梅子选了报社旁边一家较高档的火锅店，人均消费得小一百。

平时大家聚会都不喝酒，但这次破了例，叫了几瓶啤酒。几杯酒下肚，闻石高兴起来，说："跟你们年轻人在一起，就是开心啊，可是我觉得光吃饭，好像还没尽兴。"

"那接下来我们搞点什么活动好呢？"梅子问。

"唱歌怎样？"闻石的肤色偏黑，而且属于喝酒不上脸的那种，判断不出他喝多了没。

"行啊，今天大家第一次聚会，就玩High一些。"梅子答应了。

木木心想，这顿饭估计就吃了梅子好几百，如果再唱歌，估计也得几百块钱，不能让梅子一个人破费。"梅子，你已经请大家吃饭了，唱歌的话，我来请好了。"木木接着话茬说。

唱歌的时候，闻石一改平日寡言少语的状态，一下子换了一个人，格外
活跃，还不时要和部门里最年轻的婷子合唱。

婷子刚大学毕业，长得白白净净，温婉可人，唱起歌来却是豪放派，偶
尔还反串男声，不断把气氛引向高潮。

这一唱，竟唱了一下午。从朝阳门的麦乐迪出来，天已经黑了。

"就这么散了吗？你们是回家吃晚饭吗？要不我请大家吃晚饭好了。"
闻石说，"反正又到了晚上的饭点了。"

大家说："也行啊，那就一起吃晚饭了再回吧。"

找了家川菜馆，闻石点了满满一桌子菜，又叫了一打啤酒。

"晚上我要开车，喝不了酒，田鑫，作为本部门唯一男记，你要陪着闻
总喝好。"梅子说。

"哎呀，女孩子也得喝，光我们男生喝没意思呀。"闻石竟然以为自己
还是"男生"，木木听着别扭得慌。

不敢拂他的面子，木木、婷子还有另外两位女同事，都被强行拉着一起
喝酒。木木有酒精过敏的毛病，一喝酒，浑身就起红疹子，奇痒无比。"不
好意思，我酒精过敏，不能喝。"木木有礼有节地拒绝了。

记得进T城党报的第一次聚会，总编在欢迎宴会上让新入职的人喝酒，
不管能喝不能喝，都得喝。木木被灌得吐了，还起了一身红疹子，最后去医
院输液才治好。老记者对木木说："你以为这只是单纯地请你们吃饭啊，这
是要试你们的酒量，有酒量的人，才是领导重点培养的对象，能搞定酒桌上
的事情，还怕采访干不好啊。"

木木心想：这什么逻辑，现在都走市场化经营了，哪还兴喝酒这一套
啊。岂知，酒文化已经成为根深蒂固的传统，木木研究生毕业后，进新华社
旗下杂志时，在欢迎宴会会上，领导们又上演了一场"试酒量"宴会，最会喝
酒、最能喝酒、更会劝酒的一个男孩，直接被总编钦定为新入职员工的组
长。看着闻石的劲头，似乎今天又要上演一场试酒量。

喝了几轮后，大家已经有了醉意。

"田鑫，你是唯一的男记，还不挨个和美女们走一个。"

田鑫碰了一圈，不知不觉一打啤酒已经喝完。

"再来几瓶。"闻石又喊来了服务员。

"闻总，我喝多了，喝不动了。"田鑫的脸已经红透了。

"那哪行，精彩的还没玩呢，现在要你和婷子喝交杯酒。"闻石说。

婷子立马脸红了，捂着脸说："人家有男朋友，才不和他喝呢。"

"大家闹着玩，又不是真的。"闻石逼着田鑫和婷子喝了交杯酒。

"你们喝的这是小交，还要喝中交和大交呢。"闻石又说。

大家第一次听说交杯酒还有那么多花样。

"闻总，你给我们演示好了，我们可从来没听说这些花样啊，你这是打哪学的？"梅子道。

"你们连这都不知道，还咋跑银行呢，这都是银行喝酒的传统节目。"闻石很得意地说。

"手臂相交是小交，中交是手臂从对方脖子处绕到嘴边喝酒，大交么，就是手臂从对方大腿处绕过喝酒。"闻石一说就来了兴致。

梅子和木木听得目瞪口呆，这不明显地带有性暗示了么。男人喝酒，荤段子是下酒菜，有了这道下酒菜，更起劲。有女性在场，他们更容易假借酒意，肆意开带色的玩笑。

婷子三种交杯酒演示下来，也变成了关公脸："真的不能再喝了，再喝就站不住了。"

闻石说："没喝多少呀。"

梅子看不下去了，说："闻总，他们几个小屁孩，刚毕业，确实没啥酒量，今天就喝到这吧。"

"好吧，下次咱们找个周末，去郊区农家院放开喝一次，服务员，来买单。"闻石似乎还没喝到尽兴。

"一共消费了560元，请看一下单子。"服务员来了。

闻石拿着单子，仔细地查着账："行，没问题，结账。"

服务员去下单子了，闻石说："我先去个洗手间。"

等服务员拿着账单来了，闻石却还没回来。在座的人抢着买单。

"我来吧，梅子、木木你俩都请了，晚上就我来吧，大家轮着来。"田鑫赶紧把钱塞到服务员手上。

闻石回来，发现大家都坐在那里，问道："咦，服务员怎么还没过来？"

"田鑫已经买单了。"梅子说。

"不是说了我来买么，你们怎么又抢着付了。"闻石打着饱嗝说，"那散场吧。"

木木走在最后头，憋不住地嘀咕了一声："从中午到晚上，嘴上一直说买单，一到付账的时候，就不掏钱包了，装啥啊。"

梅子听见了："哎，我现在也有点犯怵，感觉好像不是一类人。"

"嗯，太虚了。"木木回道。

性格直率的木木，不喜欢这种只注重嘴上功夫的人，要么不说，说了就做，别装着一副大方慷慨的样子，到了掏真金白银的时候，就往后缩。

有了这次别扭的印象，木木见了闻石，绕道走。职场这么久，已经对"道不同，不相与谋"这句话有了深刻体会，以前对"道不同"的人，也曾努力去交往，但后来才发现，这都是无用功。"道不同"，气场就互相排斥，话不投机半句多，自己别扭，对方也会感到不舒服。

木木还有一个不利于职场闯荡的特点，就是不会掩饰内心想法，对一个人的喜恶全表现在脸上。

如今，让木木有些反感的闻石，偏偏又是自己的顶头上司，不免对接下来的工作产生了点担忧。后来转念一想，反正他闻石通过梅子来间接领导自己，也轮不到自己和他直接沟通。

躲一时是一时。

7. 有人的地方就有江湖

令狐冲说想退出江湖，任我行回他：有人的地方就有江湖，你怎么退？

"大晚上的，还在刻苦啊？"夜里11点多时，梅子见木木挂在MSN上，冒出一句话来。

"没力气刻苦了，正在开心网上偷菜呢。"木木说，"好几天没上来偷菜了，发现自己的菜都被偷光了，养的动物也都被别人抢走了，鱼塘里的鱼也被钓走了。"

"哈哈，偷菜可是耗时间的活，你可别给我迷恋上偷菜，耽误写稿啊。"梅子说，"以前我也爱玩开心农场，后来觉得玩那个东西太容易上瘾，干脆戒掉了。现在就是上开心网看一些搞笑的转帖。"

"我也是，一个开心网能搞定我的夜生活。"木木说。

"这可不行，别老挂在网上，多花点时间找男朋友啊。"梅子新婚没多久，目前还处在蜜月期。

"才分手没几个月，先平静一段时间，明年再考虑这个事情吧。"刚和方坤结束6年的感情，现在一个人安静下来，觉得日子也挺舒心的。

"你想找个什么样子的，我帮你留意。"梅子很热心。

"外表没啥要求，长得不吓人就行，成熟，上进，有责任心就好。"木木随口说了几句。

"你这要求说了等于没说。对了，你来了已经两个月了吧？"梅子问。

"嗯，两个多月了。"木木记得当初梅子承诺两个月后给转正，但话到嘴边，还是没说。以她对梅子这两个月的了解，她是一个护犊的领导，对手下的待遇比自己的都上心。

"嗯，你写份转正申请给我，把这两个月的工作成绩写一下，包括获得好稿奖的新闻报道。"梅子果然提出来了。

一周过去，转正没有下文了。

梅子几次看到木木，欲言又止。木木心想，应该是转正有点问题，也就把话咽回去。

一个月过去了，还是没有下文。

木木忍不住了，不论能转不能转，都得给个话。

"梅子，转正申请批了吗？"木木问。

"哎，我给闻石已经一个月了，也找过他几次，说给你转正，他没答应，转正申请还压在他那呢。"梅子叹了口气。

"因为什么呢？"木木问。

"他说你专业知识还不行。"梅子说，"这一点我有点想不通，田鑫的转正申请和你一起交给他的，他当场就给批了。实际上，你们都是我带的，各自的水平我清楚。田鑫专业水平和你一样，都是初级阶段，而且他还是个马虎鬼，经常犯小错误。但闻石竟然给他批了，就是不批你的。"

木木和梅子都不知道原因出在哪里。木木不断回想所有与闻石接触的情景，回想是哪句话还是哪件事让闻石不满。想来想去，没有和他有过任何单独接触，都是大家一起开会，难道真是专业水平的问题吗？

忽然，木木想起来，他刚来报社的第二个星期，报社请来央行一位司长讲座，闻石让梅子安排人整理出一篇稿子，发到报纸上。梅子把活交给木木。

结果，闻石在MSN上和木木说："你写得不专业，咱们不是都市报，你要写成像《财经》杂志里那样的专业文章。"

"闻老师，咱们的报纸不就是定位都市财经媒体吗？读者就是普通市民，像《财经》的文章，说实话，专业得有些晦涩难懂，风格完全和咱们的报纸不一样，财经文章也应该讲究可读性。"木木发表自己的看法。

木木一直觉得，专业性文章不是整一堆专业词汇，让读者费老大劲才能看懂，通俗易懂的财经文章，才是快节奏的都市生活中所需的，而且报纸内容应属于快餐文化，及时的信息量和活泼的文风才是报纸的精髓，不同于杂志追求深度报道的定位。

"让你改成《财经》式的文章，你就改，以后我们的报道要追求专业性，不是可读性。"闻石发话了。

难道就因为这件事？

木木和梅子一说，梅子若有所思："有这个可能，你当初不应该和他争论，他说啥你就承诺下来就好。因为我和他接触的时间比你们多，发现他有点小心眼，不太喜欢别人不赞同他的观点，喜欢听话顺从的人。你要是有自己的想法，和我说没事，和他不能这么直接。"

梅子所言极是。但就因为争论了几句，就给木木扣上"专业知识不行"

的帽子，而且由此不给转正，这心眼也太小了吧。

"他一来了，不是倡导着大家要多探讨业务么，我发表点自己的看法，就招致他的彻底否定，以后话还得少说，领导不能以理服人，却以权压人，鄙视。"木木说。

"这几天我也在反思，也许也有我的问题。他或许觉得我照顾你多些，再加上我总去催他给你转正，肯定让他不爽了，他来了，就要体现他的权威，如果事事听我的，他就觉得自己副总的权力体现不出来。"梅子分析。

"他是副总，新官上任三把火，想建立自己的威信可以理解，如果他多指导我们写稿子，多提建设性意见，拿自己的专业性来建立威信的话，我们配合，如果他以权压人，靠背后玩手腕，岂能服众？"木木说道，"记者是最不吃以权压人这一套的，多大的官没见过啊，他闻石活到40岁了，在媒体圈也混了那么久，连这个道理都不懂吗？"

"他之前当过领导吗？"木木想到这个问题。

"还真没有，据说来之前是资深记者。"梅子说。

"这就不奇怪了，一个混到40岁才当上领导的人，憋屈压抑惯了，现如今终于有点小权力了，官瘾犯了，太把自己当回事。"木木一下子明白了。

既然遇到一个犯了官瘾的领导，木木感觉遇到了克星，自己最不擅长溜须拍马，绕道走似乎已经不是解决之策了。

"在还没想到好的解决方式前，你再忍耐1个月，等过完第三个月，他要是还不给你转，我就直接和人力资源交涉，因为报社规定的试用期就是3个月。"梅子支招。

这期间，闻石不停地招人面试，还对社长表忠心，这都是为了壮大金融组，但对梅子手下的人，依旧不冷不热，大家要是向他讨教问题，他就说："你们找梅子啊。"

报社开会发月度好稿奖的时候，他却说："金融组记者专业水平还待提高，这几篇获奖的都是我指导的，要是按照之前记者的思路，就不能出来这种效果。"

每当听到这句话，木木恶心到吐，心里骂他如此厚颜无耻，社长和别的部门领导不熟悉情况，金融组的每个人心里门清，他把所有的活压在梅子一个人身上，梅子和记者忙到焦头烂额，他自己关在办公室里喝茶、吃零食。一个大老爷们，竟然上班时间窝在办公室吃零食，看到记者桌子上有好吃的，垂涎着说，看起来很好吃的样子啊，又在暗示孝敬给他。一问到稿子如何写，立马又推给梅子。哪个稿子他出过力，他完全就是一个摆设。邀功的时候才会冒出来。如果报社批评某个版面报道不出彩的时候，他又立马说："哦，最近忙别的事，都是梅子负责。"

"梅子，他标榜自己如何专业，原来专业在邀功请赏，专业在推脱责任。我越来越看不惯了，我要是你，天天面对他，早就崩溃了，现在间接受他领导，都已经痛苦万分了。"木木真是见不得闻石这等小人。

奇怪的是，闻石每天和颜悦色地面试新人，新人来后没两三天，就以各种理由拒绝了这份工作。

"梅子，他每天花心思招人，干嘛不把精力放在我们身上，金融组只有2个版面，5个记者已经足够了，他到底想做什么呢？"木木不明白闻石上任后点起的火，不是把金融版面办得有声有色，而是不停招兵买马。

"我也看不明白，你当务之急是要转正，所以多出好稿子。"梅子没去想闻石招人背后的动机，她觉得，金融组现有的记者，已经完全能应付日常报道，再招人的话，实在没必要，但领导的想法，她又不能干涉。

社长找梅子谈话："金融组需要多少个记者？"

梅子说："我觉得不缺，因为现在的记者已经足够了。"

社长没吭声。

满3个月后，闻石还是不同意给木木转正，说报社规定的试用期是3到6个月，需要再考察木木3个月。

梅子一听急了，这明摆着欺负人啊，报社刚来北京闯市场还没一年，为了留下人才，都是3个月给转正，他闻石一来，就单单对木木一人如此要求，未免太过分。

"木木，看来事情没我想的那么乐观。"梅子此时犯了难，每次看到木木就一脸愧色。

"梅子，要不我亲自去求求情，说不定管用，他不是有官瘾吗，喜欢被人拍马屁吗，我去拍拍，探探口气，如果实在不行，我就走人，不在这受窝囊气。"木木说。

"闻总，还在加班呢，打扰你点时间，说个事呗。"木木见闻石坐在办公室里，敲了敲半敞的门。

"是呀，这不是等梅子审完稿子我再审一遍吗。"闻石又开始装了。他总以为别人都是傻子，还在这装尽职尽责的样子呢。梅子编辑完的稿子，他基本不看，排版编辑要是问他稿子的事，他都说，梅子看的，你去问她。

木木笑了笑，说："是呀，你看你来了，金融组变化还真不小，我们从你这学到不少东西。"木木心想，学到的都是如何与小人打交道。

"嗯，你们进步都很快，今天稿子写完了吗？"闻石继续装，他每天对社长和别的部门说梅子招的人，都是菜鸟，这会儿当着木木的面，又换成进步很快。两面三刀啊。

"写完了。闻总，我来了也都3个多月了，独家新闻每个月都好几篇，稿分也都超过了报社转正的要求，是不是该给我转正了。"木木以最大的忍耐力，保持着平和的语气。

"好啊，那你写个转正申请吧。"闻石竟然开始挑拨离间，转正申请明明他一个月前就收到了，这会儿装没事人一样。

"我一个月前就把转正申请给梅子了，梅子说当时就给你了啊。"木木快忍到爆了，但不想一下子戳破他，给他个台阶下。

闻石显然没想到，木木已经知道他压着不批，脸色一下子变了，赶紧端起茶杯来喝一口茶，想着该如何继续演戏。

"梅子没给我啊，要不你回头再催催她。其实啊，转正不转正没什么差别，报纸上不是已经署名记者而不是实习记者么，影响不了什么。"闻石无赖地说。这一个"其实"，就证明他已经收到转正申请了，但说到"影响不了什么"，似乎就等着木木诉诉苦。

木木当时中了套，心想，你放屁，站着说话不腰疼，你拿着年薪50万，试用期记者工资、稿费却要打八折，木木每个月为此要损失2000多块钱，3

个月下来少收入六七千块钱，如果任由闻石折腾6个月，万把块钱的收入就没了，没影响个头！

"啊呀，闻总，怎能没影响呢，我们就是靠稿费活着，报社规定你也清楚，这一打八折，我每个月收入才两三千块钱，除去房租和日常开销，加上采访请人吃饭喝茶，哪还够呢，来了这都几个月没买衣服和化妆品了。"木木想晓之以理。

但这其实犯了个错误。对讲理的人，才需要晓之以理，对闻石这样的无赖，说这些就是自己头脑不清，对牛弹琴式的犯贱，而且，闻石就想听到木木活不下去的抱怨呢，因为他攒着一句让木木如遭五雷轰顶的话："你找个男人给你买衣服和化妆品啊，干嘛要自己买呢。"闻石竟然拿着色迷迷的小眼睛盯着木木说。

话已至此，木木忍到头了："哈哈，我就是饿死，也不需要你这么好心好意提醒我找男人呢，幸亏你不是女的，要是女的，早就为了衣服当二奶了。"

啪，木木甩上他办公室的门就走了。

啥德性，无赖加流氓，他还想玩"潜规则"，指望着木木为了转正这点小事去献身，做春秋大梦去吧。

木木把这次恶心的谈判说给梅子，梅子也怒了："玩什么阴招啊，转正申请他压在自己桌子上，又栽到我头上，一来了还想玩潜规则，也不撒泡尿照照自己那副德性。我们不能任由他这么胡作非为下去，我这次就越权一次，直接找社长和人力资源，把你的情况说一下，咱们拿工作成绩说话，没有不转正的理。"

职场就是这么瞬息万变。刚入报社，工作虽累，但心不累，好日子还没几天，闻石来了，全变了，工作依旧累，但心更累。

木木害怕勾心斗角，害怕遇到不地道的领导。担心啥就来啥。

怪不得这一个月，闻石几次暗示自己请他吃饭，木木因采访忙或其他事都推脱了，原来就等着木木孝敬他，他才肯给转正啊。如此贪吃好色的猥琐男人，怎么就让自己给碰上了呢。

"职场真是难混啊，要是不工作多好，就没这么多烦心事。"木木向张涛发着牢骚。

　　"其实哪里都一样，世界本来就是黑白相间的，李连杰、林青霞主演的电影《笑傲江湖之东方不败》中有这么段对话，令狐冲说想退出江湖，任我行回他：有人的地方就有江湖，你怎么退？"张涛说，"但像闻石这么极品的男人，确实少见，太不是东西了。"

　　对于无赖，木木更是无计可施，俗话说得好，宁肯得罪君子，不要得罪小人。君子有原则，小人无原则，没原则就没办法用正常思维去接触。

8. 愤怒的炮灰

　　　尝到好处的闻石，开始迷上了负面报道。他不断安排记者去找银行、基金公司的负面新闻，甚至连陈年旧事，他都能扒拉出来，让记者去写，连新闻要追求"时效性"的起码原则都不讲了，纯粹为了捞钱而指使记者去做有风险的负面报道。

　　接下来无法用正常思维理解的事情，更是让木木心中愤怒的火苗蹿升。

　　"喂，你是木木吗，今天头版的报道能不能撤稿啊？"电话那头，一陌生的媒体公关人提出要求。

　　"报道没有差错，不可能撤稿的。"木木一口拒绝了。任何一个记者，都会遭遇到要求撤稿的无理请求，理由无非是嫌报道是负面的，影响了某人或某公司的声誉。有胆把坏事做在前面，就没胆让大家看到。

　　"那能把网上的稿子撤掉吗？"这家公司的公关继续要求。

　　"首先，报道没有差错，就没有撤稿的理由；再者，撤稿不是记者决定的。"木木说，"记者只管发稿，其他的事情都是编辑处理的。"

　　电话那头沉默了一会儿，说："好吧。"

　　木木和梅子说："今天的头版，有公关公司要求撤稿。"

　　"甭管他们，公关公司就是专帮企业来搞定媒体的。"梅子让木木该怎么报道还怎么报道，只要与事实相符，就不怕他们。

木木很快把这事丢到脑后了，正忙着，闻石端着茶杯笑眯眯地朝她走来。奇怪，笑得怎么如此瘆人。

木木低头继续忙手中的活。

"公关公司找来了。"闻石故作神秘状，小声地告诉木木。

这灭火速度，真是神速，木木放下他们的电话还没一个小时呢，他们就来单位谈判了。

"闻总，他们给我打过电话，要求撤稿，但稿子没有不实报道，我拒绝了，梅子也认为不能撤稿，是不是他们又和总编室联系上了啊？"木木很坦然。

"当然不能撤稿啦。不用理那些人，他们来的人正在会议室呢，你别出去，就安心在这写稿。"闻石一脸的正义。

木木当时还感动了一番，看来在关键时刻，闻石也算是能为记者撑腰的人。

木木安心地写稿子，也就没理这事。

但到下午的时候，那条稿子就从网上消失了，看来，公关的力量还是让报社做出妥协了，删就删吧，这都是领导管的事。

但又很好奇，报社既然认为稿子没有问题，为什么答应要从网上撤稿呢？

好奇心一来，木木就非要搞明白不可，然后私底下找到一个在媒体公关圈的同学，让其打听一下来报社谈判的这家公关，最后怎么搞定的。

"我帮你不动声色打听了一下，当然是拿钱摆平的，据说给你们那一个副总编1万块钱，他就答应撤稿了。"同学在电话里告诉木木。

"你帮我问一下名字，哪个副总？"木木忽然有丝不好的预感，想到闻石那奇怪的笑容，该不会就是他吧？

"回头请我吃饭啊，帮你八卦这些机密，说是叫闻石。"

同学一说出这个名字，木木立马感觉到血液倒流。

什么玩意儿，在下属面前一脸正义，私下却和公关搞到一处，收人家好处。

"梅子，闻石这样的渣滓，怎能当副总呢？他私下收公关公司的钱，撤我的稿子，把记者当炮灰，记者在外面辛苦采访，他在后面收钱，这以后的工作还怎么干啊，传出去，还丢记者的名声呢。"木木在电话里快吼起来了，虽然这与梅子不相干，要去质问的是闻石，而不是梅子。

"你说啥？他收了多少？"梅子也愣了。

"10000。"

"靠。"梅子也吼起来，"这算啥啊，在我面前装着支持你，背后收黑钱，这事你先别去质问他，毕竟他还管着你转正的事，把他惹急了，说不定更不给转正了。"

"不转正也无所谓，记者不能不明不白当炮灰啊。"木木没想到，闻石心术不正到这种程度。

梅子说："你告诉我哪家公关公司，我再去打听一下情况，再看怎么处理。"

"不好办啊，我问了情况，来谈判的那个人，据说和闻石之前都是同事，如果让他提供给闻石钱的证据，他肯定不会同意，毕竟他们之间的关系比我们熟悉，而且，闻石也会以其他理由，否认是撤稿子收的钱。除非有录音证据，我们可以去质问他。"梅子分析说，"而且，既然他私心这么重，估计不会就此收手，以后还会有类似的事情发生，下次争取抓他个现形。"

木木只得气愤地忍下这口气，但从此后，就开始防范再次当炮灰。

梅子分析得没错，尝到好处的闻石，开始迷上了负面报道。他不断安排记者去找银行、基金公司的负面新闻，甚至连陈年旧事，他都能扒拉出来，让记者去写，连新闻要追求"时效性"的起码原则都不讲了，纯粹为了捞钱而指使记者去做有风险的负面报道。

自以为诡计谁都不知道的闻石，给木木指派了负面报道的活，木木说："不好意思，手上选题太多，没时间写。"

"你那些选题可以先放一放，这样的选题才有价值。"闻石还想把大家当子弹呢，所谓的价值，还不是进你腰包的金钱。

"我专业性不强，怕是无法胜任啊，还是安排别人吧。"木木毫不留情地拒绝。

闻石觍着脸让其他人做，婷子迫于他是副总编辑的压力，接下活来。果然，被报道的公司又来公关了。闻石故伎重演，这次没收钱，但要求被报道公司一年在报社投放30万的广告。

"你们那的闻石是条狗吗？"被报道的公司，打听闻石到底什么来头，"一个管着采编的编辑，怎么连广告都要掺和，他拉广告有提成吗？"

哈哈，被他们一讲，报社的好事者一调查，果然，他一年的广告任务是500万，完成任务了，就能够留下来继续当副总编辑，个人能拿到50万的年薪和为数不少的提成，这是他来报社立下的军令状。

梅子知道后，给社长发邮件说，报社一定要采编分离，否则的话，有偿新闻会越来越多，记者今后更没法工作了。编辑和经营不能搞到一起，这不是专业媒体的做法，这样下去，最后会砸掉报社牌子的。

社长给梅子回信，委婉表达了报社刚在北京闯市场，广告费太少，经营亏损，目前只能靠这种方法来存活。

"看来他们真把记者当赚钱工具了，既然如此，连社长都认为记者就该当炮灰，为报社拉广告，那我们去质问闻石，就更没用了。"梅子一下子绝望了，她来到这家报纸，没有抱怨过待遇，没有抱怨过报纸名气小，唯独采编和经营搅合到一起的做法，让她接受不了，照这个思路走下去，就是死胡同，前途一片黑暗。

木木和其他同事更接受不了，让谁当子弹都不成啊。

所以，闻石再给记者派那些为了拉广告而做的负面报道，没人接活。这个败类不肯善罢甘休，跑到社长面前告状："金融组的记者不服管。"

真是恶人先告状啊，炮灰当一次就够受的，还真想把记者永远当白痴呢。

9. 棋子

既然是一颗棋子，进退不得，那就像高人所说，静观其变。但接下来事情演变的程度，木木想不掺和进去都不可能了。

一天，木木刚出地铁，耳边飘来声音："姑娘，你最近遇到麻烦事了，让我给你说道说道吧。"正在低头走路想心事的木木，以为自己出现幻觉，抬头四处看看，到处是形色匆匆的行人，谁在跟自己说话？

"姑娘，能借一步说个话吗？"一中年男子不知什么时候，已经紧贴着木木站着。木木心下骇然，怎么一点都没感觉到这个人的出现呢。

"什么事啊？"木木问。

"姑娘，我给你看看面相吧。"男子说。

"谢谢了，我急着赶路，不用了，再说我也不信这个。"木木知道街头有不少摆摊看面相的、看手相的、算命的，骗人的居多，也就从来不去在意这个，然后继续赶路。

男子不放弃，依旧紧紧跟着木木："姑娘，不管你信不信，有些话我想和你说，你这个人心地善良，心直口快，不会溜须拍马，最近你会陷入麻烦事。"

木木更加骇然，难道我憎恶闻石几个字都挂在脸上了吗？木木立刻无意识地严肃起来了。

木木想诈唬他一下，微笑着说："呵呵，你们见谁都说善良，我不信这个，你就别在我这耽误时间了。"

"阿弥陀佛，佛家讲求缘分，你我相遇就是你与佛的一种缘分，我是九华山第十六代传人，看你与佛有缘，又遇上麻烦，就给你说一下吧。"男子说。

"谢谢了。"木木继续低头赶路，但心里却犯起了嘀咕，难道真有高人？

"姑娘，你最近和领导有口角，事业不利，而且现在你已经无意中陷入领导之间的争斗，现在你还看不清，接下来你就会明白。"男子这一说，木木愣了，她和闻石前几天为转正的事，交锋过一次，看来他还真有两下子。

至于领导之间的争斗，木木有点糊涂："什么争斗？"

"你这人不喜欢拍马屁，现在的领导不喜欢你，接下来，你还会和领导有一次大的争吵。实际上，这个领导不是冲你来的，你只是他的一个棋子，所以要化解的话，就是不要卷入领导之间的争斗。接下来一两个月，困扰你多日的事情就有结果了，明年你运势不错，不论什么结果，你都能应付过去，别担心。"男子说的话让木木彻底惊了，看来今天是遇上高人了。

"怎么能不卷入领导的争斗呢？"木木问他。

"不要亲近任何一方，只做你的事情，两方相斗，必有一败。"男子回应。

后来，木木把这段奇特的经历说给张涛听，张涛思索了半天，说："这个高人说得有道理，闻石之所以拿你转正的事压你，实际上是给梅子下马威。他来了之后，想建立自己的势力范围，而你们又都是梅子招进来的，所以他已经心存芥蒂了，觉得你们都是梅子的人。"

"这哪跟哪啊，我们是梅子招进来的人，但也归他管啊，他毕竟是副总，梅子还得听他的呢。"木木说。

"这不一样，他来了，手下总得有个亲信，没有的话，他就觉得不安全，为什么他不停地招兵买马，其实就是要发展自己的人。你和梅子走得那么近，再加上梅子对你也很好，那他就拿你开刀，一来是警告梅子，他才是金融组的老大；二来是给其他同事看，亲近梅子的没好下场，为他效力的才会被重用。"张涛分析说。

"你这一分析，我忽然觉得事情有些逻辑了，怪不得我们都很奇怪，金融组不缺人，他却放着现成的人不重视，非要再招人进来不可，而且他对刚招进来的杨建格外照顾。杨建没来时，他从来不会给我们选题，也不会指导我们写稿子。杨建来了之后，闻石一下子慷慨起来，有选题就派给杨建，而且都是安排到重要版面，原来在发展自己的势力呀。"木木恍然大悟。

既然是一颗棋子，进退不得，那就像高人所说，静观其变。

但接下来事情演变的程度，木木想不掺和进去都不可能了。

梅子直接去和人力资源谈木木转正的事情，没想到，人力资源说得负责金融组的闻石签字才可。

梅子就把事情的来龙去脉和人力资源说了个大概，人力资源没辙，心想这是你们部门内部的事情，还需要部门内部先解决好，并把情况反映给社长。

社长找闻石谈话。闻石心想，机会来了，我就等着你们给我安排这一出戏呢。

"社长，报社让我过来当副总，把金融组打造成叫得响的招牌，我很感谢编委会对我的器重。来了之后，才发现金融组力量这么薄弱，记者水平很差，所以我准备大刀阔斧地进行改革，没想到，梅子和手下的记者根本不服管。

没给木木转正，是想给所有人一个警示：来这里不是混日子，不要以为随随便便都可以转正，达到要求才给转正，我严格要求记者有什么过错吗？

梅子作为部门主任，非但不配合我工作，还联合记者一起质问我，逼我给转正，我能答应吗？如果连一个部门都领导不了，我副总还当啥？今后我的工作还怎么干？

社长如果信任我，这些事就由我全权处理，毕竟这也只是部门的事，你就不要掺和了。而且，如果你掺和进来，以后但凡有问题，梅子就越权找你解决，这不是等于开了个口子，大家都不按程序办事吗？"

闻石看似严丝合缝的话，把社长给唬住了。

社长心想，是啊，新领导上任，要帮其建立威信："那你想怎么办？"

"提高对记者要求的水平，要求人力资源把转正的条件重新修改，除了稿分要达标，还要有部门主管的打分，稿分占考核的30%，部门主管分数占70%，有了章法，他们也就无话可说。"闻石来了招狠的，为了治梅子，竟然想到修改报社的转正条件了。

而社长竟然给允许了。

张口闭口为了报社发展的闻石，既然要严格要求，为何不一视同仁，只拿木木一个人开刀？如果部门主管打分占70%，那木木稿分拿满分，只要闻石打分不及格，照样无法转正，看似有了章法，实则让权力更集中到他一个人手上，那以后记者更受制于他，干得再好，也不如他一句话。

有了社长的默许，闻石开始气焰嚣张。梅子也傻眼了，她原本以为社长能出来主持公道，却不曾想，社长放权让闻石一个人处理。

"木木，是我害了你，我现在也想明白了，他就是冲着我来的，我要是不对你好，或许他就拿别人下手了。"梅子自责地说。

"你别这样说，不管拿谁下手，都不好。大家只是想在这里好好工作，挣口饭吃，到哪不是吃饭啊，干嘛让他小人得志呢，以为离开这一亩三分地就没法活了。既然大家都撕破脸皮了，就不用像以前照顾他面子，处处忍让了。你也别难过，本来还以为能和你多共事几年呢，现在为了争口气，我主动辞职，否则你也被动。"木木说。

"你别冲动，事情应该还有回转的余地，让他这么嚣张，我也不甘心，既然他要治我，我也应战，姑奶奶也不是软柿子。让你再试用3个月，你就先答应下来，3个月后，还不知道是他走还是我走呢，哼，刚进来就想把我踢走，没那么容易。"梅子说，"你别急着辞职，他不是要赶你走，而是要赶我走，要走也是我走，你干嘛往上撞啊。"

"我来，是冲你来的，觉得你是个干事的领导，你要走，我铁定跟着你。"木木说。

事情就这样暂时陷入了僵局。

第五部分

翩翩桃花劫

职场失意，情场得意，从2009年底，木木的桃花运开始不间断。

2010年春节过完，沁如掐指一算，对木木说："木木，今年你桃花运特别多，要抓住机会。"

木木开始还满心欢喜，但是半年过后，木木才明白，桃花也分正桃花、偏桃花，正桃花才是可以天长地久的真正的姻缘。想啥偏偏啥不来，偏桃花不断挑战着木木的伦理和心理底线。

而疯丫头每次点评自己身边出现的那些已婚大叔大哥的暧昧时，总仰天长叹："找男人就像等公交车，该来的不来，不该来的却先来。"

1. 布局桃花阵

花朵大小、品种不一样，招的桃花运也不一样。花朵越大越好，而且品种越高贵，招的桃花质量也相对高贵。

周末，木木和沁如赖在床上，聊着八卦。

"在家吗？我去你那里有点事。"焦丽的电话打断了两人的闲聊。

看来不得不起来了。刚收拾停当，焦丽就敲门了。

"今天为啥事专程跑过来了？"焦丽一进门，沁如赶忙问。

"唉，最近情感不顺，让你来给我算算。"焦丽手中还握着一把含苞待放的粉红色芍药花。

"你买点水果多好，买花中看不中用。"木木看着那一束芍药花，心想，要是菠萝多好，正想吃点酸的开开胃呢。

"俗了吧，买花是给你们带来桃花运，对于剩女来说，桃花运应该比水果更重要吧。"焦丽反驳。

"咦？你怎么也知道在家里插鲜花能招桃花运呢？是不是沁如告诉你的？"木木奇怪怎么大家都知道布局桃花阵的招数呢。

年后，沁如曾掐指一算，对木木说："木木，今年你桃花运特别多，要抓住机会。"

"你是说我今年能找到如意郎君嫁出去？"

"有点悬，桃花多，但婚姻宫没动静，要结婚也是明年以后的事了。"

"啊，那不等于白忙活么，你让我怎么抓住机会啊？"

"要不你布一下桃花阵，这样有助于促成婚姻大事。"

"什么叫桃花阵？"

"简单跟你说吧，就是通过在房间摆放一些物件，改变室内风水，以此招来桃花运。"

"放什么呢？"

"在你床头插一些粉色的花比较好，以鲜花最佳。"

"得令。"

木木得到沁如的指点，立马行动，到小店淘来一个圆柱型带喷砂的玻璃花瓶，每周更换一次鲜花。

焦丽的桃花阵情结，估计也是沁如指点的。

"桃花阵是焦丽告诉我的，只不过我现在能根据人的生辰八字，大体知道在哪个位置摆放更利于招桃花。"沁如说。

原来沁如迷上算命，最初就是受焦丽的影响。两个北大才女，竟然都成为有神论者，迷恋上命理这一套，还时不时切磋一下心得。只不过，正像沁如所说的，能否成为算命大师，还得看本人是否和这一行有缘。

木木就认为自己和命理无缘，每次见沁如钻研那些书时，她也不免凑热闹，瞄上几眼，可是一看那些古文，怎么也读不进去。沁如拿天干地支、生辰八字测命理时，木木更是觉得复杂深奥，不明所以，但自从上次偶遇九华山高人之后，木木对算命这一套，也不完全否定了。

"你好好钻研吧，我不是那块料，无缘成为大师了，以后你成大师了，可别忘了我，让我给你做个经纪人就可以了。"木木说，"我看好你这只潜力股。"

她真的相信，大有只要沁如一开窍就立马能钻研进去的劲头，早晚会成为命理大师。墙上的镂空书架，全被沁如的命理书填满了，而且都是托朋友从香港买的竖排版本的各种命理书。沁如说大陆的书她都看完了，经过比较，她更喜欢香港的命理书。

"港台对算命这一传统文化的保存较为地道，他们的图书和音像制品也比较多，而且当地人对这些也比较相信。"

"也真奇怪，越是富人，对命理、风水越是讲究。"木木说，"沁如，你这一行以后在咱们内地也会受重视，我如今接触金融圈的人越多，越发现一个共同现象，这些有钱人对命理、风水之类的，特别在意。咱们挣钱就要挣有钱人的钱，他们肯花大钱请大师，将来你还愁没钱挣啊。"

"那是，本姑娘学好了，将来说不定日进斗金呢。"沁如也自信，命理有其科学道理，用不了几年，市场肯定越来越大。

"为什么通过生辰八字，能预测一个人的大体走势？因为生辰八字实际上就是对一个人时间、空间的一个定位，每个人都有独一无二的时空定位。比如，即使是双胞胎，在同一天出生，出生的时间还有先后，即使有两个人在同一时间出生，但出生的方位也不一定相同，这些都会影响到人的格局和运势。"

沁如一聊起来这些的时候，木木只有干听的份，外加几分崇拜。因为要掌握这些东西，需要看大量的书，记住无数的专业名词。

在当今浮躁的社会环境下，沁如竟能精心钻研，看来只能用"命中注定的缘分"来解释，木木觉得沁如身上确实有一股仙气。

"快点找个瓶子，我把花插上。"焦丽空不出手来，站在那里叫唤。

"插到我刚买的花瓶里吧，就当你孝敬我啦，哈哈。"木木接过花来说。

"看来你的花会给我们带来桃花运，因为芍药花的花朵大，估计招的桃花运也比较旺盛。"沁如端详着花骨朵说。

"花朵大小也有讲究？"木木吃惊道。

"当然，花朵大小、品种不一样，招的桃花运也不一样。花朵越大越好，而且品种越高贵，招的桃花质量也相对高贵。"沁如给木木补课。

"没错，上次我买的马蹄莲，让我遇到了一位极其有修养的帅哥，可惜的是，昙花一现，我们还是没有结果。"可怜的焦丽叹息道。

"那我以后插花要斟酌一下了，前几天看到楼下开得旺盛的月季花，本来还想偷摘几朵回来，要真插了，那还不成了招进野桃花来了？"木木不免心有余悸，看来不学风水文化，还真可怕。

"这个还没人应验，要不你试一试？看看到底能招什么运来？"沁如一脸坏笑。

"靠，你拿我当实验啊，我可不想招野桃花。"木木白了沁如一眼。

"在无聊的时候，管它什么桃花呢，有桃花就好，要不剩女久了，不近男色，人容易变态的。"焦丽关于男人"聊"胜于无的观点又冒出来了。

"你丫没有男人活不下去啊？是不是最近没男人理，憋不住了，才过来让沁如帮你使点魔法，好出去继续勾引呢？"木木开起玩笑来。

"唉，最近确实比较点背，越是着急今年把自己嫁出去，身边越是碰不到靠谱的男人，都有点绝望了。沁如，你快帮我看看，我的真命天子什么时候出现啊？"焦丽愁云满面，仿佛世界末日就在眼前。

"别急，你今年桃花运好着呢，下半年就来了。"沁如笑眯眯地说，一副胸有成竹的样子。

"那我呢？"木木好奇。

"你桃花运好像在2009年10月份就开始旺盛起来了，今年在3月份、8月份、9月份、11月份也会比较好，但不一定准，你自己留心，准的话，告诉我一声。"沁如说。

哦，那10月份会遇到谁呢？

2. 我有老婆，但缺女朋友

在这种"家里红旗不倒，外面彩旗飘飘"的所谓成功人士眼中，老婆和女朋友是两个概念。只有在木木的眼里，女朋友等同于老婆，老婆也就是女朋友。

10月份，难道是他？

10月份，因为闻石扰乱了工作，木木整个人烦心得很，但在木木看来，那只是朵野桃花，下面简称A君。

A君是木木在一次采访活动现场认识的，他是活动的组织者，刚见面时，他还挺绅士，对记者的采访安排都照顾得蛮周全。

活动结束后，他说回自己单位正好经过木木的单位，顺便开车把她送回去。

在车上，两人闲聊，他问木木有男朋友不，木木说没有。

这时，A君浑身打量了一番，说："找女朋友就得找你这样的，有气质。"

"你这是骂我还是夸我，我怎么听着像骂我，你不知道社会流行一种说法吗，对于不好看的女性，客套话可都是'有气质'。"木木说。

"你看你看，我明明说的就是真话，像你这样朴实有气质的，娶回家多放心。"A君竟然认真起来了。

"打住，你别往下说了，我越听越觉得你在损我呢。"

"咱们两个单位离那么近，以后能约你出来喝咖啡吗？"

"行啊，要是我在单位有空的话。对了，你有女朋友吧？看你的样子应该都结婚了。"

"我没有女朋友。"

"不可能。"

"真的。"

木木没有继续问下去，心想，要是穷追不舍问下去，别人还会以为自己有啥非分之想呢。

没想到，隔了几天，A君打电话，让木木到楼下的星巴克聊会儿天。

闲扯了一会儿，A君的眼神紧紧盯着木木，一副暧昧相。

"干嘛盯着我看？"

"做我女朋友吧？"

"啊？"

"真的，我都两三年没交女朋友了。"

"工作忙成这样子？"

"不是。"

"你的稿子还需要修改，人呢？"梅子的一个电话，把木木解救了。

"我得回去上班了，改天再说。"

木木的心砰砰跳个不停。

和A君见面不过两次，这个人就提出这种要求，木木总感觉有点不对劲，因为从他优越的工作和外表长相等各方面判断，这样的男人不可能还单着。

"吃午饭了没？"某个周末，A君的电话又打进来。

"怎么，你要请我吃饭？"

"没问题，办事经过你楼下，下来一起去吃饭吧。"

酒足饭饱，A君又开始施展电眼功，直视着木木说："考虑好了吗？做我女朋友。"

"我先问你几个问题。"

"好。"

"年龄？"

"35。"

"为什么两三年时间都没交女朋友？"

"因为老婆管得严。"

"噗——"木木把嘴里的茶水喷出来，"靠，你不是说你没女朋友吗，都结婚了还在这发什么神经病？"木木开始冒火了。

"我有老婆，但确实没女朋友啊，见了你，我忽然有冲动，想让你做我女朋友。"A君似乎还很无辜。

也对，木木没理由发火，从一开始，A君就一直说自己没有女朋友，但没说没有老婆。

在这种"家里红旗不倒，外面彩旗飘飘"的所谓成功人士眼中，老婆和女朋友是两个概念。

只有在木木的眼里，女朋友等同于老婆，老婆也就是女朋友。

3. 金融街的路人甲

> 我是你转身就忘的路人甲，凭什么陪你蹉跎年华到天涯？
>
> 路人甲，如果不能相濡以沫，就相"望"于江湖；如果缘分已尽，连相
> "望"于江湖也达不到，就相忘于江湖吧。沁如说这些的时候，意味深长地看
> 了一眼木木。

木木想起不知在哪里看到过一句话，据说：人一生会遇到约2920万人，两个人相爱的概率是0.000049，也就是说，遇到5万个人中才可能出现一个相爱的人，这几率也太少了。但爱情就是玄妙的东西，有时候即使遇到的人再多，也碰不到相爱的人，有时候爱情或许就在转身的刹那出现。

就像身边朋友总会问："你们记者每天跟人打交道，找对象还是难事？"同样的问题，在江苏卫视《非诚勿扰》这档火爆的相亲节目中，也经常从女嘉宾嘴里冒出，她们歪着脑袋、故作天真状地询问男嘉宾："呀，你是摄影师，身边多少漂亮的女模特啊，干嘛不从中找个女朋友呢？"

世上的事情要是能这么简单就好了。

木木不否认，当记者接触的人多，爱情出现的几率确实大，但这种爱情就像路人甲，旋生旋灭，来得快，去得也快。以身边结婚的记者同事为例，不论男女，鲜有让采访对象当了另一半的。

沁如转发给木木的一首情诗——《我只是你转身就忘的路人甲》，木木一直保存在手机里：

> 想你的时候有些幸福，幸福得有些伤感。
> 经不住似水流年，逃不过此间年少。
> 原来地久天长，只是误会一场。
> 和心爱的人吵架，和陌生人倾诉衷肠；
> 听悲伤的歌，看幸福的戏。
> 人生若只如初见，你不过是仗着我喜欢你！
>
> 向来缘浅，奈何情深？
> 彼年豆蔻，谁许谁地老天荒？
> 习惯难受、习惯思念、习惯等你，
> 可是却一直没有习惯看不到你。
> 我不在乎你对我的不在乎，
> 宁愿相信这个世界永远美好！
>
> 如花美眷，似水流年，
> 回得了过去，回不到当初！
> 那些会让你陷进去的，一开始总是美好的！

当你做对的时候，没有人会记得，

当你做错的时候，连呼吸都是错。

相爱那么短，遗忘那么长！

等待，是一生最初的苍老。

有些事一转身就是一辈子，是永远。

年轻时我们放弃，以为那只是一段转瞬即逝的感情。

后来才知道，那其实是一生。

我还在原地等你，你却已经忘记曾来过这里。

哀莫过于心不死！

一个人只要不再想要，

就什么都可以放下。

谁的寂寞，覆我华裳；

谁的华裳，覆我肩膀。

幸福，就是找一个温暖的人过一辈子。

没有什么过不去，只是再也回不去。

要有多坚强，才敢念念不忘？

看着别人的幸福，流着自己的眼泪。

爱的最高境界是经得起平淡的流年，

祈求天地放过一双恋人，怕发生的永远别发生。

童话已经不再上演，遗忘就是幸福。

我是你转身就忘的路人甲，凭什么陪你蹉跎年华到天涯？

最初不相识，最终不相认。

生不对，死不起。

离开后，别说祝我幸福，你有什么资格祝我幸福。

不被理解的脆弱只好一直坚强。

不要依赖别人，是你还有人可依赖的时候才说出来的。
也许走得太远的代价就是寂寞。

我在怀念，你不再怀念的。
感情的戏，我没演技。
我怀旧，因为我看不到和你的未来。
一个人，一座城，一生心疼。

请不要假装对我好，我很傻，会当真。
不要仗着我对你的好，向我使坏。
不要骗我，你知道，即使你的谎话我都会相信。
要离开，就请，永远别再回来。

路人甲，我是多少人的路人甲，多少人是我的路人甲？

沁如说：路人甲，如果不能相濡以沫，就相"望"于江湖；如果缘分已
尽，连相"望"于江湖也达不到，就相忘于江湖吧。

沁如说这些的时候，意味深长地看了一眼木木。

木木知道，沁如是念给自己听的，因为路人甲的忽然消失，让自己近些
天有点失落。

木木把这个路人甲称为小蜜蜂。

2009年12月，木木和小蜜蜂因为共同的朋友而认识，从见面到大家一
起吃完饭，不过三四个小时，然后因为顺路，木木搭了小蜜蜂的车。仅此而
已。但是随后两个人热络起来的速度，木木现在都不知道是怎么回事。

短信？

一切好像都从短信开始。在饭桌上，两个人很少搭话，虽然一桌子有6
个人，但彼此都不是很熟。那天参加这个饭局，木木也是有些无奈，因为她
不想回家。

中午来国贸的中国大饭店开会前，同屋的沁如喊了高中同学婧儿，还有

她们的几个朋友来家里聚会。而木木如果开完会回家，家里该爆棚了。一想到五十多平方的家里七八号人，喜好安静的木木就有点怕。

干脆就在外面躲躲吧，就这样，木木答应和一起开会的朋友在外面吃饭。

饭桌上，木木满腹心事，唉，另外还有三个饭局呢。

一桌，张涛正和一位杂志的副总在宣武门吃饭，吃完饭会给她电话，回复关于木木能否到那里上班的事情。因为张涛说，不论闻石最后的诡计能否得逞，你都要为自己多准备条后路，有了后路，还在乎他的为所欲为？

一桌，就是在家里，沁如、婧儿、朱武，还有朱武的三位朋友。"朱武的朋友都能喝酒，这会儿家里是不是闹得慌？"木木想象着家里的场面。

还有一桌，就是单位的年终聚会。本该去参加单位聚餐的，但是因为闻石开始变本加厉给梅子和金融组记者小鞋穿，梅子的忍耐力也到了极限，想以拒绝参加年会聚餐来让社长意识到问题的严重性。

木木下午在会场上反复琢磨后，打电话劝梅子："不参加聚会不是良策，因为闻石到处造谣金融组记者拉帮结派不服管，要是这种报社人都出现的场合，我们都不参加聚会，正好让闻石得意了，你是觉得社长没有出来主持公道，就通过这种方式让社长反思，但这不是意气用事的时候，社长面子先要照顾。"

"他都不明是非了，当初求我来这个一张白纸的金融组，我这一年所有心血都在这里，好不容易有模有样了，反而没我的事了，后来的小人不断拿屎盆子往我身上扣，他非但不说句公道话，还睁一只眼闭一只眼，只听小人一面之词。现在又让我装作没事人一样，陪他们歌舞升平？欺负人也不是这么欺负的。"梅子说，"你要去你自己去，我说什么都不去。"

到底该去不该去？同事小丽沟通的意见是：应该参加，这是给社长面子，也是变被动为主动的一个机会，去了，闻石造谣你们拉帮结派就不成立，如果不去，闻石给社长营造的假象将更加像真相，闻石就更加主动，梅子和你们几个就更加被动。

和张涛沟通的意见是：既然你支持梅子，她现在又不肯去，即使会使结果更被动，你还是和梅子保持一致吧。

期间，有短信进来，是同事杨建发的："你怎么没来聚餐？咱们部门只有我和小丽来了。"

小丽是闻石新招进来的女孩，啥都不懂，200字的新闻都写不出来，但闻石不管，他要求的第一条就是要听自己的话，不管有没有业务能力。他急需培养自己的心腹，已经到了狗急跳墙的程度了。小丽不会写稿子不要紧，他亲自写稿子，写完署名"实习生小丽"，还时不时把小丽叫到办公室，关上门单独辅导。有几次，门没关严，好事者不小心看到里面的情形，就到处问："新来的小丽是闻石的亲戚吗？怎么坐在闻石对面看着报纸，吃着零食，如此逍遥？"

这个小丽，刚毕业就遇到如此"礼遇"自己的领导，岂不心花怒放？更可笑的是，她自以为得了闻石的宠，就把梅子完全不放在眼里，闻石才是她的直接领导，最重要的是，闻石能亲自给她写稿，而且能让这些稿子上头条，还能拿报社好稿奖。多滑稽的事，闻石自己给自己的稿子打满分。

这种"照顾"，让小丽对闻石崇拜不已，她以为闻石无所不能。接下来的故事，白痴都能猜到，小丽被"潜规则"了，但好事者称，小丽被潜得心甘情愿，"这孩子，怎么那么傻呢？"

杨建作为男孩子，比较聪明些，虽是闻石招进来的，但他发现了闻石这个人心术不正，可也不敢得罪，毕竟在工作上指望着领导，他做好工作就是，私下情感上，一直在支持梅子，和木木、婷子、田鑫这些老记者走得比较近，不像小丽那样，自己什么都不会，还不把同事放在眼里。

梅子后来总结说："这件事也让我长教训了，以后咱们得向杨建学习，能和君子相处不是本事，能搞定小人才是本事。硬碰硬不是解决问题的方法呀。"

"我在外面开会，赶不过去了，你们好好吃吧。"木木回复了杨建一条，她也是拿这个跟行政部门请假的。

"哎，今天闻石和社长的脸色都不好看啊，气氛很无聊。"杨建在短信上说。

而眼前的这一桌，没有人喝酒，大家很安静地吃东西，拉拉杂杂谈论着基金、信托、股票市场的各种套利机会，还有明星八卦，包括近日某女明星嫁给某地方首富的娱乐新闻。

木木特别不想说话，没想到自己为了躲避家里的闹腾，竟然和一群并不是很熟悉的朋友，坐在这里打发时间。既然是打发时间，就安静地听他们高谈阔论吧。

9点了，张涛打过电话来，说金融记者已经招满了，要来只能做时政记者。木木说那就先等等看吧，如果实在不行，就还是过去做时政记者。

解决完一桩心事，木木还是没什么心绪。家里那群人是不是还在喝酒呢？这会儿回去是不是正赶上他们在闹腾？

讨厌喝酒的场合，那就在这继续安静地坐着吧，至少这里没有喧闹。木木有一搭没一搭听着眼前的人说话，并给眼前的人贴了简单的标签：小蜜蜂，基金经理，上身着黑色休闲装，点缀着银灰色金属扣子和皮肤映衬，恰到好处；帽子李，小蜜蜂的同行，陕西人，进房间时戴着顶棒球帽；高川峰，网站财经频道编辑，和帽子李是老乡，话特多，饭桌上的焦点；万静，央视证券频道记者，感性、热情，喜欢儒雅人士。

木木和万静因是同行，所以有过几面之缘，而其他人却都是第一次接触。从他们谈话的情况来看，他们几位显然都是很熟的朋友。

饭吃到一半，木木已经发现，小蜜蜂是饭桌上的主角，这个主角的话虽不多，但强大的气场，竟然罩住了其他几个人。

"小李，上次你提的那哥们，靠谱不？行的话，下周找个时间，一起去我那边看看，年前先玩一票。"小蜜蜂跟帽子李小声说着。

帽子李点头道："没问题，就等着你这边召唤了。"

小蜜蜂"嗯"了一下，又笑眯眯地看着大家筷起筷落，胡吹乱侃。

"最近刚看了个笑话，说给你们乐一乐。"高川峰插话，"一只壁虎在一家证券公司门口迷了路，这时正好有一条鳄鱼爬了过来，打算吃了它。情急之下，小壁虎上前一把抱住了鳄鱼的腿，大声叫道：'妈！'鳄鱼一愣，立即老泪纵横：'儿啊，刚炒股半个月就把你瘦成这样了？！'"

"哈哈哈……"一堆人笑得趴到桌子上，然后就开始讨论股市接下来的走势。

木木却一直在琢磨，小蜜蜂他们玩什么呢？初次见面却又不便问，听起来应该是幕后赚钱的事，这才是金融的真相呢，看来自己开始向真相一点点靠近了。

在快接近真相的时候，木木内心有点小激动，跑了快小半年的金融新闻了，却一直在外围打圈圈。发到报纸上的那些新闻，都只是写给老百姓看的，真正玩金融的人，永远是用桌面下的那只手操纵着行情。

从金融街的小南国出来，大家各自回家，木木和小蜜蜂都往同一方向走，小蜜蜂就邀木木坐他的车一起回。

晚上的金融街，寂静得像一座鬼城。白天这些高高矗立、盛气凌人的高楼，此刻，已然被夜幕吞噬掉了所有的金碧辉煌，稀疏的灯光散落在不同的楼层间，更让整条街道显得无比寂寥。

"真是白天不懂夜的黑啊。"木木看着此刻寂静的金融街，情不自禁地想起那英的那首歌。

"怎么发出这种感慨？"小蜜蜂听到后，小心翼翼地问道。

"你不觉得晚上的金融街和白天的金融街差距很大吗？"木木反问小蜜蜂，白天这里川流不息，各种名贵车辆穿梭不断，像你们这样的金融人士在这里谈股论价，人气爆棚，可现在呢，只留下一堆没有生命的钢筋混凝土堆砌的建筑物。

"呵呵，被你这么一说，好像还真是这么回事，从未在意晚上的金融街是什么样子，要不咱们就耽误5分钟时间，在这里转悠一下？"小蜜蜂提议。

金融街不大，目前的地盘，仅占北京市区750平方公里的千分之一左右，南起复兴门内大街，北至阜成门内大街，西抵西二环路，东临太平桥大街。

别小看如此弹丸之地，在那些身价过亿的金主眼里，这可是风水宝地，掌管着所有银行、保险、信托等金融机构命运的一行三会（中国人民银行总行、中国证监会、中国银监会、中国保监会）在此坐镇，市值世界排名第一、第二的中国工商银行的总行、中国建设银行的总行，中国银行、中国农业发展银行等大型商业银行总部和政策性银行总部都选择落址于此，中保集团、中国电信、中国移动、中国网通等一大批著名金融保险证券单位和电信企业也都纷纷在这安营扎寨，还有高盛高华证券、瑞士证券、摩根大通等国际投行在那个著名的"英蓝国际金融中心"内藏身。

这些国内外的近百家金融机构扎堆在这片"神奇的土地"上，让金融街毫无疑问成为了中国的华尔街。

在这里，企业管理的资产集中程度全国第一，金融机构管理的金融资产总额占全国金融资产总额的半壁江山，控制着全国90%以上的信贷资金、50%以上的保费资金，每天的资金流量就达到上百亿元人民币。

幸好，代表财富的货币已经转化为信用货币，完全可以依靠数字来体现和交易，否则的话，穿越到古代，这里就是实实在在的金山银山。

小蜜蜂的车由百盛购物中心折向北，快到月坛南桥时，建设银行总行那黢黑的高楼，一下子就矗立在了眼前。

木木想起第一次进入这个高楼，是参加建行2009年的中报发布会。顶层的新闻发布厅，被一个巨大的玻璃屋顶罩住，透过话筒传出来的声音，却无法聚拢，嗡嗡的回音，听起来颇为费劲。头顶的阳光，明晃晃的刺眼。为了挡住强烈的光线，玻璃幕墙内只能拉上帘子。就是这样一座楼，竟然是北京著名的风水建筑物之一。

木木问小蜜蜂："你听过建行大楼的风水故事吗？"

"哦，没有啊，说来听听。"小蜜蜂来了兴致，慢慢把车停靠在建行大楼旁边的马路上。

"建行可是金融街上有名的风水建筑。"木木把听来的八卦，如数家珍般向小蜜蜂娓娓道来，"你看，建行西面就是月坛南桥，按风水的讲究，这是泄财之象，有天桥煞一说；西北面临十字路口，又犯路冲煞。但当时国家就给批了这块地，怎么办？

"据说，当时任建行行长的周小川，在高人的指点下，专程到香港请了李嘉诚的御用风水师，通过设计改变风水。"

"你看，整个楼被设计成两把尖刀形状，面向西北煞重之方位，化解了路冲煞和天桥煞。你肯定知道香港的尖刀楼，又被称为国际金融中心的第一高楼——中银大厦，就是中国银行在香港的分行。当时中行请的是美籍华裔设计师贝聿铭，他把这个楼设计成三面尖刀楼，所以又叫尖刀楼。"

"香港有位风水大师，在自己的书中还提到尖刀楼这个设计案例。这个风水大师我记不得名字了，只记得他提到，当时中银大厦所在的地段风水不好，所以贝丰铭设计的尖刀楼，外观形成'三把刀剑'的三面刀刃，分别指向香港总督府、英国驻港部队所在地和汇丰银行，导致汇丰银行一度股票大跌。汇丰银行马上也请风水大师化解，在楼顶架起两门'大炮'，并把炮口对准中银大厦。后来李嘉诚也在这里买地，正好夹在两个银行中间，为了躲避'刀砍'和'炮击'，他就请人把楼设计为四方台盾型，抵挡这两个楼的伤害。"

"建行这个尖刀的形状，估计也是这么来的。"木木说的香港尖刀楼的故事，是沁如讲给她听的，只是今天一讲到建行大楼的形状，忽然想起这段故事来。"

"听起来还挺像那么回事的，你继续说。"小蜜蜂听得入了神，求知若渴的双眼，盯得木木有点心虚了。

"我也是听大家八卦的，反正啊，建行东、西、南、北四个方向，设计成四个形状如水闸的顶部，全部用玻璃幕墙罩住，意为财源滚滚来，门前的那对汉白玉镇宅貔貅，据说是国内最大的，花了180万从明十三陵请过来的。貔貅传说是龙的第四个儿子，吃金吞银，只吃不排泄，也是招财镇宅的风水之物。你再看那三根旗杆，据说从来不挂旗帜，看起来像三根高香，表示对天地神灵的敬畏。整个楼外观全部是黑色，因为黑色在五行中属水，水就代表财。

"这些招财的风水设计，还真管用，周小川当时接手建行时，建行全国排名20位左右，如今已经是全国第二大商业银行了，甚至还出现了'月坛桥上珠珠连，建设银行最有钱'的顺口溜。周小川本人呢，更是连升三级，从建行行长，升为证监会主席，直到现在的央行行长。"木木说完这些，自己都吓了一跳，刚才内心还想着，这些丑陋的建筑物没有什么生命力，谁能想到，每个楼背后还承载了那么多的故事。"

"有意思，你们当记者的就是见多识广，啥都知道。"小蜜蜂听完，意犹未尽地夸赞了一下，启动车子，继续向北缓行。

"都是道听途说，不过，听的八卦多了，总结起来，越来越觉得金融和风水关系紧密。你看北面这个北京银行的白色高楼，据说当时打地基的时候，挖出喷涌而出的泉水，董事长听到消息后，笑得合不拢嘴，连夸风水宝地。"木木说的这个八卦，是北京银行的人亲口所述。

"听你这么说，越来越觉得玄妙了。"小蜜蜂瞅着金融街高大的建筑群说。他进进出出这里多少次，以前却从未听到这些好玩的事情。

"是呀，我也是最近受朋友的影响，开始关注风水，中国人讲究了几千年的文化，总归还是有些道理的。就拿我自己来说，本来不做金融记者，后来总有冲动要做金融记者。没想到，这里面竟然也有说法。"木木联想到自己。

"啥说法？"小蜜蜂完全听入迷了。

"我转行后，朋友给我一算八字，说我五行中水多，水主财，说我从事与金钱打交道的行业比较好，当金融记者后，就会越来越向财富靠近。"木木当时转行后，沁如根据八字，得出了这个结论。

"真的吗？能让你朋友给我算算吗？看看我适合做现在的这份工作不？"小蜜蜂急切地问。

"要收费的，我现在可是她的经纪人。"木木开起玩笑来，一想到每次提起沁如的这个本事，身边人就要求找沁如算算，木木觉得沁如离出山不远了。

"没问题，不过，看在咱们是朋友的份上，给个友情价吧。"小蜜蜂嘿嘿一笑。

真是生意人，讨价还价的本事脱口而出。

"那不行，万一给你算好了，你像周小川似的，连升三级，还在乎这点钱啊。"木木也跟他讨价还价。

两个人就这样为没影的事磨起嘴皮子来，东拉西扯，直到下车，木木都没问他的姓名，也没问他到底做什么业务。

刚进家门，小蜜蜂的短信来了。

木木没想到，小蜜蜂的短信这么快来了。她原本以为散了就散了。

通过短信，木木知道了小蜜蜂的名字，也知道了小蜜蜂的星座——天蝎、爱好——郊游等等。

显然，短信里的小蜜蜂更容易和木木沟通，而不是饭桌上那个一本正经的生意人。

相聊甚欢，木木伴着短信睡着了。

4. 压力，让彼此靠近

"现在这社会，出名要趁早，再说了，这个行业压力越来越大，大家都是吃青春饭，赚够了钱，就转行，要让我干到40岁，早累死了。"小蜜蜂委靡下来，伤感地叹了口气，"身边的同行，早逝的越来越多，好多事你们媒体都不知道。"

周一早上刚睁眼，小蜜蜂的短信又来了："起床了，小猪。"

木木乐坏了，哪有6点半就叫人起床的。小蜜蜂说，他7点前就要出门，从南三环赶到北四环上班，要不过了7点半，遇上堵车就必定迟到。看着这么早起的人，木木说，以后叫你小蜜蜂吧，勤劳的小蜜蜂。

素昧平生的两个人，仅因为吃了一顿饭，鬼扯了一些金融街的八卦，发了几通短信，就忽然间充满了和彼此说话的欲望？

起床后，木木一上MSN，就有人请求加为好友——还是小蜜蜂。

看来以后名片不能乱发，上面的信息太多了，木木心想。

"今天干嘛呢？"小蜜蜂问。

"下午去北京第二中级法院吧。曾经盯的农行的一个案子，下午审理，原告电话我，希望我能出席庭审。"

下午，当木木从法院赶回单位时，小蜜蜂的短信又来了："在车上吗？"

木木有点吃惊，难道他看到我了？但木木还是想逗逗他："发错信息了吧。"

"没有啊，你不是下午去二中院么，这会儿是不是在路上？"小蜜蜂回复。

木木有丝小感动，没想到对他说的话，记得那么清楚。木木想给他回信息，谁知道手机欠费，没办法回复信息，也没办法打电话。

木木赶紧回到单位，等不及电脑开机上MSN，就用单位座机回过去了。

电话完，单位人力资源找木木谈话，为年会前木木和梅子以及几位同事一起去闻石那里就上稿标准进行谈判而问罪。

木木出离愤怒了，闻石如今仗着社长放权给他，更加无法无天，但凡梅子重视的记者的稿子，要么被闻石撤掉，要么被压缩成豆腐块发在边栏，而杨建的文章天天放在头条。

这一下子就等于给大家又堵了一条活口，而且，针对的范围，已经不局限于木木一个人，婷子、田鑫无一幸免。

在痛诉闻石时，木木忽然意识到，人力资源显然只听闻石一人瞎编的说辞，要求木木和梅子以及其他三位同事，一起向闻石道歉，还要写检讨书。

闻石整人没人管，欺负记者没人管，凭什么反倒要求没有做错事的大家一起道歉？

虽然这个结果在意料之中，但还是没料到，这家自己从事的媒体，真的不能寄予一点点的希望，连报社内部真相都调查不了，谈何去调查社会？

这是什么鬼媒体，明明是市场化运作，闻石还乱施淫威，已经到了为达目的不择手段的程度了。

正直的木木和梅子都不是那类人，也不吃这一套，岂肯让这种人得逞。也正因为木木和婷子等其他同事都不买账，闻石觉得自己的权威受到了更多挑战，每次木木和同事去询问撤稿的原因，闻石就会装：啊，那是编辑处理的吧？

栽赃的功夫一流。

梅子跟木木他们说，你们先忍忍，看他想怎么折腾。

没想到，面对木木的不买账，闻石竟然忍耐不住了，又开始找茬，主动找大家谈话。他先让木木去办公室。

木木知道，这可能是大家最后一次谈话了，多日的折腾，谁都快忍到了极限，而且凭直觉，梅子这一方要失败。既然如此，离开是必须的了，但离开之前，也要拿到被陷害的证据。

木木镇静地坐在他对面，握着录音笔的手放在口袋里，闻石一张嘴，木木按开录音笔，把手抽出来放到椅子扶手上。

"最近写稿很有长进啊，眼看着你来了也快6个月了，该给你转正了。其实啊，我不是不能给你转正，你的稿子很好。"闻石终于开始说人话了，但话里有话，木木要引着他说出不能转的理由。

"那又为什么不转呢？"木木要让口袋里的录音笔，把这难得的一次可能会说真话的情况记录下来，对闻石这种对记者一套，对社长一套的两面人就得这样，免得以后他再造谣栽赃，否认诡计，证据在，他就无话可说了。被他陷害多次，木木终于把采访录音这个职业素养运用到这个随时都翻脸不认人的家伙身上了，到时候再否认，就不用跟你多费口舌。

"不给你转，其实不是冲着你来的，难道你认不清形势吗？连队伍都站不对。"闻石今天难得如此坦白。

"你啥意思？"木木依旧装糊涂，写稿子跟站队有啥关系？

"你自己好好想想，别在我这装糊涂。"闻石语气一下子提高八度，刚才装作和颜悦色的黑脸，一下子就冷下来，看来想爆发。

"闻总，你别情绪化，有事咱慢慢说。"木木把之前跟他理论转正时他这样气木木的话，再还给他。

"我不是情绪化，我今天就明说，给你最后一次表态的机会，要站我这边，立马给你转正。梅子我要把她开掉，新的部门主任马上就要来上任，你要执迷不悟，还跟着她干，就好自为之。"闻石气得快要跳起来了。

怪不得，原来找好接班人了，开始摊牌了。

"呵呵，闻总，没想到啊，我一个小记者，竟然成为你玩弄权术的道具，谁好自为之心里明白。新主任来不来跟我有什么关系，我不管跟谁干，我只认一条：做人有原则，做事讲规矩。梅子一心为工作，我就支持，她是部门主任，直接领导，我服从安排，就这么简单。我们每天写稿子，也是服从你的领导，毕竟你也管着金融组，既然如此，就足够了，还分什么站队问题，这不是把简单的工作关系复杂化吗？我没这个精力也没那个闲功夫去想你所谓的形势，你以为这是封建社会，一朝天子一朝臣。"木木也摊牌了。

"那别怨我不给你转正了。你把婷子叫进来。"闻石眼睛抬也不抬。

木木出去后，跟梅子和婷子说："原来新主任要来了，今天摊牌了，幸亏带着录音笔进去了。婷子，接下来叫你了。"

婷子说："把录音笔给我。"婷子装着录音笔进去了。

谈话内容基本一样，要求婷子选择站队的问题。

别看婷子刚毕业，面对闻石这样的领导，更是不留面子："你今天把话说清楚，啥叫站错队，我们的任务就是写稿，不反党不卖国，站哪门子队？

你一个大老爷们，不就是想一手遮天，啥都归你管么？让我们见了你跟哈巴狗似的么？你压了我多少稿子不发，还到处挑事，让我们记者之间做同样的选题，互相残杀，你在那看热闹，你到底安的什么心？你没来的时候，这里一切井井有条，你来了之后，不发大家的稿子就罢了，还到主编那里编排我们的坏话，说我们不服管。哪是不服管，不就是没有孝敬你么。说什么站队，我们还真不知道该如何站队，只知道记者服从部门主任指派，部门主任服从你的指派，你管着部门主任不就是管着我们了么？干嘛无事找事，处处干涉我们采访，处处找茬，你还让我们自己好好想想，真稀罕，还没见过报社的副总当成这样的，我们倒要问问报社，还有没有规章制度。"

"我就是报社，报社就是我。你们少给我放肆，现在我就让人力资源把你们开了。"闻石咆哮了。

"真有水平，你就是报社，报社就是你，敢情报社是你家开的，别忘了，你也是签合同的，你的考察期也没过呢，你能不能留在这个报社还得看大家的投票呢！放肆的不是我们，我们规规矩矩干活，没有不实虚假报道，没有漏新闻没有旷工，要开也得给个理由吧。"婷子被逼急了，吵起架来也是当仁不让，抢白了闻石一通。

"你给我滚出去。"闻石彻底疯了。

连遭木木、婷子的质问，闻石也失去理智了，他给人力资源部门打电话了："马上开除金融组的记者，不服管。"

虽然道义和情理上，木木和同事们都占了上风，但被这样蛮横专制暴力无素质的领导淫威乱施后，大家心里还是很气愤。

胳膊扭不过大腿。记者再有理，却没权，嘴上说着领导的去留记者有投票权，但心里都明白，报社这种民主只是装样子走过场，实际上基本都是报社的头头们决定，记者没有什么发言权。

大家知道，闻石想排除异己的算盘早就打好，今天只是找个茬发泄一下，既然脸皮都已撕破，此处也无留恋之处，跟着没有素质的领导混，注定了没有前途的未来，还不如另作打算呢。

权衡归权衡，想到离开，不管是自愿还是无奈，都会有不忍，因为大家是为了打拼事业而来，任何不如意的事情，都不是乐于见到的。

但人力资源这次没有听由闻石的话，人力资源认为金融组记者没有出现报道失误，没有违规旷工，开除不是随便一句话就可以的，就说，你们私下解决吧。

闻石不干了，说你们这种不作为的态度还让我这副总怎么当，又拿出当初唬社长的一套说辞："他们已经无法无天了，我可以留下他们，但必须要书面道歉和检讨。"

人力资源就让木木和婷子等金融组四个记者写检讨书。木木心想，要是写检讨，就意味着承认错误，根本没有错误，检讨什么呀，大家情绪陷入了低落。

木木在MSN上对小蜜蜂说，心情不好。

小蜜蜂说，我下班后去找你，一起到西单打游戏去。

木木心想，反正写了稿子也不给发，那就干脆不干活了。她跑到西单的北京图书大厦，想去挑几本书，也想让自己的心灵在书海中沉静下来。

小蜜蜂从中关村赶到图书大厦时，已是晚上7点钟。两个人挑完书，小蜜蜂建议先去吃饭，然后打游戏。

这应该就算是两人第一次单独相处吧。

大悦城的人永远是那么多，每家店里都人满为患，吃饭还要排队等候。

转悠了两层楼，实在难以找到空位子，最后决定在一家人稍微少点的麻辣香锅店里吃饭。

饭罢，小蜜蜂迫不及待地拉木木去楼上打游戏。看着小蜜蜂熟门熟路的样子，心想，这个男人肯定经常来玩。

生性好静的木木，在心情极度糟糕情况下，来到人声嘈杂的游戏厅，忽然也好想宣泄。自己不一定会喊出来，但看到周围的人在那里与游戏机搏斗，就仿佛自己也在释放郁闷。

偶尔，在不同游戏间穿插时，小蜜蜂的手会搭在木木的肩头，这个动作，木木也有丝困惑：我们刚认识不久，为什么你能做出这般亲近举动？木木经常借转身或快走几步，躲开小蜜蜂的手。

而在玩赛车时，游戏结束，两人居然会心击掌了。

直到游戏厅快关门了，小蜜蜂和木木才离开大悦城。刚走到街上，梅子的电话就打过来了，听到木木周边声音嘈杂，问在哪里。木木说，和朋友玩游戏。梅子就打趣说，你夜生活还挺丰富。

"我这不是心情不好么，被闻石折磨得心烦意乱，出来发泄一下……"木木和梅子在电话里聊得蛮久。

小蜜蜂开车送木木回家，但他竟然绕了好几圈，才找到出口。

5. 深夜迷失

空气静止下来。看着街上的公交车，骑车的人，走路的人，木木静静地体味着黎明前的心跳和小蜜蜂的味道。

有时候，爱情来临的时候，是那么让人措手不及。

没过两天，木木因为工作的事，还心烦着，因为事情处于胶着状态，闻石新招的主任，不知道何种缘由，现在却以不胜此任为由而推掉了。

闻石的算盘就此落了空，但他还不想偃旗息鼓。在木木和同事拒绝书面道歉后，他又派遣人力资源来谈话，要求口头道歉也行。他还真是没完没了了。

下午时分，小蜜蜂在MSN上说，今天亏了好几百万，很不开心。

这次轮到木木安慰他了，说，那好，这次我请你打游戏。

小蜜蜂说，好，晚上8点大望路万达广场见。

晚上六七点，正是北京的堵车高峰时间段，这个时刻，唯有选择地铁，才可以节省路上时间。

坐在地铁上，木木翻看着一本心灵小册子——《遇见未知的自己》，这种时候，读书可能会缓解自己的压力。

木木到万达影院的游戏厅时，小蜜蜂已经玩了半个多小时了，他见木木到了，问："今天想让你陪我看热映的《阿凡达》，好不好？"

"那赶紧买票啊。"木木说，结果一看，有票的场次都排到晚上10点多了，"还是换别的片子吧，片长两个半多小时，看完太晚了。"

"那看成龙主演的《邻家特工》吧，晚上10点开演，一个半小时就结束，比《阿凡达》时间短点，而且看简介是喜剧片，调节情绪不错。"

趁着电影未开始，两人继续到游戏厅打游戏。玩的游戏和昨天的都一样。木木最喜欢投篮球，但小蜜蜂说他的手骨折刚好，还没力气玩。

一玩游戏，时间很容易闪过去，木木一看时间，呀，已经开演10分钟了，这时，两人才忙匆匆进场。

英文版，中文字幕。

"你能听懂多少？"木木问小蜜蜂。

"大部分听不懂。"小蜜蜂说。

木木很奇怪，既然是学外贸英语的，他的英语怎么这么差劲？"你不是学外贸英语的吗？"木木忍不住。

"嗯。"小蜜蜂应了一声，没解释。

木木忽然想起，第一次众人在饭桌上吃饭，小蜜蜂的同行兼同学帽子李说："他啊，课堂上是见不到的，只有在考试的时候才出现。"

电影很一般，剧情和表演都有些蹩脚。

出来时，看到沁如的短信："怎么还不回来？"

木木回复她马上回。时间已经接近12点。

小蜜蜂说，想找个地方吃点东西。

木木只好奉陪。

岂知，饭店都打烊了。

"我记得这一带好多烧烤啊，怎么找不到了呢？"小蜜蜂的车已经在宣武门转悠了好几圈。

"随便找个地方吧，你再转悠下去，更是找不到地方。"木木建议。

七拐八绕，小蜜蜂把车停到和平门一家烧烤店门口。

店里客人不多，小蜜蜂点了一堆东西。

"你别眼大肚子小啊，我可不吃，你一个人解决。"木木提醒他。

"陪我多少吃点，好不好？"小蜜蜂温柔的时候，木木总不忍心拒绝。

"最近行情不好吗？"木木小心翼翼地问，从见面到看完电影，木木忍着一直没把这个问题抛出来，一天亏好几百万，这个数，听起来像天文数字，要是发生在自己身上，早跳楼了。

"前天赚了200多万，今天又全亏进去了。"小蜜蜂轻叹了口气。

"你自己的钱吗？"

"当然不是啊，客户的钱，基金经理还不是帮别人赚钱。"

"我还以为你倾家荡产了呢，不就是行情波动么，今天听你说亏了几百万，吓死我了，就怕你跳楼，才一直跟着你。"

"你真逗，哈哈哈。"小蜜蜂终于露出了大白牙。

"骗了我还挺开心，害得我白担心了半天。"木木骂他。她一晚上都在想，该怎么去安慰亏了几百万的人呢？身边还从来没出现这种状况，没有安慰经验啊。这一闹，才晓得被他虚张声势给唬住了。

"涨跌无常，但客户可不这么想，他只想交到你手中的钱只涨不跌，一跌的话，不少客户就流走了，没客户我还怎么吃饭啊。"小蜜蜂神情黯然，"你以为手里拿着别人的钱是好事啊，烫手着呢，吃睡不香，心里紧张得每天都跟坐过山车似的。"

"切，你们拿着年薪百八十万的，已经够幸福了，受这点压力就开始叫唤了啊。"木木说，"你们金融人士不都嘲笑我们这样靠血汗挣钱的人，说拿自己的钱挣钱的是农民，拿别人的钱挣钱的才叫金融，现在把别人兜里的钱都忽悠到你们手上了，还不满足啊？"

"那也不能只干一票啊，基金经理的口碑可全靠业绩，你们媒体隔三差五就搞个排名，弄得我们焦虑得很。我的目标就是成为像王亚伟那样的牛人，做到行业第一。"小蜜蜂喜欢给自己树立目标。

"你才多大啊，人家王亚伟比你大11岁，等你到了他那个年龄，自然就达到他的水平了。"木木想拿年龄，把小蜜蜂争强好胜的气焰压一压，好让他别那么较劲，给自己增添如此大的压力。

"现在这社会，出名要趁早，再说了，这个行业压力越来越大，大家都是吃青春饭，赚够了钱，就转行，要让我干到40岁，早累死了。"小蜜蜂委靡下来，伤感地叹了口气，"身边的同行，早逝的越来越多，好多事你们媒体都不知道。"

"是啊，昨天有关部门公布十大健康透支行业名单，其中，制造、金融、教育、媒体、法律业人群居前五位，这几年过劳死的年轻人不少。"木木不想继续这个话题，有些沉重了，本来还打算问问他，第一次大家聚会提到的玩一票是怎么个玩法，看来也只得等下次他情绪好时八卦一下，此刻，或许安静地陪他吃东西，比什么都重要。

吃完饭环顾四周，才发现，店里已没有一个客人了。

送木木到了楼下，小蜜蜂提议坐会儿再上去。木木答应了。

刚聊了没多久，电话又响了。木木以为沁如催她回，一看，是梅子的。为工作的事，梅子连续好多天都睡不着觉，这已经是她第二次半夜一两点给木木电话了。木木知道，对于这件事，年轻的梅子显然受到了很大伤害，她直率的性格，根本不是小人闻石的对手。

木木尽可能地安慰她："别多想了，闻石善于玩阴的，咱们都在明处，他一步步设套等着咱们跳，如今社长又不明事理，偏听偏信，我们金融组越团结，社长会以为我们串通好欺负闻石一个，最后咱们有理反而陷入被动。现在唯一反败为胜的方法，就是学闻石，拿工作要挟社长，之前为了顾全大局，受着气还照样干活，现在闻石得寸进尺，那咱就来个金融组集体辞职，社长再偏心他，也不至于让金融版面开天窗吧，那就闹大笑话了。他闻石不是在社长跟前表现自己如何能干吗，那就让他一个人写稿子吧。"

"那要集体辞职，社长更会以为是我撺掇的，而且大家没必要跟着我丢工作啊，我已经觉得很对不起你们了。"梅子说。

"社长要是没长脑袋的话，才会想大家辞职是你撺掇的，我们反映情况社长不听，如果大家采取这种行动，会逼着社长去反思的，为什么一件小事最后演变成整个部门的事，为什么每个人都反对闻石，如果闻石真的好，至于出现这种局面吗？大家这不是被逼到无路可退的地步，才会如此吗？如果真集体辞职，社长反而不一定同意，到时候说不定是闻石走人。"木木说。

小蜜蜂在旁边安静地陪着，不说话。

只要是这种深夜电话，梅子总会聊很久。

聊着聊着，木木感觉到小蜜蜂的手，轻轻放到了自己手上，木木没有躲开，这种时候，有人陪在身边，还是有力量些。

小蜜蜂见木木接受了他的手，便把木木的手拉到胸前，仔细打量。木木有些不好意思，努力把手往回抽，另一只手还在握着电话。

但小蜜蜂却不肯松手，木木越抽，他握得越紧。木木有时伪装放弃抽回的努力，趁小蜜蜂放松警惕时再迅速从他手中撤出，但总无法得逞。诡计失败后，小蜜蜂就冲木木得意地笑。

而电话那头的梅子，还是没有挂电话的意思。

木木提示梅子很晚了，早点休息，别为这件事再纠结了。结果个性十足的梅子说："你不就是催着我挂电话吗？"

木木确实想早点挂电话，因为她想让小蜜蜂松开手，也想让他回家休息，而这时的小蜜蜂一直在和木木的手亲近，甚至还会吻一下。

木木也分不出嘴来不让小蜜蜂如此。

甚至，他也会使坏，轻轻地亲吻木木的脸颊，木木再次催梅子该挂电话了。

直到手机最后没电了，木木和梅子的通话才告一段落。

"不带趁人之危的。"木木白了他一眼，接完这通电话，不知道下一步该如何走。

"工作上出了问题？"小蜜蜂问。

"嗯，之前不是和你说了么，现在还没有找到好的解决方法，如果梅子辞职的话，我也要辞职。"木木说，"反正闻石也不给我转正，不想再受气了。"

"你这个工作不是刚做半年吗，老换工作对自己不好，现在职场不喜欢频繁跳槽的员工。"小蜜蜂说。

"这也是我能忍受闻石这么久的原因，其他同事也劝我，工作中哪能不受点气呢，要从长远考虑，眼前吃点小亏不要紧，等强大起来，是对闻石最好的惩罚。但是闻石应该也是拿准我不想辞职这个软肋，变本加厉欺负人，我何苦呢，让闻石的不道德来践踏我的自尊？我即使没工作，也不想如此。"木木下定了决心，这次无论如何都要辞职。

"要不我找几个人揍那个孙子一顿，看他把你们几个欺负成什么样子了，对这种人就得来硬的。"小蜜蜂出了个馊主意。

"得，多行不义必自毙，用不着咱们收拾他，还脏了手呢，他早晚有一天会栽大跟头的，这个圈子这么小，他的事已经臭名昭著了，据说网上贴吧里，关于他要踢走梅子如何整人的事，已经骂成一锅粥了，所以早点离开这个是非平台，倒是好事。我们放过他，总会有比他还厉害的人治他，不需咱们操心，多一事不如少一事。"木木向来不喜欢用武力解决问题，虽然确实希望把闻石痛打一顿解解恨，但小人终究是小人，当他的名声在圈子里已经臭掉，以后也就没法混了，社会自然会对其作出惩罚。

"呀，已经3点了，我说了这么久电话吗？"一看车上的时间，木木吓了一跳，"不好意思，你赶紧回吧，耽误了你这么久时间，再见。"木木说完就推车门。

小蜜蜂一下子拉住木木，把她紧紧抱到怀里，"啊！"木木喊了一声，还没反应过来怎么回事，嘴巴已经被小蜜蜂温热的嘴唇包住了。

木木一下子懵了，想逃，逃不出；想反抗，已经晚了。小蜜蜂的吻侵略性很大，这种刺激，好像从未有过。难道是通话时间长了？脑子已经短路了？还是刚才吃的东西里添了迷魂药？或者是已经陷入深夜的梦境中？

"不要。"木木喊，可是发不出声音来，嘴巴一直被小蜜蜂衔着。

木木睁着眼睛，凌晨3点多的街头，还是有不少过往的车辆，甚至还有人骑着自行车匆匆赶路，不知是刚下夜班还是准备上早班。

小蜜蜂一睁眼，发现木木瞪着大眼睛，就又来吻木木的眼睛，嘴里呢喃着："宝贝，宝贝。"

木木再次挣脱。

"别动，宝贝，想你。"小蜜蜂发动更加猛烈的进攻。

安静的夜晚，晕黄的街灯，温暖的大手，还有这强烈侵略性的吻，木木认为自己真的进入了梦境中，一切都那么不真切，无法掌控，让人迷幻。

欲拒还迎，步步进攻，缠绵心跳。

暧昧的气息浓郁到化不开。木木不知道自己怎么了，为什么在短短的三次见面时间内，就能缴枪？

真的动了感情了吗？自己究竟了解眼前的小蜜蜂几分？

如果没有感情的话，木木连男人的手都不愿碰，更谈不上亲吻。可是，难道自己真的爱上他了吗？还是在追求一种刺激？可是这种刺激，如果让自己反感的话，也反感不下去。

自己究竟怎么了？难道是因为工作的郁闷，让自己在另一种堕落中麻木自己？还是深夜中的自己，已经失去了理智？

恍惚中，小蜜蜂终于停了下来，趴在木木耳边说："宝贝，对不起，没经你允许，我就……我实在忍受不了了，从第一次见你，就喜欢上你身上这种淡淡的气质，跟你在一起很舒服，我知道，你也喜欢我。"

"你疯了。"木木骂他。

"是，我疯了，我就是想亲你，就是想，就是想。"小蜜蜂任性起来的时候，还会撒娇般嘟着嘴。

小蜜蜂坐正了，把木木的头扳到自己胸前，木木听到他的心"咚咚咚"像擂鼓般跳个不停，哎，自己何尝不是心跳如鼓呢。

空气静止下来。看着街上的公交车，骑车的人，走路的人，木木静静地体味着黎明前的心跳和小蜜蜂的味道。

有时候，爱情来临是那么让人措手不及。

6. 逃不开的手

难道小蜜蜂也是这种人吗？难道女孩子要挥霍一些才叫见过世面吗？他们是很有钱，年薪几十万上百万有啥了不起。金融圈有句话，拿自己的钱挣钱的是农民，拿别人的钱挣钱的叫金融。他们玩金融的，不就是靠拿别人的钱挣钱么。如果自以为有几个臭钱就到处得瑟，倒也是肤浅得很，木木心想，不知道眼前这个金融人士，是否也如此肤浅。

上午的阳光，暖暖地洒满了房间。

"真堵，路上好多婚车啊。"小蜜蜂在电话里不禁抱怨起来。

窗外明晃晃的阳光，晒得木木浑身舒坦，她知道小蜜蜂此刻没有一点享受阳光的心情，而是被堵在路上烦躁，这种时候，只能八卦一下婚车，让他高兴起来。

"是嘛，有多少婚车啊？"木木问。她想，今天是周六，结婚本来就会多些，可是，她觉得今天的阳光令人格外舒服些，看来是个黄道吉日。

"一路上遇到不少，刚才还看到一位穿白婚纱的新娘，竟然坐在敞篷车里，还露着半个肩膀，真够扛冻的。"小蜜蜂果然爆了一个八卦。

"哈哈，够猛。"木木的脑袋里，立刻蹦出手捧鲜花的新娘坐在敞篷车里的画面，"大冬天的，穿这么少，真是被幸福冲昏了头脑。"

"你过会儿下楼吧，我快到楼下了，好饿。"小蜜蜂说。

一听这话，木木就知道小蜜蜂又没有吃早饭。在饿着肚子情况下，又遇上堵车，看来小蜜蜂心情应该很坏。"宁肯我等他，别让他等我，否则他该冒火了。"木木想。

下午木木还要参加一个欧美同学会的新春联欢会，但她忘记了地址，连忙催促同屋的沁如打开电脑看一下邮件，然后上网查一下路线该怎么走，待会儿发到手机上。

一边吩咐沁如，木木一边迅速穿衣服，抓起还敞着口的包包，冲出家门。

来到楼下，前方拐弯处，停着一辆灰色的车，好像就是小蜜蜂的，走过去，一看车牌的后四位，"8848"，果然是他。

"你到了怎么也不打电话催一下？"木木问。她没看他，躲了他三天，说实话，对他的五官都有些模糊了。木木很想看看小蜜蜂现在是否生气，是否脸色难看，但还是忍住没有去看。毕竟好不容易坚持三天没见面，木木不想一上来就把自己的想法暴露出来，干脆就当什么也没发生过。

"去哪里吃？"木木问。

"往牛街那边看看。"小蜜蜂发动车，他也没再问这几天的事。

沉默。

"吃面条好吗？旁边有家面爱面。"经过面爱面，木木无意说了一句。

"小馆子，吃什么面啊！"小蜜蜂对木木的提议很不屑，这种路边快餐小店，比如永和豆浆之类的，他似乎总是很不屑。

记得一个做基金经理的哥们介绍他的相亲经历，一个女孩对其花了1000多块钱请她吃饭，甚感不安，还跟他说，一个冰激凌就50多块钱太贵了。那哥们一听这话，当时心里就想，这么没见过世面的丫头，拿不出手，不要。

难道小蜜蜂也是这种人吗？难道女孩子要挥霍一些才叫见过世面吗？他们是很有钱，年薪几十万上百万有啥了不起。金融圈有句话，拿自己的钱挣钱的叫农民，拿别人的钱挣钱的叫金融。他们玩金融的，不就是靠拿别人的钱挣钱么。如果自以为有几个臭钱就到处得瑟，倒也是肤浅得很，木木心想，不知道眼前这个金融人士，是否也如此肤浅。不管怎样，要坚持自己的原则，不能为了讨好他人，丢了自己的本分。

在还没有决定吃什么的情况下，小蜜蜂漫无目的地开着车，右手已经开始不安分起来，去抓木木的手，木木本能地躲了一下，把手插进羽绒服口袋。

"怎么啦？"小蜜蜂不解为什么木木会躲他。

"好好开车。"木木说。

"好好开着呢。"小蜜蜂又去拉木木的手。

木木心想，反正就是这么大的空间，再躲也躲不到哪里去，抵抗也只是暂时的，最后还是得从了小蜜蜂，但在让他遂愿前，做出抵抗的姿态还是必要的。倘若什么都是那么容易交出去，岂不是了无生趣。

果然，木木越是躲，小蜜蜂越是想抓住，一旦抓住，就不松手，换挡的时候，依旧拉着木木的手一起换挡。甚至转弯时，都只用自己的左手打方向盘，一气呵成的连贯动作，迷住了木木。

"要不去SOGO百货里面吃吧，里面有不同口味的饭菜，山西的私家小厨、日本料理、粤菜，还有火锅、大排挡。"2009年7月从杂志社辞职后，眨眼半年过去，木木还真的没有再吃过那些美食。

"那里面有啥好吃的啊！"小蜜蜂又是否定的语气。

哼，你不就是嫌那人多嘛，木木揣测小蜜蜂不愿去的原因，但她还是没有说出来。

7. 两个人的豆瓣

　　　　这个地方外面高楼林立，里面低矮粮仓，古朴厚重，闹中取静，馆子也
各有特色。

　　"带你去个有特色的地儿吧。"小蜜蜂忽然想起什么来似的，车子立马
抖擞起来，不是刚才慢悠悠思考的行进速度了。

　　"去哪里？"木木问。

　　"待会儿你就知道了。"小蜜蜂说。

　　小蜜蜂专注开车时，驾驭车子的神态，最让木木着迷。

　　车子进了朝阳门内大街的"豆瓣胡同"。

　　"北京还真有豆瓣胡同，只知道有个豆瓣网，该不是来源于这里吧？"
木木很兴奋。

　　小蜜蜂扭头见木木那么开心，"吧嗒"一下，送上一个吻。

　　"你个死鬼，开车也没见你老实。"木木嘴上骂着，心里却美滋滋的。

　　车子又拐进"南新仓"，停在东四十条22号。

　　"这里别有洞天啊，从外面看不起眼，没想到里面还有这么多仿古建
筑。"木木说。

　　"行不行啊。"小蜜蜂每次反对木木的时候，就爱说这句口头禅。"这
本来就是古建筑，都是明清时留下的粮仓，没看到刚才有个石碑上刻着天下
粮仓吗？"小蜜蜂说。

　　木木扭头见到一家店上还真是悬着"天下粮仓"的牌子，又见门口挂着晚
上上演《牡丹亭》的广告，忽然想起，在一本杂志上见过对这家饭馆的介绍，
说里面搭了戏台，客人可以边吃饭，边欣赏戏曲，价位自然便宜不了，人均消
费几百到上千的都有，位子要提前预定，原来就在这个地方啊。木木仔细一
瞅，还真是古建筑，历经岁月的青砖，写满了沧桑。"天下盐"、"陇上"、
"饭前饭后"等一系列有个性的店名，激起了木木的口食之欲。

　　"走，去饭前饭后吃台湾菜。"小蜜蜂把车停好。

　　"这个地方外面高楼林立，里面低矮粮仓，古朴厚重，闹中取静，馆子

也各有特色，很喜欢。"木木赞了一句。

"你第一次来，想吃什么点什么，一定要吃开心。"小蜜蜂把菜单递给木木，又对服务员喊，"先给我来个三杯鸡，再上一碗米饭。"他饿得不行了。

等小蜜蜂狼吞虎咽完一碗米饭，发现木木盯着自己看，忽然不好意思起来："嘻嘻，先让我充充饥，昨晚陪客户喝酒没怎么吃东西，今早上又没吃东西，刚才快饿晕了，现在我陪你慢慢吃。"

"我想问个问题，咱俩每次吃饭，都到这种消费很高的馆子，我提议去便宜点或者人多的地方，你都不同意，你们是不是很瞧不上不会花钱的女孩子呢？是不是非要到这种地方才显得有档次呢？"木木把路上想了半天的问题提出来。

"呵呵，想歪了吧，说实话，那些馆子的饭，经常陪客户吃，已经吃腻了。但和你不一样，每天忙得没多少时间陪你，所以每次陪你的时候，就想找个清静的地方，能说说话，不然在人多的地方，我俩吃饭聊天都得扯着嗓子喊。

其实每次找两个人聚会的地方，也很费我的脑筋，总想给你一些特别的感受，贵但是俗的地方，我也不会选择。很累的时候，很想让你陪我去做做按摩，但觉得那些地方气质跟你不一样。带有文化气息的地方，我猜那才是你喜欢的。

就像吃饭，饭不重要，关键是和谁吃。陪客户吃，食不甘味，陪你吃，总想着让你吃到最好的，当然不一定是最贵的，但气氛一定要温馨，每次和你在一起吃饭，才觉得饭香，才觉得开心，最喜欢看你笑了。"小蜜蜂说。

"今天没点蜜汁烧肉啊，啥时候给偷吃的。"木木听完小蜜蜂的甜言蜜语，心里感动，嘴巴上却不饶他。

"真的，骗人是小狗。"小蜜蜂急了。

"你本来就是小狗。"木木说。

"不带欺负人家属狗的。"小蜜蜂又开始嘟嘴巴了。

"扑哧"一声，木木忍不住笑。每次小蜜蜂一嘟嘴巴，她就觉得他像个大孩子在撒娇，一想到这个生意场上沉稳成熟的男人还会这一招，木木就乐不可支。

8. 酷车小镇

　　这完全是男人的天堂，街头那些个性十足的汽车，都齐聚到这里，每一辆车都是经过精心改装的，不论车头，还是车身，有图案还是没图案的，每一处细节都彰显着个性和新潮。

　　饭罢，小蜜蜂说，下午几点的会？在哪里？

　　"好像是4点，在朝阳北路那边的一个国际酒店。"木木说。

　　"那还能跟你多待会儿，今天难得有时间陪你，你想去哪，我带你去。"小蜜蜂说。

　　"我想晒太阳。"木木说，"上午你打电话的时候，就感觉今天阳光不错，想着要是能找个地方，舒舒服服晒晒太阳多好。"

　　"想晒太阳，要不去欢乐谷那边，那边还有河，怎样？"小蜜蜂问。

　　"好啊，就按你说的。"木木同意。

　　小蜜蜂边开车，边打着哈欠。"亲我一下，要不快睡着了。"小蜜蜂又开始像大男孩那样撒娇。

　　"好好开车，你的车子都快亲到前面的车了。"木木提醒他。

　　"亲一下，好好开。"小蜜蜂歪着身子，把脸又伸过来。

　　"开好了车，才有奖励。"木木告诉他。

　　好，小蜜蜂戴上墨镜，一踩油门，向欢乐谷方向疾驰而去。

　　小蜜蜂在欢乐谷附近的河边，找了块宽敞之地，车头朝南，熄了火，阳光可以满满洒进车里，照在身上暖融融的。

　　木木和小蜜蜂半躺在车上，打着哈欠，伸着懒腰，享受着午后的片刻安宁，谁都不说话。

　　"你刚才说有奖励的。"小蜜蜂闭着眼睛，小声嘀咕了一下。

　　木木假寐，装作没听见。

　　小蜜蜂转过身来，把木木的脸扭向自己那边："不许睡觉，要奖励。"

　　木木感觉到小蜜蜂的脸在慢慢靠近，越来越近，气息也越来越近，她本想猛地一睁眼，吓唬一下他。眼睛睁开，并没吓到他，他闭着眼睛，眼看着他就要得逞了，"有人！"木木叫道。

小蜜蜂睁开眼，谁呀，一看，四下无人。

"你敢骗我，看我收拾你。"小蜜蜂发现上当了，就要给木木挠痒痒。

"没骗你，你看，前面不是有人在放风筝嘛。"木木指着几百米处放风筝的人说。

"离老远呢，人家就是想亲亲嘛，上次亲了你，现在每天夜里还会回想那晚上的感觉，想你。"小蜜蜂喃喃地说。

木木再次听到了"咚咚"的心跳声，甜甜的空气在阳光下，幻化成五彩缤纷的光环，罩在两个人的头顶，晕眩晕眩……

"宝贝，好热啊，我要出去走走。"小蜜蜂额头冒出了细小的汗珠。

"外面风大，出去会吹感冒，我也热了，开一下窗户，咱们回去吧。"木木伸了个大大的懒腰说，在阳光下歇这么一会儿，舒服多了。

"你呢？"木木问小蜜蜂。

"只要跟你在一起，就舒服，对了，我带你去个好地方。"小蜜蜂发动车子，精神抖擞起来，刚来的路上，发现了一个一直想去的地方。

小蜜蜂开车，木木坐在旁边安静地看书，这种感觉真好，两个相爱的人沐浴在阳光中，享受只属于两个人的世界。

"快到了，酷车小镇。"小蜜蜂指着不远处"酷车小镇"的牌子说。

"卖车的地方吗？"木木问。

"不是，北京私家车改装的地方，今年9月份才开的，据说是国内第一个汽车整车改装之地，你看到街上那些外形具有杀伤力的轿车和摩托车，好多都是在这改装的，这里也是改装车发烧友的聚集地，待会儿你就知道了。"小蜜蜂说，"我一直也想把自己的车改装一下，今天终于找到这个地方了。"

还未到酷车小镇，木木就听到马达轰鸣，外形独特的车辆从欢乐谷东北角的一个院子里进进出出。

2009年9月落成的"酷车小镇"，是由北京市朝阳区南磨房乡政府投资兴建的中国汽车改装行业首家综合性服务机构，一个以私家车改装为主题的综合性商业项目。

"你这个车不是刚换了半年吗，真要折腾？"木木问他。

"嗯，我本想用年终奖再换个宝马，可是后来一想，公司几个头儿都开着十几万的车，我也就不敢太招摇，要么干脆把这个车改装一下，让他更酷。"小蜜蜂道。

小蜜蜂喜欢玩车，工作之余的最大乐趣，就是折腾自己的车子。男人对车子的痴迷，就像女人对化妆品痴迷的那股劲，或更甚。

每次小蜜蜂一聊起车子，就滔滔不绝，路上开车的时候，他经常拿过往车辆给木木普及知识，这是什么牌子的车，那是什么新款的车，这车如何好，那车如何棒，这是什么价位的车，那是什么档次的车，虽然好多东西木木都听不懂，但就是喜欢他聊汽车时那股子兴奋劲。

车一驶进酷车小镇的院落，木木一下子震惊了：这完全是男人的天堂！街头那些个性十足的汽车，都齐聚到这里，每一辆车都是经过精心改装的，不论车头，还是车身，有图案还是没图案的，每一处细节都彰显着个性和新潮。小蜜蜂一进酷车小镇，眼睛就不够用了，忙不迭地东看西看，"哇，真帅，你看那辆哈雷酷毙了，还有那辆宝马，多带劲。"小蜜蜂不住口地夸赞。

"你要不要下去一起看看？"小蜜蜂问。

"不了，我就在这儿晒着太阳看会儿书，你自己下去玩吧。"木木说。

"那你等我会儿，我去找人出个改装方案。"小蜜蜂似乎还有些不好意思，觉得一个人扔下木木自己去玩，有些不忍心。

"没事，我在这晒着太阳舒服着呢。"木木说。

9. 以车为饵

男女之间，征服与被征服，总需要道具，车子、房子、票子是道具，甜言蜜语也是道具。记得美国专栏作家蒙肯说过，男人通过吹嘘来表达爱，女人则通过倾听来表达爱，而一旦女人的智力长进到某一程度，她就几乎难以找到一个丈夫，因为她倾听的时候，内心必然有嘲讽的声音响动。

记得第一次和小蜜蜂见面，他就在饭桌上提到改装车子的事情。

男人改装车，就像女人改装衣服，把流水线上买回来的雷同的衣服，这儿添朵花，腰上加个腰带，或者胸口别上漂亮的胸针，打造成独一无二符合主人气质的衣服，同时也显示出主人的喜好。

车子也是，除了外部改装外，有的人连发动机之类的，也都换了。有时候改装车的价位，一点不比重新买辆车便宜。

女人追求漂亮衣服，吸引男人，其乐趣来自于被众多男人追求的成就感。男人追求个性车子，吸引女人，其乐趣来自于女人对其崇拜的成就感。

但是，在木木看来，改装后的车子，除了更个性外，似乎再看不到什么有价值的地方了，木木很少因为车子的外形去关注其主人，而更容易被男人开车时专注的神情和娴熟的动作所吸引。但男人对改装车乐此不疲的劲头，就像打扮自己的女人，女人越漂亮，自己越有征服的欲望。

男女之间，征服与被征服，总需要道具，车子、房子、票子是道具，甜言蜜语也是道具。记得美国专栏作家蒙肯说过，男人通过吹嘘来表达爱，女人则通过倾听来表达爱，而一旦女人的智力长进到某一程度，她就几乎难以找到一个丈夫，因为她倾听的时候，内心必然有嘲讽的声音响动。

看着小蜜蜂的身影，木木琢磨，他的道具是什么？难道有一天，自己的内心也会出现嘲讽的声音吗？

"刚才找了一家给我设计，按我的要求改装下来，大约得10多万块钱。"小蜜蜂说。

"你省省吧，10多万块钱可以买你现在的半个车了，而且，我看改装车论坛上说，改装后车子的安全性能一般都不如原装车好呢。"木木说，"开车安全第一，你还是别改了。"

"你还上改装车论坛？我都没多少时间看。"小蜜蜂惊奇。

"我上网浏览过，现在只知道两点，一点是改装后车子安全性能多少有影响。"木木说。

"另一点是啥？"小蜜蜂见木木说完一条就在那乐了。

"关于你们男人的，确切地说是关于女人如何钓凯子的。"木木说。

"怎么钓？"小蜜蜂也好奇起来。

"看来改装车论坛是给女人看的，现在钓凯子，已经不是打扮自己变成美女这种肤浅级别了，而是让自己成为汽车专家，专门钓富二代。有一个帖子说，要想钓到像你们这样的金龟婿，必备素质就是成为汽车专家，尤其是跑车专家，经常出入像酷车小镇这样的地方，或者经常到汽车论坛、自驾车旅游论坛之类的，跟男人聊跑车，聊得你们男人傻眼，就有人上钩了。

当时我边看边乐，那些专业词汇，要让我记住，牙估计都快掉光了。一个美女同事买车的时候，说了句经典理由：开着车的女人，就需要开着车的男人追。北京玩车的男人，非富即贵。"木木说。

车子就是古代的战马，谁的战马酷，谁就受青睐，时代变化了，男女之间需要诱饵来释放吸引力的道理却没变。

"玩车就是烧钱，我这车几十万，人家玩的车，不是英菲尼迪，就是兰博基尼，所以我这是小打小闹，比起人家差得远呢。"小蜜蜂说，"去北京好车扎堆的地方，才叫开眼，咱这只能算代步工具。"

"是男人就爱玩车，有钱大玩，没钱小玩。男人对车，比对自己女朋友还亲。"木木说。

"车嘛，就是男人的坐骑，就像骑士，不对自己的战马好，能打胜仗吗？有了车，不论工作还是生活，活动的范围就能够扩大，尤其在北京这样的城市，没有自己的座驾，活动就受限很多了。"小蜜蜂说。

"那是，有了车活动范围当然大了，能够到处追女孩子嘛。"木木白了他一眼。

"看看，人家很正常的话，到你那就想歪了。"小蜜蜂说，"那你觉得我拿车钓你了吗？"

"你一说，好像还真是这么回事。第一次见面时，你不邀请我坐你的车，我也就不知道你是谁了。"木木装作认真的样子，"你看，现在还在你车上呢，咱俩相处的时间，大部分不也都在车上？"

"我冤枉啊，除了陪客户，我哪还有自由支配的时间，我也想多陪你呢，陪你过个安静周末，陪你逛街，陪你见朋友。你看，下午你开会，我也得去见客户，马上就春节了，该打点的客户都得孝敬周到了，你也体谅我一下，好不好，宝贝？"小蜜蜂很委屈。

"不行也得行。客户是财神爷，我可不敢吃财神爷的飞醋。"木木说。

"宝贝，咱能不这么伶牙俐齿么？人家都认错了。"小蜜蜂赶紧吻了一下，想用这种糖衣炮弹来熄灭战火。

"对了，你那次和帽子李说，要找几个朋友玩一票，怎么玩啊？"木木把搁在心里许久的困惑，还是问了出来。

"哦，那个呀，我自己开了个公司，像我们这样的基金经理，不是不能炒股么，所以，我就让朋友拿我的钱和信息炒。"小蜜蜂轻描淡写地略过。

"啊，你这不是建老鼠仓么？这是犯法的呀。"木木惊呼起来。

"连证监会都贪官频出建老鼠仓，最近已经落马好几个了，他们是大老鼠，我们比起他们来，已经算小儿科了，现在的股市到处都是老鼠仓，不靠潜规则，能挣钱么。"小蜜蜂一点不忌讳，他觉得这都是众人皆知的秘密，也没什么可隐瞒的了。

"你不怕我去举报你呀？"木木吓唬他。

"不怕，你要去就去，我也不拦你。"他根本不在意，"既然我有信息和资金，就得让这些转化为财富。"

木木确实不会去举报他，小蜜蜂说得对，连监管当局的官员都在干着不法勾当，"只许州官放火，不许百姓点灯"，怎么可能呢！但她显然也不赞成小蜜蜂如此做法："可是，你这样做，好像有悖于你的职业操守啊。"

"你想多了，我不会拿客户的钱去拉升股价，好让自己套现，除了老鼠仓，赚钱的手段有很多，光靠信息和我的分析判断，就足可以赚钱了。你别担心，我不会利欲熏心的，呵呵。"小蜜蜂拍了拍木木紧绷着的脸。

只要一紧张，木木的脸就会不自然地紧绷起来。

到了那个充满欧洲庄园气息的酒店。

"去忙吧，几点结束，我来接你？"小蜜蜂问。

"你不是晚上还要陪客户么，我一个人打车回就可以了。"木木说。

"那好，要是我那边结束得早，就过来接你，晚的话，你就自己回。宝贝，亲一下再走。"小蜜蜂侧过来脸来。

木木一看，酒店门童正朝这边走来，准备帮木木开门。"害羞死了，到处是人，越来越大胆了。"

"那有啥，不亲不走。"小蜜蜂不依不饶，继续摆着索吻的姿势。

木木来了个蜻蜓点水。

"没感觉，不行，还要。"小蜜蜂不罢休。

木木不理他，开门就要下车。小蜜蜂有时候坏起来毫无征兆，他拉住木木，双手捧着木木的脸，"叭叭"两声，狠狠地亲了两下。

木木一下子红了脸，轻骂了一声"坏人"。

小蜜蜂一看木木羞红了脸，得意地"嘿嘿"坏笑。

站在车门外的门童，不知该开门还是不开，把头扭了过去。

10. 尘埃落定

张涛事后和木木说："你毕竟是颗卒子，不要当别人的子弹，先要保护好自己的利益，谁都不得罪，有血性是对的，能鉴别是非也是必须的，但你首先要在这个城市生存下去。"

就如同出现时那么让人措手不及，小蜜蜂消失的速度也是让人毫无准备。

度过了一个愉快的周末后，小蜜蜂忙得只能偶尔打个电话，或发个短信说句"宝贝想你"之类的甜言蜜语。

快过春节了，木木的心思也都放在工作上，经历上次扯破脸皮的争吵，木木和婷子几人，绝不答应任何的书面道歉或口头道歉，因为一道歉，就表示确实做错了。

没有做错的事，谈何认错，这是原则的问题。"士可杀不可辱"，宁肯没有工作，也不能去受辱。

人力资源说："那你就主动辞职吧。"他们知道，如果辞退木木，明显违反当初签订的合同。合同上明白写着，记者试用期3至6个月，试用期内在达到稿分要求、没有工作失误和任何旷工记录下，将转正。如今，木木完全符合转正要求。但人力资源却按照闻石的要求，擅自改动了转正条件，并且在没有任何提前通知的情况下，要辞退木木，也违反了《劳动合同法》。人力资源心知肚明此举不光彩，又不想陷入劳动官司，希望木木能主动辞职。

木木说："没问题，我不难为你们，你们夹在中间也很无奈。但走之前，我要提前声明一下，辞职的缘由，不是工作上不尽职尽责，而是被逼无奈，报社如果助纣为虐帮助闻石欺压记者的话，媒体圈子也不大，你们自己看着办吧，报社想在北京媒体圈留下什么形象，每件事都是证明。闻石威吓记者的话，我已经录音了，必要的时候，会公布出来的。"

人力资源原本一直在那装糊涂，一听木木的话，立马傻眼了："你等一下，再给我们5分钟的时间商量一下，随后给你答复，好吗？"

木木出去了，人力资源关上门。足足商量了10分钟，等木木再进去的时候，人力资源已经没有了刚才嚣张的气焰，语气一下子软下来："木木，报社还是很珍惜人才的，你走了，对报社也是损失，你和闻石真的到了不可调和的地步了吗？"

"哼，一群不见棺材不落泪的家伙，这会儿才想到息事宁人，早干嘛去了。"木木内心对人力资源如此不负责任的处事态度，极其反感。

"对，完全不可调和，我已经忍让到无路可退的地步了。"木木说，"其实记者的要求很简单，就是要求一个干干净净的工作空间，这样才能够全身心工作。但是闻石来了，私心太重，不指导记者把金融报道做好，而是玩弄手里的权术，不以新闻的重要性为评判标准，而以个人的亲疏好恶来随意糟践版面，导致金融组无人能安心工作，我们忍让，他就变本加厉，如何调和？"

"既然如此，那把你调到其他部门可以吗？"人力资源问。

"谢谢，我也需要时间考虑一下。"木木说。

"好的，不急，我们也要和其他部门打声招呼。"人力资源说。

显然，刚才决定让木木去其他部门，也是人力资源的权宜之计。

事后，木木把和人力资源交锋的对话一五一十告诉梅子。

"哈哈，真解气，可是，婷子他们几个不同意向闻石道歉，却被人力资源要求主动辞职，并没有提出换部门。"梅子说。

"那我也就一起辞职吧。"木木说。

"事情发展到今天这一步，我觉得真的挺对不起你们的。"梅子说，现在把你们都逼走了，我就等着他们到时候拿什么理由来辞退我，见识一下他们的手段有多恶劣。

"嗯。那就这么着了吧，明天我就给人力资源提交辞职信。"木木说。

"你新工作找到了吗？"梅子问。

"托了几个朋友在帮忙留意工作的事。马上春节了，春节回来后再作打算。"木木说。

"我最近一直在帮你四处推荐，你也别急，到时候确定下来告诉你。"梅子说。

"哎呀，梅子你对我们也太好了。"木木不知道梅子早就行动了。

看来算命先生说对了，"双方相斗，必有一败"，但木木没有听高人的，为了一份工作，保持中立，那样也太没血性了。

"这件事对你也是一个教训。"张涛事后和木木说，"你毕竟是颗卒子，不要当别人的子弹，先要保护好自己的利益，谁都不得罪，有血性是对的，能鉴别是非也是必须的，但你首先要在这个城市生存下去。"

"你说的也有道理，但梅子毕竟年轻，性格耿直，斗不过小人也是在所难免。而且，她第一次带团队，对手下人又很好，关键时刻我们也该支持。"木木说，"有时候知道她气不过的时候经常会冲动让局面陷入被动，劝归劝，但梅子有时候听，有时候还是不会采纳。年轻气盛总会付出代价的，自己刚毕业时也是，因自己的沉不住气吃过亏，看到她就看到几年前的自己。这些事必须亲自经历过，才能长记性，长经验，这就是成长的代价，每个初涉职场的人，都会如此。不成熟并非致命缺陷，但人品坏却是致命缺陷，所以，我宁肯支持一个不圆滑的领导，也不支持一个成熟的人渣。"

而闻石似乎还在绞尽脑汁为此事纠缠。听说人力资源要留下木木去其他部门，不会被解雇，只是不在他手下了，他不痛快，这不相当于之前他说木木不够转正资格纯属不实么。闻石和其他部门的主任打招呼说木木水平不行，不用留。有的部门碍于闻石是副总的职位，应承下来，而其他部门的领导置若罔闻，找到木木说："闻石已经来公关过了，别人不敢得罪他，我们部门不怕，你过来，好好干，干好了谁都能看见，到时候他就是搬起石头砸自己的脚了，大家也就明白其中曲直了，让他嚼舌头去吧。"

木木说："你们能看得起我，我很感激，我也很想抓住这个机会，在你们手下好好干。可是，现在金融组只有我一个人有这种优待，其他人都要被迫辞职，本是同一战壕的兄弟姐妹，我要是答应留下来了，对不起兄弟姐妹。"

"木木，你这个人性格耿直，大家都知道，但不是我挑拨离间，今天你们是同一战壕的，明天谁也保不准会怎样，而且他们辞职是闻石要求的，与你没啥关系，你没必要为了义气，丢掉工作，大家不会因为你选择留下而对你非议的，你也没有什么对不起他们。本来就是一份工作而已，都是外地人，在北京奋斗不容易，今天一起共事，明天照旧得各奔前程。我们部门正好缺人手，我们很欢迎你过来。你如果不想在我们部门工作，我们也不强留你。"

公司部门的领导刚说到这，木木忙打断说："不不，您这是说哪的话，为了留下我一个小记者，你们得罪闻石这样的副总，我已经很过意不去了，哪还能那么不识抬举。你们知道是非曲直的，理解相信我，还能为我设身处地着想，我真的很感动。但是，闻石那种人，经过这件事后，我算看透了，虽然他并不是针对我，但正因为这才可怕，他是一个为达到个人利益而不择手段的人，今天你们留我，他不会善罢甘休的，以后还会找茬，维护他的谎言。"

"那你更要留下来，用成绩戳穿他的谎言。"公司部门的人说。

"我也想啊，但说实话，我并非和他起正面冲突的人，都已经被折磨得没有力气了，以后不想与他有任何接触，离他越远越好，只要在一个单位，他就不会消停，他可以把心思都放在整人上，我没功夫陪他做这么无聊的事，这是想离开的第一个原因。再一个原因，既然金融组几个人都要离开，我还是和大家步调一致比较好，毕竟，几个兄弟姐妹还是我想继续交往下去的朋友。"木木说。

"既然你去意已决，我们也不强留你了，本来以为马上春节了，报社也该发年终奖了，这会儿走也是一种损失，所以我们都不想让你辛苦半年，最后却被闻石给搅黄了。你今后不管工作还是生活，有什么困难都可以和我们说，以后我们都是朋友。"公司部门领导几句暖心话，听着木木眼泪直打转。

"能有你们这样的朋友，也是我在这个报社半年时间最大的收获，值了。"木木说。

"你找好下家了吗？"

"没呢，事情突然，现在和几个朋友打了声招呼让帮忙留意，等过完春节后以平静的心态去找工作，再说开春后是招聘旺季，机会也多一些。有困难我会跟你们说，别太担心。"木木说。

折腾这么久，也该尘埃落定了。

11. 折腾无罪

木木竟然也赶了次裸辞时髦，不论被动还是主动，都想了很多。网上的专家劝诫：裸辞要理性。木木已经到了理性的年龄，不是单纯追求裸辞带来的"快感"，毕竟，快感之后还潜藏着风险和代价。

木木和婷子、田鑫等四位同事，就在报社发年终奖的节点，"被辞职"了，在还没有找到新工作的情况下辞职，成了名副其实的裸辞一代。

裸辞，是近几年来职场愈发普遍的现象，尤其春节前，更是裸辞的高潮期。

"裸辞理由有千万，不为工作把身卖。"田鑫说，找一份工作混饭吃还不易，但不至于让内心不痛快吧。

"就是，有那么些人觉得能拿一份工作威胁大家出卖尊严，太可笑了，即使没有工作，也没什么大不了，正好可以借机休养生息。媒体的活，真不是人干的，饮食作息不规律，半年多时间，我都有胃病了。正好趁这段时间不工作，去看看中医，调理一下身体。"婷子说。

在更加注重身心和谐发展的80、90后眼中，裸辞非但不是失败，反而是一种自主选择，追求自己想要的东西，幸福感，认同感，归属感……

"没啥可怕的，不就是临时失业吗，有了工作经验和人脉积累，还怕找不到工作。"田鑫一向豁达，对于其人生的第一次临时失业，没有任何畏惧和不快，反而认为是其人生下一次爆发的起点。

婷子呢，把其人生的第一次裸辞，当成了休年假："哼，报社对新入职的记者没年假，我自己给自己放年假。"

木木呢，竟然也赶了次裸辞时髦，不论被动还是主动，都想了很多。

网上的专家劝诫：裸辞要理性。

木木已经到了理性的年龄，不是单纯追求裸辞带来的"快感"，毕竟，快感之后还潜藏着风险和代价。

木木并非贪恋一时安稳的人，记者本身就是不安稳的工作，但考虑到真要和小人去耗时间争斗的话，岂不是又将耽误更多的精力，对自身职业成长无益，除了增加对付小人的斗争经验外，留给自己的是更多的身心俱疲。

"此处不留爷，自有留爷处"，木木心想，要强大到让报社感觉到，此次我的辞职是报社的损失，而不是我的损失。

对自身有足够信心，才是裸辞的支撑力。但凡担心未来再就业有难度或者从裸辞中得不到快感的话，大多数人也不会轻易裸辞。

裸辞之所以常发生在春节前后，除了工作压力、被逼无奈等内外部因素外，还不得不考虑大环境，就是年底往往为合同续签期，在这期间，不论单位还是个人，都面临着再次选择的问题。单位想用更廉价的劳动力来赚取利润，个人则想求得更高薪水和职位。当二者之间的博弈无法和谐时，个人另谋新东家，单位另谋新伙计。

所以，有多少人裸辞，就有多少岗位空缺。

木木辞职还没两天，几位朋友帮忙询问的工作就发来了面试邀约。木木本以为还有十天就过春节了，正准备着安心过春节呢，哪知道，一天收到两份面试邀约。

一份工作是金融记者，一份是金融编辑，工作平台都是市场化财经类杂志。

幸运的是，两份工作最后都给木木发出了聘用要求，几个月的阴霾天气，终于放晴。

"梅子，你觉得该选择哪一份工作对未来发展更为有利？"木木把这两份工作说给梅子听。

"综合一下两家杂志，都是不错的平台，但从职业发展看，我觉得还是继续干两年记者比较好，毕竟编辑的工作，今后选择的机会还有很多。但记者不一样，随着年龄增长，冲劲和体力在下降，趁现在还没结婚生孩子，多珍惜一下当记者的机会。最重要的是，通过采访能够掌握一手资料，快速熟悉这个行业，对你未来成为成熟的财经记者都是必要的。"梅子说。

"我也是这么考虑的。"木木就这么敲定了第二份财经媒体记者的工作。

"啊，你又换工作了？我两年没买新衣服了。"大学同学胖子一听木木换工作了，说了句没头脑的话。

"我换工作和你衣服有啥关系？"木木问。

"我是说，你怎么换工作比俺换衣服还勤咧。"胖子说。

"哈哈，该换还是得换啊。工作也需要两情相悦呢，这来龙去脉啊，给你讲三天三夜都讲不完。以后你博士毕业了，也会一样不落经历的，到时候你就知道了，不合适的衣服抛弃得越早越好。"木木说。

12. 野蛮期货竞争

"公司给每个部门下了任务，我今年给自己定的目标是做一个亿的业务量，现在每天都在挖掘新客户，天天和客户喝酒，都快不行了。"小蜜蜂说。

2008年12月18日，胡主席在纪念改革开放30周年大会上提出了"不动摇、不懈怠、不折腾"，胡主席的"不折腾"由此成为2009年的火爆词语，《联合早报》还把"不折腾"作为2009年《新年愿望：不折腾》一文中的主题词，网络上也为"不折腾"的英文翻译争论不休。

木木的2009年，就以百折不挠的折腾精神送走了人生历程中最折腾的一年。

挥别折腾的2009年，迎来了似乎更加折腾的"2010相亲年"。

春节后，木木开始进入新工作单位。这家财经类杂志，不论主编还是副主编，不论老记还是小记，既是独立的个体，又是合作的团体。

可以为一个选题，争到跳到桌子上吵，而不产生任何怨隙，涉及到工作，没有职位高低之分，只有水平高低之别；工作外，大家又都是独立的。一句话，工作氛围热烈，职场关系简单好处，就连主编都完全没有闻石那种做派。

木木倍感舒心，媒体的工作环境就该如此，才能培养出不畏惧威权、不谄媚奉承的记者。

但不论多简单的工作关系和舒心的工作环境，都需要一个阶段的适应。

直到两个月后，木木才摸清了这边的工作风格，适应了这边的工作节奏。

工作一落定，木木忽然想起了小蜜蜂，不知道这家伙这两个月都在忙啥呢，也很少见他上MSN，更难得见上几面，仅在春节后，小蜜蜂趁一日下午去见客户前几小时的空闲，两人见了一面，聊了会儿天。所以，小蜜蜂的多日消失，让木木格外落寞。沁如"路人甲"的短信，不免让木木想到，难道小蜜蜂就是所谓的路人甲？

3月的一个下午，小蜜蜂MSN的头像在闪："宝贝，好想你，最近老梦到你。"

木木有点恍惚，感觉是自己在做梦，在差不多对小蜜蜂已经相忘于江湖的时候，他又冒出来了。幻觉吧？

正在迷糊着，小蜜蜂连续给木木发了三个振动："怎么不理我？"

"哦，你好久没出现了，我以为是幻觉。最近干嘛去了？"木木说。

"哎，股指期货不是马上要交易了么，公司给每个部门下了任务，我今年给自己定的目标是做一个亿的业务量，现在每天都在挖掘新客户，天天和客户喝酒，都快不行了。"小蜜蜂说。

"既然都快受不了了，不喝不行吗？"木木说。

"竞争太激烈了。"小蜜蜂说。

木木回复："野蛮竞争。"

小蜜蜂没有任何回答，沉默。

以前就这个话题，木木建议小蜜蜂以专业的期货知识笼络客户，小蜜蜂说没用。

网络上的沉默，让木木不知道小蜜蜂究竟是什么状态？

恰巧，晚上和另一家期货公司的人吃饭，木木好奇地问："维护客户关系，只能通过吃喝玩乐吗？"

"那肯定的。"

"为什么不以专业的东西来维护？"

"做期货的人，手下不缺专业分析人员，他凭啥到你这里开户做业务？所以得伺候好他们。"这位朋友说。

"国外也是这样吗？"

"不，国外发展更规范成熟些，咱们现在还处于小作坊时代。2006年以前，期货公司都是亏本经营的，这两年刚好一些。最近在传言股指期货4月份马上要推出来，到时候券商系期货公司将逐渐控制市场，会有大批小期货公司倒掉。"这位朋友说。他也有过维护客户的经历，虽然公司每个月有10000块的客户维护费用，虽然不是每个月都需要请客户，但请客户吃喝玩乐一次，就所耗不菲，逢年过节还得到客户门上送礼请吃饭。

"这个工作压力太大了，遇上好的行情，就能赚上一笔，遇上行情不好，或客户流失，就挣不着钱。"朋友说。

木木忽然心疼起小蜜蜂来，他下午还说，最近很烦，烦的时候就去喝酒，有时候连家都不回。

选择一个人，也是选择了这个人的生活方式。小蜜蜂是个事业心格外强的人，年年争得公司销售业绩第一。他曾说，40岁就要退休，在这之前，他就要拼命挣钱，"我要让家人有足够的钱花，他们开心，我才开心"。

"如果家人知道你这种拼命劲，他们不会开心，会担心。"木木曾劝他。

"所以我心情不好的时候，都不回家。"小蜜蜂说。

哎，固执好强的小蜜蜂，看来你并不了解家人的真正想法。

这难道就是他最近不理木木的理由？

木木忽然非常想给小蜜蜂打个电话，为自己对期货客户维护的幼稚想法而道歉。电话拨过去，没有人接听。

恰好又是周五，难道又在嘈杂的酒吧，听不到电话响？

木木一直期待电话响，可是，电话却一直那么安静。

周六，木木睡了个懒觉。

中午起来和沁如准备做大餐犒劳一下自己，沁如炒了两个菜，木木炸带鱼。

"电话。"沁如把手机送给厨房里的木木。

小蜜蜂的。以前木木还把他的号码保存在手机里，后来小蜜蜂慢慢消失了，木木索性删掉他的号码，号码从手机中删掉了，却没有从脑袋中删掉。

"你给我打电话有事？"小蜜蜂问。

昨天的电话，现在才想起来问，木木有不满，但没说，只是把昨天想说的话说出来："我现在对你的工作更理解一些了。"

"我正在杭州，你能理解就好，昨天喝酒到半夜，也就没有给你回复。"说了一会儿，小蜜蜂说有客户电话进来，两个人就挂了电话。

木木赶紧回到厨房，鱼有些糊了。

这是不是就是自己的状态？理性的木木，在爱情来临时，还是会让激情把自己烧糊，却不明白，两个人生活的交集太小，根本没有办法走下去。就像两条相交线，交于一点后，各自沿着各自的人生轨道继续延展，延展得越长，之间的距离越大。

一切都过去了。木木忽然意识到，那个小蜜蜂已经不复存在了。

烟花般转瞬即逝的爱情，很美，却很虚幻。

小蜜蜂曾说过，他不知道未来是什么，他只追求今朝有酒今朝醉。同样做客户经理的如龙曾对木木说，北京是一个充满欲望又自我的城市，每个人都很自我，只注重自己的想法，不去考虑身上的责任和义务。所以，他选择在T城这样的二线城市生活，他要躲过那么多不该产生的欲望和混乱，他要延续父母那代人的生活轨迹，按部就班地走下去。

但是，不是每个人都想过循规蹈矩的生活，也不是每个人都能选择循规蹈矩的生活。当每个人越来越注重自我内心感受时，婚姻或许并不是唯一的归宿。

就像木木生命中出现的小蜜蜂，他注定只能成为路人甲。

小小眼睛的小蜜蜂，一笑起来，眯成一条缝，酒窝也在脸颊上生动起来，阳光、无邪，戴上墨镜遮掩睡眠不足导致的肿眼睛，留下侧面脸庞的立体感，还有那墨镜后面的小眼睛，成为那个午后一幅永远生动的画面。

让记忆锁在那一刻。

曾经，有一只小蜜蜂，用那双笑眯眯的小眼睛、撅着的小嘴巴，把木木烧糊了，木木剩下的记忆只有午后灿烂阳光下，那生动的小眼睛。

13. 你想嫁入豪门吗？

> 即使杨翔林不那么刺激自己，木木内心也在渴望着尽快实现财务自由，靠
> 自己的能力买房买车。没房没车，永远还是漂流一族，永远没有一点安全感。

告别路人甲，木木的生活重又回归一个人的状态，工作再次成为生活的
重点。

恰巧，新的顶头上司杨翔林，是个工作狂人。这位老兄，除了工作，还
是工作，28岁时就当上了杂志的执行主编，少年得志，脾气自然就大些。他
对自己要求极其严格，对手下更是如此，他希望手下的每个记者都要成为国
内一流的财经记者。

"到我办公室来一下。"执行主编杨翔林在MSN上说。

杨翔林一说话，木木就魂飞魄散。只要去他办公室，准没好事。

"怎么回事啊？重要的稿子漏了那么多条，监管层的内幕消息，为什么
别人能拿到，你拿不到。行不行啊，不行就换人了。"杨翔林上来就劈头盖
脸训斥。

"我已经尽力了。"经历几次不问青红皂白的责骂后，木木现在学会以
沉默的方式来回击他的责骂。

记得第一次挨骂，木木特受不了，觉得自己真的那么差劲吗，焦虑到夜
不能寐。压力最大的时候，竟然半夜躺在床上，放声大哭，吓坏了沁如，沁
如说，实在不行就不干了，别让自己这么痛苦。

木木说，他骂我，全是从工作出发，没有一点私心，这样的领导很难
得，所以，他越骂我，我越要好好干，最后让他无话可说。

后来木木才知道，杨翔林的风格就是骂人，所有的记者，不管老的年轻
的，没有不挨骂的，干得再好，他觉得还应该更好。

尤其在和香港媒体签订了合作协议后，他的要求，更上一层楼，要求手
下记者要成为国际一流的财经记者。

如果遇到工作狂领导，争辩只会更加激发领导责骂的欲望，以前木木还

斗胆争辩几句，但领导不问经过，只要结果。

"我不管你用什么方法，就是要拿到独家新闻。"杨翔林说，"我们的竞争对手是路透、彭博这样的国际通讯社，独家、一手新闻是最值钱的，是能影响国际股价的，知道吗？"

木木每次一听他这些话，内心的无名火就开始往上窜。她真想冲杨翔林大吼：靠，你现在是小米加步枪，就想和洋鬼子长枪短炮去较量，差距需要时间来缩短，不是一夜之间就消弭的。而且，人家路透、彭博的记者享受着十几万年薪，咱们呢，计件算稿酬，工作强度赶上国际化，待遇水平却停留在国内，那点可怜的工资连请人喝咖啡都不够，人家凭什么告诉你内幕消息，还承担着丢官职的危险。又想马儿跑得快，又不给马儿吃草，我们就是新闻民工，也不至于廉价到如此地步啊！

木木内心翻江倒海，脸上却是一幅哀莫大于心死的表情。

"你知道对面楼上董事长一天的零花钱是多少？"

木木抬头看了一眼杨翔林，不知道他要表达什么。

"2万哪！"

"2万怎么了，一个垄断行业的央企董事长，一天就是10万零花钱与我没有半毛钱的关系。"

"你想嫁入豪门吗？"

哈哈，木木忽然又想大笑，杨翔林今天受什么刺激了，是想拿别人的钱来刺激我的工作斗志吗？别人的胡萝卜永远是别人的。

"我没那闭月羞花的资本。"

"那好，那就给我拼命写稿。"绕了半个地球，杨翔林又回到了训人的原点。

独家，独家，哪有那么多独家啊？

木木回到座位上，焦虑感又袭上心头。即使杨翔林不那么刺激自己，木木内心也在渴望着尽快实现财务自由，靠自己的能力买房买车。没房没车，永远还是漂流一族，永远没有一点安全感。

眼前，抱怨没人听，只认结果的考评体系，还是想想怎么去挖独家吧。

"操着卖白粉的心，挣着卖白菜的钱。"木木把MSN签名改成媒体圈流·

行的自嘲名句。

"咋啦，美女，签名这么愤青。"监管机构一位采访对象B，冒出来问木木。

"工作压力大呗，领导要求独家内幕消息，你们机构天天有内幕消息，也从来不见你照顾我。"

"嘿嘿，不是不能照顾你。"

"那咋啦？"

"你不给机会啊！"

"啥机会？"

"以前叫你出来洗桑拿、按摩，从来都不赴约啊。"

"不是工作忙么。"

"那就别说我不照顾你了。"

"原来就为这点小事啊。以后有这种好事，捧场还不行？"

"这还差不多。不过……"

"不过啥？"

"你明白我的意思。"

"不明白，领导有啥话直说。"

"你是聪明人，你知道我想要的东西。"

"还真不知道。"

"那就算了。"

木木忽然想到杨翔林刚才的话，一下子清醒过来。

"我懂了。"

"嘿嘿，那就好。你说你，之前不是不能告诉你内幕消息，但是你是我什么人啊，我担那么大风险，何苦呢？晚上陪我去见个朋友，他知道的内幕比我还多。"

舍不得孩子套不住狼，木木忽然想玩个游戏，看看这些老男人想玩什么花样。

14. 饭桌上的调情

"那真的像媒体说的那样，地方融资平台现在陷入债务危机，情况到底有多严重呢？"木木一直想接触到真正运作平台公司的人，了解一下真实情况，看来今天遇到了合适的采访对象了，虽然通过这种方式，有点不厚道。

吃饭的地点选在西城区，离金融街不远的一家清真餐厅。

"去过这家酒楼吗？"B问。

"没，对这一片不熟悉。你朋友是回族？"木木好奇。

"不是，但这家馆子比较有特色，被称为北京八大楼之一，当年周恩来接待客人都会选在这里。"B君拉出周恩来为这个馆子添色。

在北京这个最不缺名人的地方，如果仔细考究起来，哪家馆子没有名人去过，名人也不是不食人间烟火的圣人，名人不也得吃喝拉撒吗。

在等出租车的间隙，B君忽然问木木："你怎么不开车？"

"买得起，也开不起啊。"木木坦然说道。北京现在是名副其实的"首堵"，开车贼耗油，再加上停车费也在涨价，尤其三环内，停车费来回打车都够用了。

木木一想到自己手里的驾照被冷落在抽屉里不见天日，偶尔也会冲动想买车开，要不学车干嘛啊。

当初为了学车，没有考察好驾校，就近原则选择了离学校近的一家，岂知道，钱没少花，社会的黑暗面却看到了不少。

一上午4个小时的练车，黑教练为了省油，只让练一个小时，其余时间木木只能干坐着。看着教练和其他教练扎堆抽烟喝茶聊天，木木就百爪挠心。

教练扎堆聊天，学员凑在一起商量对策，"给教练买盒烟。"有人出主意。

木木狠狠心，把学校每个月发的200多块钱的伙食补助，买了一条烟。塞给教练那一刻，黑教练黝黑的脸庞出现了难得的一笑。

献烟的当天，木木比平时多摸了几把车。岂知道，隔2天，教练的脸又黑下来。

"你真笨，你应该把一条烟拆开来，每次练车就塞给教练一盒，你一下子全给了，以后还得买。"好心的学员骂木木。

"我们都交了高昂学费了，他还想揩学员油水，奶奶的。"木木除了骂两声，也无计可施，真没想到，社会的每个角落似乎都暗藏着潜规则。

"你有驾照了吧？"B君问木木。

木木笑了笑说："呵呵，有是有，但技术不过关，估计是马路杀手那一类。"

"哈哈，那正好我来教你。对了，送你辆车吧，有时间的话，我接送你上下班。"B君意味深长地看着木木。

"亏你这么大方，心领了。"木木打着哈哈拒绝，看来诱饵开始一点点地往外抛了。

出租车停在餐馆外，木木一下车，一看，门口一溜烟停的全是价格不菲的车，不是奥迪、宝马，就是路虎、丰田等越野车。

"哪辆车是待会儿要见的客人的座驾呢？"木木扫了一眼那些车子，暗自琢磨。

餐馆里面很热闹。

B君进去直接转向靠里的一个角落，冲坐在那里的黑西服男士摆了摆手。B君忽然想起什么来，扭头对木木小声说："待会儿别说你是记者，看我眼色行事。"

西服男和B君寒暄完，很意外地看着木木，站起身来，礼节性地伸出手来："你好，我叫张明。"

"你好，叫我木木吧。"木木笑了笑，看了一眼B君，不知道该怎么介绍自己的身份。

"哈哈，她是我朋友。刚才在我办公室谈事情，正好想认识你呢。"B君说话了。

木木不知道到底是个什么状况，眼前这位张明，到底什么来头？其实要知道，很简单，交换一下名片就可以了，但是B君有言在先，不让木木泄露自己记者的身份，那只能通过他们的谈话猜测了。

"怎么回事？最近遇到麻烦了吗？"B君上来就直接切入正题。

B君即使不问，木木也发现了眼前这位张明，一脸愁云，八成失眠了不少日子，熊猫眼异常严重，嘴角也冒出不少火泡。

张明看了一眼木木，又看了一眼B君，欲言又止。

"没事，大家都是自己人。"B君打消张明的顾虑，然后笑眯眯地看着木木。

木木装作夹菜，没有去迎接B君的眼神，但心中明白了，你丫不就是想让张明以为我是你的小情人吗，哼，可没那么便宜的事，我今天是来听内幕的，不是跟你演情侣剧的。

张明顿时心领神会似的笑了一下，就转向B君，火急火燎地说："最近银行的贷款下不来，资金跟不上，项目马上就要停了，这不赶紧来北京，看看那几家政策性银行能不能给救救急。"

"哎，最近正是在风口浪尖上，先别急，过了这两个月，就会松一些。"B君说完这些话，张明紧锁的眉头还是没有舒展开。

"张总，你是在说地方融资平台的事吧？"木木最近正好在关注这个事情，听了几句，就猜出他们在讨论的内容。

木木干了这么久媒体，察言观色的能力还是具备一些。一看张明的穿着打扮，言谈举止，就知道，不是个项目总经理，就是公司的总裁之类，因此，称呼"总"是没有错的。

张明轻声笑了一下："你也对这个感兴趣？"

木木用余光扫了一眼B君，发现他还没有露出愠恼的神色，就试探着说："最近媒体不是都在炒这事情么。"

"是啊，就是被媒体一炒，我们才做不下去了。"张明叹了口气。

"那真的像媒体说的那样，地方融资平台现在陷入债务危机，情况到底有多严重呢？"木木一直想接触到真正运作平台公司的人，了解一下真实情况，看来今天遇到了合适的采访对象了，虽然通过这种方式，有点不厚道。

"呵呵，也没媒体说的那么严重吧。"张明很小心，显然不想对一个陌生人说太多，即使他会以为木木是B君的小情人。

"我可听说，今年'两会'期间，中央官员和地方代表，专门在北京的京西宾馆就地方融资平台风险化解展开讨论，地方和中央吵得不可开交，地方希望中央来为债务埋单，中央要求地方自行解决。"张明不想抖内幕，木木自己先爆点料出来。

"那中央到底是啥态度呢？"张明问木木。

果然是老油条，根本不上木木的套。

"哈哈，那我哪知道啊。"木木说，"银行现在收紧贷款，难道不是中央的一种态度？2009年底，国务院不是要求财政部牵头，与央行、发改委、银监会等部委摸底地方融资平台贷款情况么，现在的检查情况怎样呢？"

"看来你知道的东西还不少么……"张明笑了笑，开始打量木木，"你该不会是记者吧？"

"啊呀，你果然厉害，本来想当回演员，过一下潜伏的瘾，竟然没得逞。"木木心里一乐，打着哈哈，顺势亮明自己的身份，这样子B君就没办法责怪自己了。

木木掏出名片，递给张明的同时，用余光扫了一下B君，他依旧笑嘻嘻的，看来没生气。

张明也从西装口袋里，抽出一张名片：天津某某投资公司总裁张明。

既然已经亮出身份，木木就放开来，把心底的一些关于地方融资平台的事情问了个遍。也许碍于B君在眼前，张明还是有问必答，只是多了份小心。

"这些都是朋友私下聊天，你可别报道啊。"张明不放心地叮嘱。

"她不会报道的。"B君转而用满眼快溢出的暧昧冲木木抛了个媚眼："是吧？"

木木借低头喝水避开那自作多情的表情："呵呵，张总放心，我会把握好分寸的，只是没想到，你们对银行贷款的依赖程度这么高。"

随后，张明就聊着自己出国学习的一些趣事，B君却总喜欢把话题往木木身上引，一会儿夸木木漂亮，懂礼节，一会儿又笑着说找女朋友就得找这样的。

如果再不阻止，任由B君调情下去，木木非得演变成他的小情人不可，但木木不能发作，于是皮笑肉不笑地说了声："哈哈，多谢你给我打广告啊，下次你最好在我男朋友面前这样夸我。"

B君一听，不再说话。

张明一看，似乎明白了些什么，赶紧岔开话题："今天菜的口味不错，我来买单。"然后他赶紧喊服务员过来结账。

饭罢，走出餐馆，张明走到一辆路虎越野车前说："走，去找个茶馆喝茶。"

木木赶紧说："不了，张总，我还有事情，就不打扰你和B总谈事情了，改日你来北京，再约你喝茶。"

张明看了一眼B君，等着B君发话。

"真不去了吗？"

"嗯，确实有事，下次吧。"木木要采访的问题都已经拿到，接下来的节目就不是自己要参加的了。

张明说开车先送木木，木木执意不肯："我自己打车回就好，不远。"

回到家，木木心想，真险，以后这种冒险的活千万不敢随意尝试了。

"休息了吗？"晚上10点，B君发来短信。

木木有点吃惊，难道当时在饭桌上说那番话，他不明白意思吗，怎么还发短信来呢。于是很客气地回复说："正准备休息了。"

"我知道你没有男朋友，你是怕别人知道吗？"

"知道什么？"

"你别装傻，我真的挺想让你做女朋友的，要不我现在去你家？"

"对不起，你已经有家庭了，我做不了你女朋友。"

"可是我家人都不在这边啊，我一个人很孤单。遇见你，忽然觉得自己年轻了，挺想和你在一起的。"

B君的赤裸裸，让木木觉得没有必要再含蓄地拒绝，而应该以赤裸裸的拒绝来回应。

"对不起，你看错人了。"木木回复了他一句。

然后把B君从手机中删除，连同他所谓的能提供新闻线索的诱惑，一起删除干净。

关机，睡觉。

15. 四星酒店的深夜铃声

　　疯丫头的相亲路也是充满坎坷，不靠谱的运气也时而光临。

　　每换一次工作，朋友圈子就会扩大一圈。

　　木木来到杨翔林手下。虽然他脾气大，难得的是大家都理解他，更难得的是，他手下的人也格外团结。

　　和木木差不多时间入职的胡薇和洁仪，因年龄相仿，一下子就成为了朋友。作为已婚者，这两个家伙凑到一起，就把木木当成格外关注的对象，话题自然是相亲。

　　加上后来入职的疯丫头，更是把相亲当做工作之余的大事来抓，也把木木当做相亲战友，一起参加集体相亲，或者资源互相利用。

　　有了这么多姐妹操心，木木更加不着急。

　　木木总幻想能碰到一见钟情的，或者有个浪漫开始的。当然，姐妹介绍的，也照约不误，仿佛买彩票一样，图的是贵在参与，不中，就当支持福彩事业了，中了，就当踩了狗屎运了。

　　疯丫头的相亲路也是充满坎坷，不靠谱的运气也时而光临。

　　进入6月份，天气热起来，人也开始心浮气躁。木木和疯丫头受邀去天津采访回来没过一周，疯丫头又要去天津出差。

　　坐在飞驰的动车上，疯丫头想起上次木木在车上，遇到的英国小帅哥，两个人擦出了点点爱情小火花，这次会不会轮到自己啊？

　　到了指定酒店，疯丫头领了房卡，进入电梯，正欲按7楼，却见一男子站在号码处，也按了一下数字键"7"，疯丫头伸出去的手又给缩回来。男子见疯丫头没有按号码，疑惑地看着，然后把身子让了一下，等着她按号码。

　　疯丫头心想，他可能误会了，以为他站在那里，自己就不好意思按号码了呢，就说了句："我也是7楼。"

　　男子更加疑惑了，摇了摇头。

　　轮到疯丫头困惑了："你摇头干嘛？怎么啦？"

"I'm not Chinese."男子说。

原来如此啊，又是外国佬，每当这时候，疯丫头总感慨当年上大学那4年，每天早晨保证1小时英语口语加1小时听力的魔鬼式训练，让自己可以成为"国际人士"。

疯丫头一聊，才知道是个泰国佬，口语带着泰国味，听起来很费劲。

电梯门开了，男子出去，疯丫头也跟着出去了，男子回头盯着她看，疯丫头于是赶忙解释："我也住在这一层。"

男子点点头，就往西面走廊走去。疯丫头一看房间号，也在西面走廊处，便也往那个方向走，并放慢了脚步。

男子走到房间门口，一扭头，看见疯丫头正朝这边走来，就笑眯眯地看着疯丫头。

疯丫头心想，这事闹的，躲不过，硬着头皮，赶紧解释说："很巧啊，我的房间就在前面，我是记者，来天津这边采访的。"

男子一听，赶紧掏出名片说："交换一下吧，很高兴认识记者，你来我房间聊会儿天吧。"

"谢谢了，我还要为明天的采访准备资料。可以通过MSN聊天。"疯丫头礼貌地婉拒了。

当疯丫头朝自己房间走去时，感觉这位叫Steven的男士，一直在身后看着自己，她不敢回头，打开房门，迅速关上门。几分钟后，才听见他开了自己房间门进去。

刚收拾停当，打开电脑，整理明天的采访提纲。没两分钟，Steven请求加好友。出于对国际友人的礼貌，疯丫头点了"同意"。

"你吃饭吗？刚才我点了很多外卖，你过来一起吃吧。"Steven邀请。

"我吃过了。"疯丫头用英语告诉他。

"过来吃点水果吧。"Steven继续邀请。

"今天吃得太饱了。"疯丫头继续拒绝。

"要不过来喝点饮料吧，或者酒什么的，这里的酒很多，可以边喝酒边看电视。"Steven的热情让疯丫头忽然觉得他别有企图了。

酒店房间里确实有不少小瓶装的酒，十几个品牌，都放在柜子中，多数是洋酒。

"对不起，我还要工作。待会儿聊。"疯丫头再次拒绝了。其实，待会儿聊就表示不要打扰我了。

终于安静下来。

看木木在线，疯丫头赶紧把刚才所遇讲给她听："他干嘛找各种理由约我去他房间呢？"

"他想一夜情了。"木木直接来了一句，"你千万不能去。"

"国际友人也不至于这么饥渴吧。"疯丫头说，"他直接打电话叫服务好了。"

木木分析："你那么有女人味，肯定把他迷倒了呗，帅不帅，要是帅的话，可以考虑一下，泰国色情业那么发达，趁机见识一下泰国男人的水平。"

"去死吧，你也来寻我开心。不和你鬼扯了，我干活了。"疯丫头骂完木木，一直工作到夜里12点，该准备的都准备完了，正要关电脑睡觉，Steven又冒出来说："你忙完了吗？"

靠，这泰国佬怎么还在这耗着，看来他没有领会"待会儿聊"的真正含义。

"是的，明天要早起采访，晚安。"疯丫头在MSN上说完，不等他回复，赶紧关电脑。

洗涮完，倒头就睡。隔了一会儿，迷迷糊糊间，听到门铃响。

在偌大的大床房里，深夜听到铃声，疯丫头格外害怕，不敢出一点声响。屋外的人，安静了十几分钟，又按响了门铃。

"天啊，怎么办？"难道是午夜凶铃？她缩在被窝，紧张得出了一身汗，耳朵却敏感地听着屋外，但除了铃声，其他动静什么都没有，走廊里铺着地毯，听不出有没有人在走路。

门铃响了1分钟，又安静下来。疯丫头屏气凝神听着外面的动静，大约过了十几分钟，听到有人关屋门的声音。

"难道是Steven？"她琢磨着，同行的几位记者大都住在6楼，只有自己一个人住在7楼，没有人会这么晚来敲门，而且他们也不知道疯丫头的房间号，貌似只有Steven看着她开过房门。

这时，手机短信铃声响，疯丫头打开一看，果然是Steven，他竟然装傻说早上他就要飞回泰国，想在走之前，亲自见面说再见，过来敲了两次房门，都没有应答，看来只能等清早醒来后。

疯丫头说得对，这个泰国佬想搞一夜情，就是说再见，也不至于半夜三更吧。

关机睡觉。没想到，早上6点的时候，门铃又响了，奶奶的，疯丫头想骂人了，没去理会，继续睡觉。

醒来开机，发现Steven的短信："很遗憾，本想在上飞机前，能再见到你，当面说再见，希望下次来天津，还能见到你。"

当面说再见有那么重要吗？仅仅是电梯中的偶遇，交情还没深到不亲自见面说再见就说不过去的程度吧？

疯丫头彻底搞不明白了，是外国人真的讲礼貌呢，还是自己真的没礼貌呢？

没过一个月，Steven又发来邮件，说他又来天津出差一周，还住在那家酒店，希望疯丫头能在这期间去天津找他，或者他来北京找她。

疯丫头快崩溃了，难道是自己不纯洁，把人就想成那么坏吗？还是Steven一夜情没搞成贼心不死。

"你让他来北京，带他去最贵的餐馆，也拉上我们，狠宰他一顿，看他还惦记你不。"洁仪出了个鬼点子，好不容易有次使唤美人计的机会，疯丫头还不珍惜。

"别，我招架不住，现在已经把他从MSN中删除了，邮件也从来不回，时间久了，他自然就凉了。要是个英美的帅哥，还有宰他的欲望，好歹能练练英语，找个泰国的，交流起来费老劲了。"疯丫头说。

疯丫头的趣闻在姐妹间传开，又激发了胡薇的灵感。

"你一说国际路线，我忽然想到高中同学的一个同事，年龄和你相仿，除了工作就是在世界各地旅游，导致剩下了，说不定你俩能成呢。"胡薇灵光一闪，对木木说。

"那我找他跟单身有啥区别。"木木说。

"到时候你们两个人一起旅游啊。"胡薇说，就这么定了，我和他那边联系一下，确定了告诉你。

16. 旅游男的世界

　　　　旅游男的世界，就是自我的世界，他并非傲慢，而是他很清楚自己想要的
东西，即使有父母催婚，他也不会为了讨好父母，去选择目前还不想选择的婚
姻。加上已具备的各种物质条件，更觉得自己随时都可以进入婚姻状态，只是目
前他还不想牺牲这种自由洒脱的单身幸福。看着旅游男，木木仿佛看到了自己。

　　没两天，胡薇就给了木木这个相亲男的MSN。

　　"这哥们，是我高中同学的同事，我之前见过一两面，现在没啥印象
了，基本信息是：北京人，在中国联通工作了快10年了，收入不错，有房有
车，业余爱好就是周游列国。"胡薇复述了大概情况，"你们先在网上聊一
聊，能聊得来就见个面，不成的话就当多认识个朋友，也没啥损失。"

　　姐妹们本着不让木木受苦的原则，尽量介绍那些"多金男"给木木，虽
然她们也知道，金钱并非是木木看中的首要条件。

　　两个人加了MSN后，旅游男把自己的博客发给木木，里面全是他周游
列国时拍摄的图片。

　　聊了几次，相约见面。

　　地点定在了东直门来福士四楼的COSTA COFFEE。

　　木木到时，旅游男正坐在那喝着咖啡上网写自己的博客。

　　"我也刚到，你想喝什么，拿我的卡过去刷。"旅游男指着放在桌子上
的信用卡说。

　　"不了，我自己来，AA比较好。"木木婉拒了，本来，如果真想请，
就主动去刷卡，干嘛让木木拿着他的卡刷。AA的话，谁也不相欠。

　　坐定后，木木一看旅游男，长得很像大学的师兄。有时候，决定和对面
的这个人多聊一会儿的理由，格外稀奇古怪，就像这次，木木幻想，既然长
相像师兄，性格会不会也有类似的地方呢？

　　木木开始研究起坐在面前的这个人。

　　旅游男祖籍和木木一样，爷爷辈来到北京后便扎下了根。如今，父母看

着儿子已过而立之年，便开始催婚。

"说实话，结婚的事，我还真没怎么考虑。工作后，一直在旅游，你看了我的博客了，觉得那些图片拍得怎样？"旅游男说。

"挺有意境的，只是文字介绍少了些，如果再添加一些当地人文历史的介绍，或许传递的信息更丰富。"木木发表自己的看法。

"你说得有道理，我最近正在补充，所以，你看我哪有时间去相亲，现在已经习惯了一个人的节奏，很享受这种边工作边旅游的状态。家里人今年给介绍了好几个相亲的，说实话，你是我见的第一个。"旅游男说。

"你这么说，让我受宠若惊了。"木木讽刺他。

"哈哈，你真幽默。"旅游男没生气，还当表扬的话来听。

"你现在还有哪几个国家没去？"木木感觉两个人就像江苏卫视的相亲节目《非诚勿扰》中的男女嘉宾，开始进入到程式化的问答环节。

"南美和非洲，像欧洲、北美、澳大利亚、东南亚、南亚这些地方，基本都转过了，现在周游世界的目标已经完成了60%。"旅游男说。

木木一听坏了："那你如果有了女朋友，她要是还想去欧洲旅游，你会陪她去吗？毕竟你都玩过了。"

"当然，我可以当她的导游啊。"旅游男的回答很公关，但是木木却不太相信。

问答环节，旅游男一直在盯着电脑，忙活着自己的博客。按理说，这是很不礼貌的，毕竟大家是第一次见面。

不可否认，这个心思全在周游列国上的旅游男，人生观和价值观多少有了一些欧化，不在意繁文缛节，而更注重给对方更多的自我空间。倘若这次相亲放在一般女子身上，或许会出现立马走人的局面，多数人会选择不理这个看起来有些傲慢的家伙。

但木木没有选择立马走人，因为她已经洞若观火：旅游男的世界，就是自我的世界，他并非傲慢，而是他很清楚自己想要的东西，即使有父母催婚，他也不会为了讨好父母，去选择目前还不想选择的婚姻。加上已具备的各种物质条件，更觉得自己随时都可以进入婚姻状态，只是目前他还不想牺牲这种自由洒脱的单身幸福。

看着旅游男，木木仿佛看到了自己。如果两个都还没玩够的人坐在一起相亲，即使是冲着结婚的目的而来，却依旧不会产生任何化学反应。

最后，两个人聊得最多的话题，就是如何把旅游男周游列国的所见所闻更好地呈现出来，相亲反倒成了不相干的话题。

聊完天，旅游男开车送木木回家，两个人安静地听着音乐，聊着听歌的感受，仿佛两个老朋友，彼此熟悉，彼此了解，波澜不惊。

胡薇听了木木的这次相亲经历，说："看来有谱啊。"

"有啥谱啊，我们俩注定只能做朋友，当不了恋人。"木木说，"有些人，见一次，就知道了彼此在心目中的定位，我敢肯定，他知道我的想法，我也知道他的想法，两个人坐在一起，不用说话，就知道对方内心的想法，因为我们两个是很相像的人，都没有把婚姻作为人生必需品，见一眼就知道对方目前最需要的是自我的空间。"

"你们俩就是神经病。"胡薇抛给木木一个愤怒的白眼，"你以为你是男的，年龄拖到多大，都不愁娶上媳妇？等你人老珠黄了，看还有人理你不。"

"嘻嘻，你别生气么，旅游男貌似是一个适合的结婚对象，有房有车，工作稳定，有追求，不抽烟不喝酒，无不良嗜好，但说实话，他自身并不是一个适合结婚的人：一来，他自己都不想结婚，迫于家庭压力出来相亲；二来，他对婚姻看得很透，没有任何期望在里面；三来，他是一个很自我的人，活在自我的世界里，即使结婚后，这种性格也不会改变，到时候对方会接受不了如此独立、如此不关注妻子的丈夫。"木木非常淡定地说。就像新浪微博上总结的：世界上有三类人，有异性恋，有同性恋，还有一类是不恋者，大家最不能接受的是不恋者。

"你少来了，歪理论一套一套的。那我也听说，每一个不想谈恋爱的人，背后都有一个不可能的TA。你们这些人，要么情执，要么就是不靠谱，剩必有剩的理由，当然不是说剩男剩女有缺陷，至少你们心中有没解开的疙瘩。"胡薇反驳。

胡薇还真是胡薇，经历过婚姻的人，她的这种看透婚姻和旅游男的看透婚姻，完全就是两个境界。胡薇有过幸福，所以可以为了保全幸福而有所舍弃，旅游男没有了期待，所以为了更好地生活，却宁愿一个人追求。

后　记
情执之困

有一千个剩女，就有一千个剩的理由。

"你就是挑剔，世界上哪有完美的男人，你不能光看到缺点，要看到对方的优点，再说咱们自身也有缺点，婚姻就是凑合着过日子，凑合凑合，很快这一辈子就过去了，其实大多数夫妻都是这样过的。"胡薇苦口婆心劝木木。

回想一下也是，在2010年全民相亲的日子里，木木网络相亲、集体相亲、亲朋好友介绍，再加自己偶遇认识的，也不知有多少了，见面次数一般不超过3次，木木就没有兴趣继续下去，有的还没有见面就宣告结束，有的前脚打好招呼要见面，还没两天，就又发展了新恋情，面也不用见了。

有个金牛男，和木木在网上聊得很开心，结果最后知道对方是回民后，木木说："这个好像需要慎重考虑一下。"回民男征求了全家人意见，最后决定放弃："哎，考虑到我们全家都是回民，到时候在生活习惯上你肯定得将就我们，让你受委屈，确实也不好，那就做朋友吧。"

有个海龟男，有学识，有修养，也有上进心。木木和他打了次羽毛球，爬了次山，晚上电话聊天也无所顾忌。海龟男说，中国留学生在海外生活，多数都有性伴侣，自己也遭遇过外国女孩投怀送抱，那会儿真的是柳下惠，就是不为所动。海龟男发誓说自己留学4年当了4年和尚，回国后担任某国际投资公司项目经理，喝酒应酬才发现，国内其实比国外还开放。有次夜宿KTV，小姐贴着他睡，他背对着她一动不动，被骂不是男人。好不容易谈了次两情相悦的恋爱，天雷勾动地火，浓情蜜意同居3个月，才发现，女朋友是工作狂人，生活白痴，从小是单亲家庭长大，性格也有缺陷，连袜子都需要单亲妈妈来打理，每次出差都是一堆脏衣服寄回家，忍无可忍，两人分手。海龟男如此坦诚，也曾含蓄委婉地表现出对木木既有兴趣也有兴致，多次以"你的手看起来那么小，比一比看我的比你大多少"来暗示拉手，木木把手插在口袋里就是不上勾。木木不是严重的精神洁癖者，也不在意他的过去，但就是觉得和其有任何肢体接触，都那么不可忍受，仿佛内心有个小恶魔，紧紧捆绑着自己的手脚，无论自己如何说服自己去接触，就是无法办到，还未到其身边，就一定要保持距离，不肯再前进一步。克服不了自己，木木就会选择放弃。

还有个离婚男，亦是多金男，儿子归前妻，见面，彬彬有礼，处事周到，对木木很有好感，但木木又犯了无法亲近的毛病，任凭朋友说此男如何靠谱，木木就是分泌不出荷尔蒙。

"你说你吧，再这么下去，老不近男色，是会变态的。"洁仪吓唬木木。

"我也没办法，如果我对一个人产生不了亲近感，再怎么努力都白搭，像海龟男，实际上见一面，我就知道不是我的菜。但总被你们说，要相处一段时间才会有感觉，我就尝试去多接触，可无论怎么接触，就是没有办法，或许人与人之间，真的需要气味相投，气味的判断力，有时候比我的头脑还理智。因此，你们不要老批判我挑剔，多数情况下，挑剔的是我的身体。"木木说。

在胡薇和洁仪眼里，木木的这些相亲对象，都是可以发展成结婚对象的。到了木木这，信仰、仪表、性格、事业、为人等等因素都可能成为否定对方的理由，当对方似乎没什么大毛病可挑的时候，自身的荷尔蒙不配合，也是白搭。

木木很赞成洁仪曾经说过的：爱一个人，没有理由，不爱一个人，可以找出无穷多的理由。

"照你这么挑法，还能找到男人吗？"洁仪实在不明白。

"我不是想找一个完美的男人，只是想找一个让我有动力去探索去崇拜的人。"木木说。

"那如果找一个你爱的人，会很辛苦。"洁仪劝。

"当然他也得爱我，单恋很难持久。"木木明白。

"你说的只是一种理想状态，恋爱和婚姻真的是两码事。如果你到了这个年龄，还在追求爱情，是给自己下了个套，跳不出这个套，你就把自己锁死了。"洁仪说。

"是啊，除了这个套，套住我的，还有我对婚姻的恐惧，这或许是阻碍我婚姻的另外一个套。"木木说。

"你也不能一朝被蛇咬，十年怕井绳啊。年纪慢慢变大，会越来越无心恋爱的……"洁仪很无奈地看着木木，不知道该怎么才能劝服她，不要这么执拗，不要对婚姻抱有太多的要求。

"呵呵，不是怕，是对婚姻没有期待，所以就不渴求。"木木苦笑着，经历几番分分合合，她不再是以前那个容易感动的单纯女子了。

胡薇和洁仪身边单身男性的资源都快用完了，木木还是没有找到自己的真命天子，直到李健的出现。

究竟该不该接受李健呢？木木把自己的相亲史梳理了一遍，还是得不到答案。

正在纠结中，疯丫头在MSN上闪烁，点开一看："姐姐，我谈恋爱了。"

啊呀，老天终于放晴了。

原来，疯丫头参加一个朋友聚会，和银监会的一个哥们一见钟情。小伙子是农村孩子，虽然家庭条件还说得过去，比起疯丫头这样的富户人家，还是有点差距的。但他的勤奋上进，聪明实在，让疯丫头正中下怀。

接下来速度进展得让木木大跌眼镜。木木原本以为，像疯丫头这种条件的女孩子，"白骨精"不说，"三高"也能算得上，再加上活力四射，挑男朋友肯定不知道要挑到什么时候呢。

但事情就是这么富有喜感，以前的富二代也好，文艺青年也好，公务员也好，没有一个能降住疯丫头。这次，偏偏是一个刚毕业一年，事业还没开始起步的农村孩子，降住了她。

用疯丫头的话说，他个子不高，没房没车没存款，但综合素质很高，她相信他是个潜力股，不管是现货还是期货，最重要的是他们两个人在一起很开心，有说不完的话。"从来没有碰到过如此合拍的人，我一个眼神，他就知道是啥意思；他一个动作，我也明白要做啥。我们80%的想法都契合，剩下的20%差异性，算是留给各自的自由空间。"疯丫头时刻不忘精准的数字分析。此外，还不忘发挥她中文系才女的天分："我觉得我俩就是一根灯芯，上辈子就已经拧到一起了。"

木木问她："这次终于打算安定下来了吗？"

"是啊，姐姐，多亏你呢，你经常跟我说，要找个能给自己内心带来安定感的人，现在终于碰到了，就不像以前那么疯了，我也成宅女啦，宅在家里陪他。不过，我发现，他还有点惧内，哈哈。"疯丫头又开始狂了。

木木害怕她太强势，把人家老实孩子吓跑，教训她："不许总欺负人家，要大棒加胡萝卜的。"

"姐姐，你又不是不了解我，你懂的。"疯丫头嘿嘿鬼笑的表情，让木木哭笑不得。

以前，一起相亲的日子，疯丫头经常会把觉得适合木木的资源转移给木木，木木也会把觉得适合疯丫头的相亲对象推荐给她，大家美其名曰"换货"，就是为了大家都找到最适合自己的。

"懂得把握机会和珍惜机会，相亲的这两年，让我重新认识社会，重塑自我，从未放弃对爱情的追求，也从未放弃自我的救赎，一旦遇到了Mr.Right，一定要毫不犹豫出手。多几分淡定，少几分幻想，Mr.Right说不定明天就会出现。"疯丫头谈恋爱了不说，竟然还成了情感专家。

看着这一切发生在自己和姐妹身上的变化，木木很开心，只有用心地去体验和感悟相亲，才能懂得剩女"凤凰涅槃"般地成长，变成自信的熟女。

疯丫头又开始像情感专家那样剖析："最近有个80后的视频，就是对我们这群人的一个群像描绘，我看了后感触很深，给你链接看看。姐姐，爱情降临的时候，就是自己最需要爱情的时候，你也一定要抓住机会。"

木木打开视频一看，在电影《非诚勿扰2》的背景曲中，一个略带哀伤的男声倾诉着：

我们今年二十七八岁，

每天起床的时间从中午12点变成了早上7点，睡觉的时间从凌晨变成了晚上11点。

我们今年二十七八岁，

工作中开始接触形形色色的人，见到亲戚朋友，他们不再问你考试考了多少分，而是问你工资多少，结婚没有……

我们今年二十七八岁，

聊天的话题从各种网络游戏变成汽车、房子……

吃饭的时候，往往讨论的是他准备结婚，她哪年结婚了……

我们今年二十七八岁，

每天不再感慨有多少作业做不完，开始感慨油价、房价涨得有多快，股票是涨还是跌……

我们今年二十七八岁，

不再乱买东西，月底开始算计：还了信用卡，开销多少，还剩下多少，该开始攒钱买房子了……

我们今年二十七八岁，

渐渐地开始讨厌酒吧、KTV，喜欢亲近自然，喜欢健康的生活方式……

我们今年二十七八岁，

偶尔会有寂寞，偶尔会挂念一个人；

我们今年二十七八岁，

开始追逐梦想，不会再轻易流泪，不会再为了一点挫折而放弃……

我们今年二十七八岁，

没有了年少的轻狂，把遇到的挫折困难都当做一种人生的阅历，试着去包容、去忍耐……

我们今年二十七八岁，

回想起曾经，我们做了太多的错事，走了太多的弯路，我们总是在后悔，但是我们回不去了，回不去那个曾经纯真的年代了。当我们被社会上无形的压力压得喘不过气的时候，我们渴望曾经的那份爱，渴望每天下班有人一起吃饭，一起看电影，我们需要有一个人为我们来分担一些东西。我们在一条伟大的航路上，需要有人为我们鼓劲，也许我们累倒了想放弃，深吸一口气，继续向前走，我深信，总有一个能靠岸的彼岸。

我们今年二十七八岁，

无聊时我们没有去玩游戏，我们开始上淘宝网购物，看折扣，买正品。

我们今年二十七八岁，

孤单时我们没有去网吧，我们用手机隐身上QQ，看看谁在线，看见熟悉的人，想说点什么，最后又什么也没说，就这样反复地纠结着……

我们把空间刷新了一遍又一遍，看看谁更新心情了，看看谁更新了日志了，回复了符号，却没有回复句子……

我们今年二十七八岁，

烦恼的时候不再发牢骚，我们静静地，静静地看着听着这很现实又很虚伪的世界……

我们今年二十七八岁，

明明很想哭，却还在笑。

明明很在乎，却装作无所谓。

明明很想留下，却坚定的说要离开。

明明很痛苦，却偏偏说自己很幸福。

明明忘不掉，却说已经忘了。

明明放不下，却说他是他，我是我。

明明舍不得，却说我已经受够了。

明明说的是违心的假话，却说那是自己的真心话。

明明眼泪都快溢出眼眶，却高昂着头。

明明已经无法挽回，却依旧执著。

明明知道自己很受伤，却说你不必觉得欠我的。

明明这样伪装着很累，却还得依旧……

为的只是隐藏自己的脆弱，即使很难过，也会装作无所谓……

只是不愿别人看见自己的伤口，不让自己周围的人担心，不想别人同情自己……

只想在心底独自承受，虽然心疼得难以呼吸，却笑着告诉所有人："我没事的！"然后静下来时，自己就笑话自己，何必把自己伪装得这么坚强？好像自己可以承受所有的苦难……

呵……这好累，好累！！！

　　静静地看完这段视频，木木落泪了。

　　如胡薇说言，不想恋爱的背后，总有一个不可能的他。她心里还在念着方坤，念着小蜜蜂，念着李健。

　　每每走在街头，木木经常会想到这样的情景：

　　方坤忽然出现在面前，说，对不起，那天晚上的电话是我骗你的。

　　或者小蜜蜂忽然出现说，宝贝，我想开了，不再被钱所累了，咱们就过平淡却真实的生活吧。

　　也许，这也是上帝在考验木木，就像唐僧取经一样，经历多次磨难和分离后，才能找到更适合更值得珍惜的另一半。

　　但过去了，就永远过去了。木木眼前晃动的，已经是李健的身影，这个和方坤模样有些相像、玩金融的专注劲不输小蜜蜂的男人，难道真的就是上帝发给自己的牌？

　　这些年，一晃而过，曾以为追的是高帅富，仔细回望，难道是极品屌丝……

　　接，还是不接？

　　接吧，木木反复犹豫后还是作了决定。

　　……

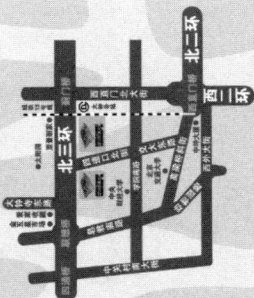

爱情通告

征婚人：木木

性　别：女

状　态：单身

征婚信箱：mumuxu2012@126.com

交友ＱＱ：1656660174（验证信息：米粒）